外国文学发展历程及作品赏析

马庆霞 著

地质出版社

·北京·

图书在版编目（CIP）数据

外国文学发展历程及作品赏析 / 马庆霞著. -- 北京：
地质出版社, 2018.7（2025.1 重印）
ISBN 978-7-116-11092-2

Ⅰ. ①外… Ⅱ. ①马… Ⅲ. ①外国文学－文学史－研
究②外国文学－文学研究 Ⅳ. ①I109②I106

中国版本图书馆 CIP 数据核字(2018)第 160612 号

WAIGUO WENXUE FAZHAN LICHENG JI ZUOPIN SHANGXI

责任编辑：王雪静
责任校对：王洪强
出版发行：地质出版社
社址邮编：北京市海淀区学院路 31 号，100083
电　　话：(010)66554542(编辑部)
网　　址：http//:www.gph.com.cn
传　　真：(010)66554577
印　　刷：北京地大彩印有限公司
开　　本：787mm×1092mm　1/16
印　　张：14.5
字　　数：220 千字
版　　次：2018 年 7 月北京第 1 次版
印　　次：2025 年 1 月北京第 2 次印刷
定　　价：48.00 元
书　　号：ISBN 978-7-116-11092-2

(如对本书有建议或意见，敬请致电本社；如本书有印装问题，本社负责调换)

前　言

　　人类历史的演进过程伴随着文学创作的繁荣与发展的进程。文学作为人类社会与文化的一种记录形式，以形象展示和真实描写反映了不同历史时期社会历史和风俗文化，然而其核心显示的却是在不同社会与文化之中的人的存在。

　　文学展示人性的同时，更在于表现人性深层的与生俱来的人的自由。外国文学发展历程作为人文精神与社会文明的发展见证，无不体现出作家在对人性描述中所表现的人对自由的追求与向往。古希腊文学中对人性原欲的自由张扬，中世纪文学在宗教信仰中对自我的超越，文艺复兴时期人文主义文学中对人性自由张扬的回归，17世纪古典主义文学中对自由情感束缚的苦恼，18世纪启蒙主义文学中对自由平等博爱的弘扬，19世纪浪漫主义文学中对自由主义的歌颂，批判现实主义文学中对以金钱为中心导致人性异化与人的自由精神丧失的反思，20世纪现代主义文学对传统的叛逆中追求人与社会分离后的自由，乃至在文学的解构写作中去追求文本的自由，无不体现出人对自由的不懈追求。

　　文学发展历程的构成大致可分为三个层次，即文学现象、作家和作品。扩而大之，则前有社会文化背景，后有读者的阅读检验。其中无论文学批评有多少新锐的见解，无论对文学发展历程的建构有多少新颖的设想，我们仍然认为，文学作品是文学发展最基本的元素。正是大量优秀的文学创作，吸引着历代的读者，滋润着人们的心灵，也积累着宝贵的艺术经验。

　　由于地理、历史、民族、语言、宗教、政治、经济、风俗等诸多方面的原因，东西方文化和文学的发展轨迹存在着较大的差异。但在数千年的历史进程中，二者又不断在冲突碰撞中相互交融吸取。因此，东西方文学并非水火不容的两大板块，而是特质各异又共兴共荣的一个整体。我们不主张作优劣的比较，但求能以世界性的眼光揭示各自发展的规律，遴选出最具特色的优秀成果，以使今人在有限的时间内能得到最殷实的精神享受和最有价值的学养。外国文学整体的发展历程，具有内在统一性的有机结构，其国别特征是对总体规律的丰富和强化。

本书从上述观点出发，系统论述了自古希腊及至现当代数千年世界文学史上出现的文学现象以及经典作家作品。全书内容由欧美文学和东方文学两部分组成，对不同历史时期出现的文学思潮、文学流派、文学概念以及重要的作家作品做了全面的阐述，对世界文学的发展走向进行了系统而科学的梳理界定。

本书在写作过程中参考了众多专家学者的研究成果，在此表示诚挚的感谢！

作 者

2018 年 6 月

目　　录

第一章　古希腊罗马文学

古希腊罗马文学是欧洲文学史上最古老的文学，是欧洲文学的主要源头，是原始社会末期到奴隶社会的产物，也是古希腊罗马文化孕育的硕果，对后世西方文学乃至世界文学产生了深远影响。没有希腊文化和罗马帝国所奠定的基础，也就没有现代的欧洲。特别是古希腊文学，它是欧洲文学的源头之一，西方文学源端"二希"(古希腊文学文化、古希伯来文学文化)之一。古罗马文学则在继承古希腊文学的基础上发展起来，具有自己的民族特色，是沟通古希腊文学与欧洲近代文学之间的桥梁，起到了继往开来、承前启后的重要作用。

第一节　西方文学的辉煌起点

一、古希腊罗马文学的历史文化与文学特征

古希腊位于欧洲南部、地中海东北部，包括今巴尔干半岛南部(希腊半岛)、爱琴海中的众多岛屿和小亚细亚半岛西岸。古希腊的地理特点是近海多山，海岸线曲折，特定的地理条件决定了古希腊人很难依靠农耕为生，他们将谋生的视野拓向大海，通过海上经商、从事海盗以及开辟海外殖民地获取生活资料。这种靠海经商、海上冒险的生存方式造就了古希腊人自由奔放、富于想象力、充满原始情欲、崇尚智慧和力量的民族性格，也培植了古希腊人追求现世生命价值、重视个人地位和个人尊严的文化价值观念。同时，古希腊东、南、西三面环海，为古希腊人学习借鉴古代东方的先进文化、输出自己的民族文化提供了天然便利。古

希腊人分别从古埃及、古巴比伦、古印度等东方文化中吸取丰富营养，与本土文化融汇整合，逐步形成了独特的、富有希腊精神的文化。

古希腊文学也是古希腊由氏族社会向奴隶制社会过渡的产物。公元前 12 世纪，希腊社会处于氏族社会的晚期，原始公社开始解体，奴隶制开始形成。公元前 8 世纪后，奴隶制关系逐渐形成，希腊由氏族贵族统治向奴隶制国家过渡。在大规模的移民活动中，希腊人在地中海沿岸建立了许多奴隶制城邦。当时两个最大的城邦是雅典和斯巴达。为争夺希腊霸权，雅典为首的希腊民主城邦同盟"提洛同盟"与斯巴达为首的"伯罗奔尼撒同盟"之间战争频仍。以雅典为首的城邦奴隶制民主制优于斯巴达的贵族寡头专制。雅典成为希腊的商贸中心和文明中心。公元前 5 世纪，希腊的奴隶制发展到繁荣阶段。公元前 4 世纪，希腊的奴隶制开始衰落，直到公元前 146 年，希腊被罗马人灭亡，古希腊历史结束。

伴随着古希腊奴隶社会的进程，古希腊文学的发展经历了四个阶段。氏族公社向奴隶制社会过渡时期(前 12 世纪至前 8 世纪)，产生了神话、史诗等文学成就；希腊氏族社会解体、奴隶主城邦形成时期(前 8 世纪至前 6 世纪)，出现了抒情诗、寓言；希腊奴隶制发展全盛时期(前 6 世纪末至前 4 世纪初)，戏剧走向繁荣，散文、文艺理论取得了可喜成就；奴隶制衰落时期(前 4 世纪末至前 2 世纪中叶)，新喜剧、田园诗有一定成就。

古罗马是稍晚于古希腊而崛起的地跨欧、亚、非的奴隶制帝国。古罗马本土位于欧洲南端、地中海中部的亚平宁半岛(意大利半岛)，与希腊一样，东、南、西三面环海，地理位置优越。约公元前 2000 年，拉丁人部落已定居于意大利半岛的第伯河畔。伊特鲁利亚人、希腊人、高卢人陆续迁到意大利，共同构成早期意大利的主要居民。约公元前 8 世纪，罗马城建立。公元前 6 世纪，罗马进入王政时期，罗马的氏族公社开始瓦解，向奴隶制过渡。公元前 6 世纪末，罗马的奴隶制已初步形成，王政被推翻，罗马建立了奴隶制共和国。期间，罗马征服了意大利半岛，后来又向外扩张，征服了地中海沿岸和巴尔干半岛的大部分，至公元前 2 世纪，建立了一个地跨欧、亚、非的奴隶制国家。公元前 27 年，罗马进入帝国时期。公元 476 年西罗马灭亡，标志着古罗马奴隶制社会结束。

　　受伊特鲁利亚文明影响，包括罗马人在内的拉丁人逐渐形成了自己的乡土文化，主要形式有歌舞、说唱和模拟。随着对外交往的增多，罗马人接受了古希腊文明的陶冶，吸收了希腊文化的精髓，从移栽和编译入手，从照搬向借鉴乃至创作过渡，兼顾自身特点，逐渐建立起本民族文学的基础。

　　随着古罗马奴隶制国家的形成，古罗马文学发展经历了三个阶段：早期文学(前 3 世纪至前 2 世纪)，喜剧取得了可喜成就；中期文学(前 1 世纪至公元 1 世纪)，诗歌出现繁荣；后期文学(公元 2 世纪至 5 世纪)，讽刺文学、小说有一定成就。

　　与希腊海洋民族不同，古罗马属于内陆民族，主要靠耕牧方式生存，具有上古农牧民勤劳、勇敢、粗鄙的民族特征。他们崇尚武力，追求社会与国家、法律与集权的强盛与完美，富于牺牲精神和责任观念。此种民族性格使古罗马文学具有比古希腊文学更强烈的理性精神、集体意识和庄严崇高的气质，但缺乏古希腊文学那种生动活泼的精神灵气和无拘无束的儿童式的天真烂漫。相对而言，古罗马文学的精神和情感世界比较贫乏。与此相应，古罗马文学在艺术上强调均衡、严整、和谐，重视修辞和句法，技巧上偏于雕琢与矫饰，一定程度上丧失了古希腊文学自然质朴的特征。

　　不过，希腊的先进文化通过罗马得以继承，形成影响整个欧洲的共同文化——古希腊罗马文化。作为欧洲文学的开端，古希腊罗马文学表现出一些共同的特点。

　　古希腊罗马文学致力于对人类自身及其周围世界的审美把握，表现出鲜明的人本主义倾向，对西方文学产生了决定性的影响。古希腊罗马文学中的神和人都具有自由奔放、独立不羁、狂放取乐、享受人生的个体本位意识，面对困难表现出艰苦卓绝、百折不挠的精神。古希腊罗马文学正是在描写人对现世世界价值的追寻、人与命运的矛盾和抗争中，展示了人性的活泼与美丽，表现了人类童年时期的自由、乐观与浪漫。生命意识、人本精神和自由观念，是古希腊罗马文学的基本精神，以后也成了欧洲文学与文化的基本内核。

　　古希腊罗马文学与民间口头文学的关系十分密切，尤其是神话、英雄传说和史诗，或则本身就是民间文学，或则从中汲取了丰富的养料，再经过民间歌手的艺术加工，具有丰富而瑰丽的想象、纯朴的气息和粗犷的风格。

古希腊罗马文学在艺术形式和表现手法上还比较粗糙和原始，除了史诗以外，一般篇幅都比较短小，构思单纯，主题明确，技巧单一，具有原始的拙朴美。

作为欧洲文学的源头，古希腊罗马文学品种齐全，既有神话、史诗、悲剧、喜剧，又有寓言、散文、小说，有的文学样式虽然不够成熟，却为后来的欧洲文学提供了范例。

艺术风格上，古希腊罗马文学堪称崇高美的典范。希腊戏剧崛起于奴隶民主制全盛时期，集中刻画了颇具崇高美的艺术形象。普罗米修斯大胆反叛宙斯的专制，藐视命运的安排。荷马史诗中以阿喀琉斯、赫克托耳为代表的英雄们在战场上冲锋陷阵，顽强拼搏，颇有"明知山有虎，偏向虎山行"的义胆侠骨。罗马史诗《埃涅阿斯纪》中的主人公埃涅阿斯肩负神圣的使命，为开疆建国筚路蓝缕，历尽艰辛，无怨无悔。古希腊罗马文学中出现的这些人物都是顶天立地、气贯长虹的伟人形象，充分体现了古希腊罗马文学崇高美的风格。

创作方法上，古希腊罗马文学已经具有现实主义和浪漫主义两种因素，而且在文艺理论上也基本形成了以再现说和表现说为哲学基础的两种创作倾向，为后来的欧洲文学的发展奠定了基础。

二、古希腊罗马文学发展概况

古希腊文学与希腊奴隶制社会发展同步，大致经历了四个时期。

(一) 氏族公社向奴隶制社会过渡时期(前 12 世纪至前 8 世纪)

该时期又被称为是"荷马时代"或"英雄时代"。主要成就是神话和荷马史诗。

希腊神话是古希腊早期文学的主要成就之一。它是古代希腊人民留给后世的一份丰富多彩的口头文学遗产，也是欧洲最早的文学形式。同其他民族的神话一样，希腊神话是希腊先民不自觉地艺术加工自然的产物。那时，人类在同自然的斗争中，无法认识自然、战胜自然，只有"用想象和借助想象以征服自然力，支配自然力，把自然力加以形象化"。

希腊神话主要包括神的故事和英雄传说两部分。另外，还有一些解释自然现象、习俗与名称来源的故事。

神的故事有开天辟地、神的产生、神的谱系、神的活动、人类的起源等，又分为旧神故事(即前奥林匹斯神系故事)和新神故事(即奥林匹斯神系故事)。

旧神故事主要叙述开天辟地、众神诞生和人类起源等内容。据说最初天地一片混沌，混沌之神和他的妻子黑夜女神统治一切。他们的儿子黑暗推翻父亲，娶母为妻，生下光明和白昼两个孩子。光明和白昼创造地母盖亚，盖亚生下儿子乌拉诺斯，并与之结合，生下十二提坦巨神(六男六女)。提坦神相互结合，生出太阳、月亮、星辰等。乌拉诺斯为第一代天神，害怕孩子们日后夺权，便将提坦诸神打入塔尔塔罗斯地狱。地母盖亚对此不满，鼓动子女造反。其最小的儿子提坦神克洛诺斯率领众兄弟反叛，夺取父位，做了第二代天神，并娶妹妹瑞亚为妻，生下新一代神。为了避免父辈命运，孩子出生后，克洛诺斯把他们先后吞入腹中。但最小的儿子宙斯出生后，瑞亚藏之于山洞，以襁褓包裹一块石头骗过克洛诺斯。宙斯长大后用计让父亲吐出以前吞下的儿女，兄弟姐妹联合起来，推翻父亲统治，宙斯做了第三代天神。

新神故事主要叙述的是以宙斯为首、在奥林匹斯山上建立的庞大的神的家族的故事。其中，宙斯掌管天界，是众神、万民的最高主宰和雷电之神，也称众神之主、众神之父、神与人的父亲。他的兄弟波塞冬是海神，哈德斯是冥王。妹妹赫拉是宙斯之妻，贵为天后，是孕妇的保护神，掌管婚姻、家庭和生育。姐姐得墨忒耳是农神，主管农业种植。宙斯的子女中，雅典娜是智慧女神，阿佛洛狄忒是美神、爱神，阿波罗是日神，阿特米斯是月神，阿瑞斯是战神，赫淮斯托斯是火神、铁匠神，赫耳墨斯是神使。上述神祇并称为奥林匹斯神系十二主神。此外，重要的神还有九位文艺缪斯、三位命运女神摩伊拉、酒神狄俄倪索斯、小爱神厄洛斯等。

　　英雄传说起源于祖先崇拜，讲述的是神与人结合所生的后代半神半人的故事。古希腊人怀念自己部落的领袖和一些英雄人物，便在历史事实的基础上，发挥想象力，创造出许多生动的英雄故事。英雄智勇超群，体力过人，毅力非凡，在某一位神祇的保护下完成了一番惊天动地的伟业。英雄传说常常以某个英雄或某一事件为中心，形成了不同的系统，主要有赫拉克勒斯的十二件大功、伊阿宋取金羊毛的故事、七将攻忒拜的故事、俄狄浦斯王的故事、特洛伊战争的故事和忒修斯为民除害的故事等。其中，最著名的是赫拉克勒斯的十二件大功。

　　赫拉克勒斯是宙斯与人间女子所生的儿子。他还在摇篮中时，就杀死了赫拉派来加害他的两条毒蛇，显示了超人的力量。幼年时，面对恶德女神的引诱和善德女神的劝告，他弃恶从善，决心不畏艰险，为众人造福。长大后，他为民除害，建立了十二件大功，如扼死作恶多端的怪狮、斩杀伤害人畜的九头水蛇、驯服吃人的马、捕获发疯的公牛、一天内扫清奥吉亚斯牛圈 3000 头牛 30 年间排泄的牛粪、战胜大力士安泰等，不愧为希腊神话中赫赫有名的大力士。

　　与其他民族神话相比，古希腊神话表现出独特而鲜明的特点。

　　希腊神话最突出的特点是神人同形同性。希腊神话中的神，有别于其他民族的神话，既非抽象道德的化身，亦非阴森、怪诞、恐怖、令人生畏的偶像。他们不仅长得像人，当神来到人间，无法区别何者为神、何者为人，而且同人类一样，他们有爱，有恨，七情六欲一样不缺，喜怒哀乐俱形于色，甚至好嫉妒，爱虚荣，爱计较，善报复，有时心眼小得还不如人。他们绝非高高在上，高不可攀，而是常常来到人间，同俊男靓女谈情说爱，共度良辰。宙斯在希腊神话中是一位有名的多情公子，赫拉则是有名的醋坛子。神和人类唯一不同之处在于，他们长生不死，力大无比，可随意变形，具有无比的法术和智慧，主宰着人间祸福吉凶。可以说，希腊神是高度人格化的神，希腊神话不过是借助神的外衣演绎出的"人话"。

　　希腊神话是世界上最完整、最有系统性的神话。希腊神话经过几百年的口头流传，然后在荷马史诗、赫西俄德的《神谱》以及古希腊的诗歌、戏剧等作品和历史、哲学等著作中被较好地保存、记录下来。后人根据这些零散的材料整理成目前通行的希腊神话故事，既有旧神的故事，又有新神的故事，还有半神半人的故事，在世界文学中保存完好，内容最完整。同时，神祇的换代继位，以宙斯为首的神的庞大家族谱系的形成，众神的分工明确、各司一职，又体现了希腊神话最强的系统性。

希腊神话与希腊原始宗教的关系极为密切。希腊的宗教崇拜源于希腊神话。希腊宗教崇拜的古老对象，就是神话中的众神和英雄，如宙斯、赫拉、阿波罗、雅典娜、波塞冬、阿瑞斯、赫拉克勒斯等。古希腊人有什么事，或遇上什么问题，都要向有关神祇祭祀、祈祷，请求神祇的保佑、相助。如流浪异地，须向宙斯祷告，以便得到他乡主人善待、帮助；扬帆出海，须祭奠海神波塞冬，以便求得一帆风顺。希腊宗教是一种多神信仰的宗教，在各城邦生活中占有重要地位。

希腊神话是欧洲文学的源头，对后世欧洲文学文化产生了深远影响。首先，希腊神话对古希腊文学艺术产生了重要影响。古希腊的诗歌、悲剧、喜剧以及绘画、雕刻等其他艺术都从神话传说汲取题材。其次，希腊神话对稍后的罗马文学艺术产生了巨大影响。维吉尔的《埃涅阿斯纪》、奥维德的《变形记》无不受惠于希腊神话。再次，希腊神话对近代欧洲文学艺术产生了深刻而长远的影响。从文艺复兴时期和古典主义时期开始，希腊神话知识形成一股潮流而得到普遍重视，戏剧作家莎士比亚、高乃依、拉辛，画家达·芬奇、普桑，雕刻家米开朗琪罗、贝尔尼尼，直到现当代的一些著名作家、艺术家，都以希腊神话为基础，创造了许多不朽杰作。在当代文艺学范围内，人们对神话的兴趣逐渐升华为一种研究旨趣、批评方法乃至理论体系——神话原型批评。荷马史诗是古希腊文学的最高成就，也是欧洲文学史上最早、最重要的纪念碑式巨著。

(二) 希腊氏族社会解体、奴隶主城邦形成时期(前 8 世纪至前 6 世纪)

该时期又被称为是"大移民时期"。主要文学成就是抒情诗和寓言。

抒情诗的繁荣同社会结构的重组、人的意识和情感世界的变化密不可分。在氏族社会向奴隶制城邦演变的过程中，个人意识取代了集体思想，人的情感要求得到多方面的表现，抒情诗应运而生。抒情诗源于民歌，多以双管、排箫和竖琴伴唱，主要体裁有琴歌、笛歌(又名哀歌)、讽刺诗等，其中琴歌成就最大。琴歌以竖琴伴奏，包括独唱体与合唱体。独唱抒情诗的代表是萨福(前 612?—?)和阿那克瑞翁(前 570?—?)。萨福是最著名的古希腊抒情诗人，写过 9 卷诗作，但流传下来的甚少。主题大多为咏叹恋爱的痛苦与欢乐，歌颂崇高的母爱与缅怀友情。语言朴素自然，感情真挚，音乐性强。代表作为《给所爱》等。萨福在诗坛上享有极高声誉，被柏拉图称为"第十位文艺女神"。阿那克瑞翁的诗通常歌咏生活的乐趣，讴歌大自然，赞颂爱情，以清新、优美、形式完整取胜。其诗体后来被称为"阿那克瑞翁体"。合唱抒情诗的代表诗人是品达(前 522?—前 442?)，他的诗歌主要赞美神和描写体育竞技，尤以赞颂奥林匹克运动的优胜者见长。他的诗歌充满爱国热情和道德教训，风格庄重凝练，辞藻华丽，具有崇高美，被 17 世纪古典主义诗人誉为"崇高的颂歌"的典范。古希腊抒情诗表现了贵族的思想感情，但意境清新，形式完美，对后世欧洲诗歌的发展影响很大。

与此同时，希腊民间还流传着许多以动物生活为主要内容的小寓言，相传为公元前 6 世纪一个名叫伊索的被释奴隶所作，故名《伊索寓言》。不过，流传至今的《伊索寓言》，为后人收集改写，掺杂了一些后世其他民族的故事。《伊索寓言》主要表现下层平民和奴隶的思想感情，是他们的生活教训和斗争经验的总结，如：《狼和小羊》《狮子和野驴》等揭露压迫者暴虐专横、欺压弱小的罪行；《农夫和蛇》告诫人们不能对敌人仁慈；《龟兔赛跑》教育人们谦虚谨慎、戒骄戒躁；《狼来了》劝人不要说谎。同时，有些作品表现出忍让、妥协、屈从等思想，如《说马幸福的驴子》《芦苇与橄榄树》《两只公鸡与鹰》等。艺术上，善于运用拟人手法，赋予动物以人的性格，具有浓郁的民间文学色彩。《伊索寓言》思想性很强，形式短小精悍，比喻生动恰当，对后世法国的拉封丹、德国的莱辛、俄国的克雷洛夫等都产生了影响。

（三） 希腊奴隶制发展全盛时期(前 6 世纪末至前 4 世纪初)

该时期又被称为是"古典时期"。主要文学成就是戏剧、散文和文艺理论。

在希腊历史上的"古典时期"，雅典成为整个希腊政治、经济和文化的中心，因而历史上又称为"雅典时代"。其中伯里克利执政时期(前 443—前 429)是雅典民主政治高度发展阶段，被称为"黄金时代"。希腊文学在雅典全盛期走向了繁荣。

戏剧代表了雅典时代文学的最高成就，涌现出著名的三大悲剧诗人埃斯库罗斯、索福克勒斯、欧里庇得斯和著名的喜剧诗人阿里斯托芬。他们的戏剧创作反映了雅典奴隶主民主制的社会生活。

古希腊散文并非一种独立的文学样式，而是一些哲学、历史著作和演说辞。哲学著述对后世影响最大的是柏拉图及其弟子亚里士多德。历史著作成就最大的是希罗多德、修昔底德和色诺芬三大历史学家。希罗多德(约前 484—前 425)被誉为"历史之父"，其历史著作叙述生动，文字流畅，著有《希腊波斯战争史》。修昔底德(约前 460—前 400)写有《伯罗奔尼撒战争史》。色诺芬(约前 430—前 354)主要著作有《希腊史》(又译为《历史》)和《远征记》(又译为《长征记》)。演说辞方面，吕西阿斯(前 450—前 380)、伊索格拉底(前 436—前 338)和狄摩西尼(约前 384 前 322)最著名。

古典时期的文艺理论也取得了较高成就。当时雅典最重要的两位哲学家柏拉图和亚里士多德，也是当时最主要的文艺理论家。

柏拉图(前 427—前 347)是奴隶主贵族派思想家，西方客观唯心主义哲学的创始人。写有 40 余篇"对话录"，其中最重要的有《斐德若篇》(又译《斐德罗斯篇》)《会饮篇》《理想国》《伊安篇》等。在政治上，他反对民主制，提倡贵族政治；在哲学上，他仇视德谟克利特的唯物论，创立"理念说"("理式论")，认为现实世界是理念世界的影子，理念是世界的本源。在此基础上建立了其文艺理论：在文艺本质上，认为文艺是"模仿的模仿"，"影子的影子"，"和真理隔着三层"；在文艺功用上，认为现实世界是不真实的，艺术就更不真实，艺术不能帮助人们认识世界，接近真理；相反，诗人"培育人性中低劣的部分，摧残理性的部分"，破坏"正义和其他德行"，伤风败俗，因此他对诗人下了逐客令，"除掉颂神的和赞美好人的诗歌以外，不准一切诗歌闯入"他的理想国；在文艺创作上，提出了"灵感说"，认为艺术创作的源泉在于灵感，诗人只有"在神灵的感召下"才能创造出不朽的作品，是文艺理论"灵感说"的鼻祖。不过，柏拉图并不否定文艺本身，他反对的是具有民主倾向的文艺，要求文艺为贵族政治服务。柏拉图的文艺理论对后世欧洲文艺理论的发展产生过深远影响，尤其是其"灵感说""迷狂说"对后世浪漫主义文学乃至现代主义文学产生了重要影响。

亚里士多德(前384—前322)是柏拉图的学生，但在许多观点上与其导师相左，是代表奴隶主中等阶层利益的思想家，古希腊学术的集大成者，欧洲美学思想的奠基人。他的美学观和文艺观集中在《诗学》和《修辞学》两书中，前者主要讨论悲剧和史诗，后者主要阐述演说艺术和散文艺术。他的文艺观基本是唯物的。在文艺与现实的关系上，他认为文艺是对自然的模仿，但并非机械地照搬，并拿诗和历史做比较，进而肯定了文艺模仿自然的真实性；在文艺的社会功用上，他充分肯定了文艺的认识作用和教育作用。关于悲剧理论，他提出了"过失说"和"净化说"，认为悲剧主角因某种过失和缺点遭到毁灭，由此引起人的怜悯与恐惧来使人的感情得以净化，肯定了悲剧的审美价值和教育作用。他还从生物学里引进"有机整体"概念，强调悲剧动作的统一和情节结构内在联系的单一完整。亚里士多德继承了希腊传统的模仿说，建立了现实主义的模仿理论体系，使自然模仿这一传统观点成为西方文艺理论的主流。《诗学》成为西方第一部系统完整的美学著作，奠定了西方文艺理论的基石，影响西方文坛两千余年。17世纪法国古典主义权威理论家布瓦洛的《诗的艺术》就是以它为理论根据的。

(四) 奴隶制衰落时期(前4世纪末至前2世纪中叶)

该时期又被称为是"希腊化时期"。主要文学成就是新喜剧与田园诗。

公元前4世纪下半叶，兴起于希腊北方的马其顿征服了希腊，希腊成了地跨欧、亚、非的马其顿王国的一个行省。期间，希腊文化在马其顿王国内广为传播，希腊语成为这一地域的普通话，因此，史称"希腊化时期"，文化中心由雅典转移到埃及的亚历山大城。随之，希腊本土的文学走向衰落。

新喜剧，是相对阿里斯托芬为代表的"旧喜剧"而言，不以政治讽刺性为特色，主要写爱情故事和家庭生活，取材于现实，是一种世态喜剧。新喜剧取消合唱队，着重写世态人情，肯定男女青年的爱情自由，赞美女仆的智慧，讲究情节的曲折、语言的生动，主要人物类型化。新喜剧描写细腻，讽刺生动，提倡宽大仁慈，劝善规过，但缺乏深刻的思想性。新喜剧为欧洲戏剧发展带来新的因素。代表作家是米南德(前342—前291)，著有剧本《恨世者》《萨摩斯女子》《公断》等。他的剧作多以日常生活为题材，结构紧凑，性格鲜明，语言接近口语，对文艺复兴和现代喜剧产生了一定影响。

田园诗的代表作家是忒奥克里托斯(约前310—前245)，他擅长写优美的农村风光和年轻牧人的恋爱感情，风格自然，质朴清新，对欧洲田园诗歌影响较大。

古罗马文学约在公元前3世纪中叶，随着国力的强大和经济的繁荣，并在希腊文学的影响下开始形成。古罗马文学的发展大致经历了三个阶段。

1．早期罗马文学

早期罗马文学，即共和时期的文学(前3世纪至前2世纪)，主要成就是喜剧。

古罗马原有自己的文学萌芽，如诗歌、神话和民间的戏剧表演。后来，古罗马在向外扩张中，接触到了比较发达的古希腊文化。古罗马文学在吸收希腊文学的基础上发展起来。

古罗马原有神话带有拜物教的特点，受古希腊神话影响，古罗马的神也开始人格化。与希腊神话结合，古罗马神话变得丰富起来，许多古希腊神话换上了古罗马神的名字，而故事依然如故，如宙斯改称朱庇特(尤皮特)、赫拉改称朱诺(尤诺)、雅典娜改称弥涅尔瓦、阿特米斯改称狄安娜、阿佛洛狄忒改称维纳斯等，有的神甚至连名字都未改，如阿波罗。

古罗马文学的正式形成，也与一位希腊人利维乌斯·安德罗尼库斯(约前280

一前 204)密切相关。他是古罗马文学的奠基人。他翻译了荷马的《奥德赛》，译介了许多古希腊抒情诗，编译过古希腊悲剧和新喜剧。他还按古希腊戏剧的格式，创作了取材于罗马历史的剧作《布匿战争》，诗律上沿袭了《奥德赛》体裁格式，对维吉尔撰写《埃涅阿斯纪》提供了某些有价值的参考。继他之后，一批古罗马作家也在接受古希腊传统的基础上开始创立自己的民族文学。

不同于古希腊作家，早期罗马诗人多为全能型作家。诗人埃纽斯(前 239—前 169)既写过悲剧，又写过喜剧，还写过讽刺诗，写过史诗《编年史》。他的《编年史》基本上是有意识地靠拢荷马，采纳荷马史诗所用的六音步长短格，借梦幻之景，声称自己乃荷马再世。埃纽斯作品立意深远，文风洒脱、绮丽，深得西塞罗赞赏。卢克莱修、维吉尔从中受益匪浅。

戏剧代表了共和时期文学的最高成就。罗马民间原先曾流行阿特拉笑剧、拟剧，后来受希腊戏剧影响，取得了可喜成就。悲剧作品仅存片段，喜剧成就较高。喜剧受希腊新喜剧影响，往往描摹爱情、家庭生活，讥讽世态风情。代表人物为普劳图斯和泰伦斯。

2. 中期罗马文学

中期罗马文学，即黄金时期的文学(前 1 世纪至公元 1 世纪)，主要成就为诗歌。

古罗马文学"黄金时期"指的是共和末期、帝国初期，也即拉丁语和广义的拉丁文学发展史上的古典和辉煌时期，涵盖两位著名人物的活动年代，即"西塞罗时期"(前 70—前 30)和"奥古斯都时期"(前 31—公元 14)，结束于利维乌斯去世的年代，即公元 17 年。

共和末期，罗马诗歌、散文取得了较高成就。散文方面，代表作家是西塞罗(前 106—前 43)，他留有演说词、书信以及其他政治和哲学方面的著作。他的演说词和书信备受推崇。其演说词文句优美，词汇丰富，结构严谨，音调铿锵，特别讲究运用各种修辞手法来打动读者的感情，以增强说服力。西塞罗的作品被认为是古代散文的典范，后世不少散文作家视之为学习楷模。恺撒(前 100—前 44)、利维乌斯(前 59—17)也是重要的散文家。诗歌方面，有哲理诗人卢克莱修(约前 99—前 55)和抒情诗人卡图鲁斯(约前 84—前 54)。

在奥古斯都时代，罗马诗歌达到它的高峰，文艺理论也取得了新的成就，出现了三位蜚声文坛的诗人：维吉尔、贺拉斯和奥维德。

维吉尔(普布留斯·维吉留斯·马罗，前 70—前 19)是古罗马最杰出的诗人，作品主要有《牧歌集》《农事诗》和《埃涅阿斯纪》。

史诗《埃涅阿斯纪》是维吉尔代表作，欧洲"文人史诗"的开端。史诗 12 卷，约 1 万字，追述古罗马祖先特洛伊王子埃涅阿斯建立古罗马国家的艰难光荣史。特洛伊城陷落后，埃涅阿斯率领家人和部分队伍离开家乡，在海上漂流 7 年，来到迦太基，受到当地女王狄多热情款待。狄多爱上王子，两人结为夫妇。后来天神命令他离开狄多，狄多含恨自尽。埃涅阿斯来到西西里岛，由女巫带领游历地府，见到了阵亡的特洛伊英雄们。亡父向他预言光荣的未来。他来到意大利拉丁姆地区，当地国王拉丁努斯遵神意愿将女儿嫁给他，不料却触怒了另一位求婚者鲁图利亚国王图尔努斯，由此引发一场大战。最后，埃涅阿斯与图尔努斯决战，将其杀死。史诗通过埃涅阿斯遵奉神意历尽艰险、开创基业的经历，宣扬罗马先祖的英勇、建国的艰辛，肯定罗马民族的神统，赞颂罗马帝国的强盛命运。史诗成功塑造了古罗马奠基者埃涅阿斯的形象。

贺拉斯(昆图斯·贺拉提乌斯·弗拉库斯，前 65—前 8)是著名的讽刺诗人、抒情诗人和文艺理论家。早期作品有《讽刺诗集》和《长短句集》。《歌集》为代表作，被称为罗马诗歌的典范。贺拉斯写有诗体《书简》二卷，其中致皮索父子的信，被冠以《诗艺》，是一部影响更大的文艺论著，系统阐述了作者的文艺观点。贺拉斯继承了亚里士多德的模仿说，强调文艺的教育作用，提出了"寓教于乐"的原则，主张创作要学习古典，提出"合适"的原则，讲究形式的完美。贺拉斯的主张对古典主义产生了巨大的影响。

3. 后期罗马文学

后期罗马文学，包括白银时代及帝国后期文学(公元 1 至 5 世纪)，主要成就为讽刺文学和小说。

悲剧有塞内加(前 4—65)的代表作《特洛伊妇女》和《费德尔》。诗歌有马希尔(40?—104?)和朱文纳尔(60?—127?)的讽刺诗。小说方面，佩特罗尼乌斯(?—66)的小说《萨蒂利孔》，在欧美文学中首创讽刺性流浪汉小说。阿普列尤斯(约 124—175)的《金驴记》(又译《变形记》)，是欧美原始小说代表作。散文方面，琉善(125?—180?)是帝国时代最后一位重要作家，写有讽刺散文《诸神的对话》《真实的故事》等。

帝国后期的罗马，基督教成为国教，早期基督教文学迅速发展起来。希伯来文化开始影响欧洲文学，并成为它的又一渊源。

第二节　荷马史诗

《伊利亚特》和《奥德赛》是古希腊两部伟大的英雄史诗。其著作权通常归于诗人荷马。我们不仅把两部史诗统称为"荷马史诗"，而且把史诗形成的大体时代称为"荷马时代"。

荷马生平资料缺乏。传说中，他的出生地就有七处之多，因而后世的人们对是否确有"荷马"其人产生了疑问，遂形成了所谓"荷马之谜"。有研究者认为，并无荷马此人，希腊亦无此姓氏，他应是某种形式集体创作的代指。有的则认为，两部史诗都分 24 卷，结构工整，情节也有关联，应出自一个人的手笔。多数意见还是倾向于认为，这是在长期民间口头流传的基础上，由行吟诗人荷马边演唱边整理而成的。成诗时间大约在公元前 9 世纪至公元前 8 世纪之间。

《伊利亚特》(又译《伊利昂纪》)意为"伊利昂之歌"。伊利昂即特洛伊城，史诗的题材是大约发生在公元前 12 世纪的希腊人攻打特洛伊城的一场战争(也有史学家认为根本没发生过这场战争)。全诗共 15693 行，分为 24 卷。据传，这场战争进行了 10 年之久，而史诗却只写了最后的 50 天，足见"作者们"是深谙艺术创作之道。他们选取最具故事性、也最能体现英雄精神的片段来反映这场规模宏大、旷日持久的战事，可谓匠心独运，是长期面对一代代听众筛选的结晶。

特洛伊战争的起源，出自一则神与神之间纷争的神话传说，即所谓"金苹果"的故事。阿喀琉斯的父母是人与神的结合，他们举行婚礼时，竟忘了邀请不和女神厄里斯，女神向婚宴上扔下一个写有"给最美的女人"字样的金苹果，引起天后赫拉、智慧女神雅典娜和爱神阿佛洛狄忒的争执，宙斯让她们去找特洛伊王子帕里斯裁定。三位女神为夺取"最美"的桂冠，都运用自己手中的权力拉拢帕里斯：赫拉许诺他成为最伟大的君主，雅典娜许诺他成为最伟大的英雄，阿佛洛狄忒则许诺他得到最美的妻子。帕里斯把金苹果判给了爱神，阿佛洛狄忒帮他拐跑了希腊斯巴达王的妻子、据称是人世间最美的女人海伦，也带走了大量财物。于是，希腊各国组成联军，在阿伽门农的统帅下大举进攻特洛伊，一打就是 10 年之久。这就是所谓"一个美人引发的十年战争"。

传说中史诗后续的两则故事交代了主人公的命运和战争的结局。站在特洛伊一边的太阳神阿波罗劝说阿喀琉斯停止进攻，阿喀琉斯不从，阿波罗便用冷箭射中他的脚踵，使其血流不止身亡。原来阿喀琉斯出生时，母亲为使他刀枪不入，曾捏着他的脚踵倒提着将他在冥河里反复浸泡，不料没泡到河水的脚踵就成了他致命的要害。交战双方主将相继阵亡，但战争仍未结束。久攻不下的情形下，足智多谋的奥德修斯设下"木马计"，即大军佯装撤退，却留下一装满将士的巨型木马，待特洛伊人将木马拖回城内，希腊人便从木马中杀出，与城外的部队里应外合，一举攻克了特洛伊。这位"木马计"的设计师，便是另一部史诗《奥德赛》的主人公。

《奥德赛》意为奥德修斯的故事，共 12110 行，也分 24 卷。史诗写的是特洛伊战争之后，主人公花费 10 年时间，历经种种磨难，终于回到故里与妻儿团聚的故事。从事件、人物和时间看，它与前一部史诗紧密相连，但在题材选择、叙事方式和结构安排等方面都有了较大的变化。史诗的主线是奥德修斯的返乡之旅，他的种种遭遇都是由神指使下的自然力造成的。狂风巨浪一次次击沉他们的船只木筏，使许多将士落水而亡；途中他还经受了忘忧果和女妖歌声等的诱惑，拒绝了神女的追求，刺瞎巨怪的眼睛，躲在羊肚子底下得以逃命——一幕幕场景，一

段段险情，波澜起伏，色彩斑斓，趣味盎然。而史诗选取的只是 10 年中的最后
40 天发生的事情，这 10 年的漫长经历，却是用倒叙(主人公的讲述)来交代的。就
是这 40 天，诗人也不是平铺直叙，而是花开三朵，各表一枝——纨绔子弟们在奥
德修斯家中大吃大喝，胡作非为，纠缠着向他妻子求婚；在神的指引下，他儿子
外出寻父；奥德修斯化装成乞丐，回家探听虚实。最后，三条线索汇聚到一起，
以奥德修斯赶跑这些恶棍、全家欢乐团圆作结。

两部史诗，一写人与人的斗争，一写人与自然的斗争为主、同时写到了家庭
关系。这是人生存的两种基本形态，二者互补，构成了人类生活的全景。在文字
史料十分匮乏的情况下，荷马史诗便成了研究古代史的重要依据。例如，诗中人
们使用的武器和农具，证明当时的生产力正处于由青铜时期向铁器时期的过渡阶
段；木工、铁匠、皮匠、造船等手工业已成独立行业，商品交换已日渐普遍；私
有制、等级制和私有观念的出现，表明氏族社会正走向解体——由于我们主要是
通过史诗认识这个时代的，因此史学家将其命名为"荷马时代"。

英雄主义是两部史诗共同的主题，也是两部史诗主要魅力之所在。《伊利亚
特》是一部战争史诗，它歌唱战争中的英雄，歌唱英雄们在战争中表现出的大
无畏精神，更歌唱英雄们强悍的人格魅力。就战事而言，作者的倾向显然在希
腊一方，但他对双方的主将却同样给予了热情的赞美。阿喀琉斯的愤怒罢战，
是对阿伽门农欺辱的抗争，是为维护个人尊严而采取的极端行为。他损害了民
族的利益，因而遭到谴责，但也因维护了英雄的人格而赢得同情。二者相比，
情感的天平是向阿喀琉斯倾斜的。阿喀琉斯在战场上的凛凛威风，尽显英雄本
色；而他为给友人报仇追杀赫克托尔、凌辱其尸体，最后又将尸体归还其父的
曲折过程，则展现了这位高傲英雄敢恨敢爱的刚烈个性。赫克托尔体现着一种
崇高的悲剧精神。他同样是战场上的勇士，曾一度把希腊人打得落花流水。由
于他的许多家人都先后死在了阿喀琉斯的手下，因此他的妻子和父母都力劝他
不要出战，而他也深知阿喀琉斯的厉害，但出于责任感和荣誉感，他还是义无
反顾地迎战强敌，终于壮烈牺牲。这是一位"虽败犹荣"的英雄，全诗结束在
他的盛大葬礼上，足以表明作者的态度。历险史诗《奥德赛》歌颂的是主人公

在与自然搏斗中所显示的聪明才智和刚毅品格。传说中的奥德修斯以他的木马计成为最终取胜特洛伊的头号功臣，经受返程中的考验则进一步表现了他足智多谋的特点。诗歌的情节均属神话故事和人们想象的产物，他们的想象当然是以长期的航海实践为基础的。当人在与自然的对立中尚处于劣势的时候，战天斗地的精神和机智勇敢的行为，便是人们特别需要、也特别尊崇的英雄品质。奥德修斯的伙伴们，或经不起诱惑而滞留，或顶不住风浪而丧生，只有他一人以智谋、胆略、顽强的毅力和对故土的眷恋，战胜种种艰难险阻，实现了返回家园的愿望。通过对奥德修斯和珀涅罗珀夫妻忠诚关系的赞美，史诗对个体尊严的强调更加鲜明突出。他们不遗余力地维护自己家庭的利益，正是维护了属于个人的财产、荣誉和情感。在一个集体英雄的时代，史诗已给予个体的需求和欲望以应有的重视和肯定，鲜明地体现了人本主义的色彩。

就风格而言，《伊利亚特》更接近于现实主义，基本按时序叙事，手法平实，描写细致，也注意人物心理的刻画；《奥德赛》则以丰富的想象力见长，天上地下，人神妖魔，电闪雷鸣，惊涛骇浪，为人物提供的是非常规的舞台。

《埃涅阿斯纪》是罗马诗人维吉尔创作的第一部文人史诗。史诗共 12 卷，其格局显然受荷马史诗的影响，前 6 卷写主人公的漂流历险，后 6 卷写战争。但与荷马史诗不同的是，它具有明显的"御用"性质。诗人生活在经过长期内战后建立起来的屋大维统治时期，战后的和平使人们得以安居乐业。屋大维对文化的重视和利用，创造出了一次文学的繁荣，史称罗马文学的"黄金时期"。作为小土地所有者的维吉尔，是新政权政策的受益者；他的才华又为统治者所赏识，成为御用文学集团的重要一员。因此，维吉尔自然对屋大维感恩戴德，而这部史诗更是直接受命于屋大维。

埃涅阿斯是特洛伊王与维纳斯女神之子。特洛伊城失陷后，埃涅阿斯与妻子走散，开始了 7 年的海上漂流。史诗从第七年主人公在北非的迦太基登陆写起，由他向迦太基女王狄多讲述海上历险的旅程。他的经历使女王深受感动，并引发了她的恋情。但埃涅阿斯肩负天神建立新王朝的重任，执意离去；痴情的狄多送别他后，自杀身亡。埃涅阿斯来到意大利，在先知引领下游地府，父王的亡灵告诉他，他的后代将成为罗马国的缔造者，"他们的伟业有朝一日都将与天比高"。这就明示了当今统治者屋大维正是神祇的后裔，指出他们正是依照神意在意大利这片土地上建起了辉煌的"黄金时代"，并将以他们的武功征服和统治"万国"。史诗后半部写埃涅阿斯与图尔努斯为争夺当地国王的女儿而进行的一场战争，史诗以埃涅阿斯在战争中最终取胜作结。

英雄主义同样是贯穿这部史诗的重要思想。埃涅阿斯海上漂泊的顽强精神、激烈战斗中的英勇无畏，都体现着与希腊人一脉相传的英雄崇拜意识。所不同的是，埃涅阿斯具有明确的"重建家园""开国立业"的使命感和责任感，这使他的英雄行为有了更明确的动机和更理智的规范。在诗人笔下，埃涅阿斯不仅是开国英雄，而且是开明君主，寄寓了人们对虔诚而仁慈的君王的理想。因此，有论者认为，《埃涅阿斯纪》可视为最早的民族史诗，主人公是真正的民族英雄。

与荷马的狂放洒脱相比，维吉尔更显沉稳安详；与荷马的乐观自信相比，维吉尔略显阴郁悲观；与荷马语言的自由随意相比，维吉尔的文字更为考究多彩。总之，维吉尔继承了荷马的传统，但更精于构思设计、深入思考，因而更显示了"人工"的特点。

第三节　古希腊戏剧

古希腊戏剧是古希腊文学的重要组成部分，在思想内容、艺术形式和审美理想方面都取得了重大成就。古希腊戏剧是欧洲最早的戏剧，也是世界上最古老的戏剧，不仅为西方戏剧发展奠定了基础，而且为世界戏剧发展提供了借鉴。

一、古希腊悲剧

古希腊悲剧大多取材于神话和传说，但作家可对选取的神话做出自己的艺术处理，通过神话题材反映现实，表达自己对现实问题的认识和感受。悲剧的冲突是神与神、神与人，尤其是人与命运的冲突。古希腊人把不可理解的社会发展趋势和个人的不幸归结于命运的捉弄，实际上展示的是人与人、人与社会、人与自然之间斗争的矛盾和冲突。悲剧着重表现主人公的英雄行为，描写英雄明知命运不可抗拒，仍报以必死决心与之抗争，由此体现出人生的价值意义。形象高大雄伟，气势壮烈磅礴，一般没有悲观色彩，而是充分表现出悲壮、崇高的风格。悲剧由演员和歌队或话语和唱段组成。歌队是悲剧的原始成分，合唱在早期作品中占有相当大的比例。悲剧的结构一般包含开场白、入场歌、场、场次之间的唱段、终场。合唱队既是剧中角色，又是作者代言人，还起着分幕分场的作用。最初的悲剧采用"三部曲"的形式，即三个剧本用一个题材，既相对独立，又整体连贯。悲剧台词用诗体写成，具有极高的文学价值。

公元前5世纪是希腊悲剧的繁荣时期，这一时期涌现出大批悲剧诗人，上演了许多悲剧作品，流传至今的有埃斯库罗斯、索福克勒斯和欧里庇佑得斯三大悲剧诗人的作品。他们的创作反映了奴隶制民主制发展不同阶段的社会生活，也显示出希腊悲剧在不同时期的思想和艺术特点。

埃斯库罗斯(约前525?—前456)被称为"悲剧之父"，是由氏族贵族奴隶主专政向奴隶主民主制过渡时期的诗人。出身贵族，亲眼看到雅典公民反对贵族统治、建立民主制的斗争，亲身参加了反侵略的希波战争，这使他能接受民主制。但是他未能完全摆脱旧观念。这形成了他世界观的矛盾，并反映在他的创作之中。据说，埃斯库罗斯写过90部剧本(一说70部)，有7部流传至今。《俄瑞斯忒斯》(《阿伽门农》《奠酒人》《报仇神》)是流传至今唯一一部完整的古希腊三部曲。剧本以阿耳戈斯国王阿特柔斯家族的世仇为题材，反映了父权制对母权制的斗争和胜利。《波斯人》是现存希腊悲剧中唯一一部取材于现实生活的作品。诗人以波斯水师在萨拉米全军覆没的事件为题材，抒发了他的爱国主义热情，赞美了雅典的民主制。

埃斯库罗斯剧作人物形象单纯而高大，具有理想化的性格；但人物性格一般是静止的，缺少发展。戏剧结构比较简单，情节不曲折，但抒情气氛浓郁，歌队

19

起着重要作用。语言庄重、夸张，但有时流于堆砌。埃斯库罗斯对希腊悲剧的发展有重大影响，继忒斯庇斯之后，在剧中增加了第二个演员，使对白成为剧中的主要成分，开始运用服装、高底靴、道具和布景等，第一个采用"三部曲"形式。古希腊悲剧的结构程式和艺术特点在他的剧作中基本形成。

代表作是《普罗米修斯》三部曲(《被缚的普罗米修斯》《被释的普罗米修斯》《带火的普罗米修斯》，后两部均失传)的第一部《被缚的普罗米修斯》，又名《普罗米修斯》。取材于希腊神话中普罗米修斯盗天火赐予人类而受到宙斯惩罚的故事。普罗米修斯是提坦神之一，曾帮助宙斯推翻了克洛诺斯的统治。他也是人类的创造者，并盗天火给人类，使人类从此变得文明进步。宙斯仇恨人类，也就仇恨普罗米修斯。他命火匠神将普罗米修斯绑在高加索山崖上，每天让兀鹰啄食他的肝脏，晚上长好，第二天再啄。后来，大力神赫拉克勒斯解救了他。戏剧开场，宙斯派威力神、暴力神和铁匠神将普罗米修斯钉在高加索山的悬崖上。河神劝他同宙斯和解，被他拒绝。他知道宙斯将被推翻的秘密，神使赫耳墨斯奉宙斯之命威逼他说出秘密，他严词拒绝。最后，他被宙斯雷电打入塔尔塔罗斯地狱。全剧通过普罗米修斯同以宙斯为首的诸神的斗争，影射了希腊社会中民主派与贵族派两种政治势力的斗争，宣扬民主思想，批判专制主义，歌颂为正义事业而斗争献身的崇高精神。

普罗米修斯是一个为正义事业而奋争的崇高而伟大的斗士形象。首先，他是人类的良师益友、保护神和文明进步的化身。他不仅用泥土创造了人类，而且对人类充满关爱，鼎力扶持。他把天神的特权——火盗给人类，使人类摆脱了愚昧状态。他还教会人类建造房屋、驾驭牲畜劳动等各种技艺，为人类发明数学、文字、航海、医药、占卜等技术成果，大大推进了人类文明进程。其次，他还是一个信念坚定、顽强不屈的民主斗士和抗暴英雄。为了保护、救助人类，他不怕宙斯的淫威，即便被钉在高加索山悬崖上，长年累月遭受兀鹰的啄食、宙斯的雷击，也决不屈服。无论是河神的劝解，还是神使的威胁，都不能使他有丝毫动摇。他对因宙斯引诱而惨遭赫拉迫害的伊俄深表同情、关怀。作家把普罗米修斯反对宙斯暴政的斗争提升到关系人类命运的高度，歌颂了其为人类正义事业不惜牺牲自己一切的崇高精神。

索福克勒斯(前496—前406)被誉为"戏剧艺术的荷马"。他的创作反映了雅典奴隶主民主制盛极而衰时期的社会生活。他出生于雅典一个工商业主的家庭，受过很好的音乐、舞蹈、体育、诗歌等教育。一生经历了希腊史上两次重要战争希波战争和伯罗奔尼撒战争。他与民主派领袖伯里克利交情笃深，政治上属于温和的民主派。他写过120余部剧作，现存悲剧7部，最著名的是《安提戈涅》(前441)和《俄狄浦斯王》(前431)。他的创作贯穿反对专制、提倡民主的思想，宣扬英雄主义精神，重视个人的意志和力量，描写人与命运的冲突。他对古希腊悲剧做出了重要贡献。他的剧作不再借助神力，而是依靠人物性格的发展推动情节的发展；增加第三位演员，加强了戏剧动作和对话，有利于人物刻画；使歌队成为剧中有机组成部分；打破了"三部曲"的形式，变成三个独立的悲剧；在舞台布景、演出道具等方面也有创新。古希腊悲剧艺术形式在他的创作中臻于完善。他把人物放在尖锐的冲突中并通过人物对比方法来加以塑造，因而人物的动作性强，性格比较突出。他擅长通过严谨复杂的戏剧结构叙述故事，使戏剧冲突更加强烈，剧情发展更曲折生动。风格质朴、简洁、自然。索福克勒斯的悲剧标志着古希腊悲剧走向成熟。

代表作《俄狄浦斯王》取材于俄狄浦斯王杀父娶母的古老传说。神示忒拜王拉伊俄斯的儿子会弑父娶母，儿子俄狄浦斯出生后就被抛弃，由科任托斯王波吕玻斯收为养子。俄狄浦斯长大后由神谕获悉自己可怕的命运，便逃离科任托斯。在一个三岔路口因争路发生冲突，不慎打死一位老人，正巧是他的生父。来到忒拜城郊，他猜破了人面狮身的女妖斯芬克斯之谜，被忒拜人拥立为王，按习俗娶了前王之妻，即他的生母。悲剧开始时，俄狄浦斯已即位16年，此时忒拜发生了瘟疫。神示说，原因是杀害先王的凶手至今逍遥法外，未得到惩罚。俄狄浦斯为了拯救忒拜，千方百计追查凶手，结果发现凶手就是自己。悲痛万分的王后伊俄卡斯忒自尽而死，俄狄浦斯刺瞎自己双眼，离开忒拜城。

《俄狄浦斯王》是典型的希腊命运悲剧。悲剧着重表现了个人意志与不可抗拒的命运的冲突。俄狄浦斯是一位具有坚强意志和美好品德的英雄。他具有高尚的道德，敢于同可怕的命运抗争，又具有忧国忧民的胸襟，努力彻查凶手，还勇于为自己的行为承担责任。这样英明、勇敢的人却注定遭受命运的摧残，揭示了命运本身的不合理。悲剧通过俄狄浦斯的英雄行为和高尚品德，有力肯定了人的顽强意志和独立自主精神，肯定了人对命运的反抗。这种对人的自由精神的肯定和对命运合理性的质疑，体现了雅典奴隶主民主派的意识特点。

《俄狄浦斯王》采用了倒叙结构和发现、突转的表现手法，具有强烈的悲剧气氛。

索福克勒斯在古希腊受到高度评价，被誉为"戏剧界的荷马"，对后世产生很大影响。

欧里庇得斯(前480—前406)出身贵族，曾受智者学派哲学思想的影响，被称为"舞台上的哲学家"。他的悲剧反映了雅典奴隶主民主制衰落时期的社会现实和思想危机。他看到雅典民主制国家中存在的种种矛盾，不满当局对内压迫人民、对外侵略别国的政策，因而为当局所不容，晚年流落马其顿，客死他乡。相传，欧里庇得斯写了92部剧作，现存作品18部，如《希波吕托斯》(前428)、《特洛伊妇女》(前415)、《美狄亚》(前431)、安蓼洛玛克等。欧里庇得斯在继承前人的基础上，对希腊悲剧做出了新的贡献。他善于运用写实手法来表现当时生活。他的悲剧虽然也取材于神话传说，但赞扬民主制，反对战争、侵略，同情女性和奴隶的命运，谴责现实中的罪恶和不公，具有鲜明的现实性和批判性。由于他在剧中揭示许多社会问题，故被称为欧洲文学史上"问题剧"的最早创始人。他是最早为妇女命运鸣不平的悲剧家，是在文学中第一个"发现"妇女的作家。他的创作结束了古希腊的"英雄悲剧"。

代表作《美狄亚》取材于伊阿宋取金羊毛的传说。英雄伊阿宋乘阿耳戈船到科尔喀斯取金羊毛时，当地公主美狄亚钟情于他，背叛了自己的家庭，帮助他夺取了父亲的宝物金羊毛，同他一起来到伊奥尔科斯，又为他报了父仇。婚后他们定居科任托斯，生下两个儿子。悲剧开始时，伊阿宋要另娶科任托斯的公主，遗弃美狄亚。科任托斯国王又下令将美狄亚驱逐出境。美狄亚起初和伊阿宋争吵，后来假装和解，用巫术和有毒的礼物，杀了新娘和国王。为了惩罚伊阿宋，她又痛苦地杀死了两个儿子，然后跳上天车，飞往雅典。作品通过美狄亚的悲剧，反映了当时希腊社会风气之恶劣、妇女地位之低下，批判了贵族男子的忘恩负义、冷酷无情。

美狄亚是一个热情、坚强、富有反抗精神的女性。她的悲剧具有深刻的社会意义，是当时不公的社会逼迫她走向了铤而走险、手刃亲人的悲惨绝境。悲剧描写了美狄亚的不幸，特别是杀子前的复仇想法与母爱之间的思想斗争写得惊心动魄。她要使伊阿宋永远痛苦，自己不得不承受加倍的痛苦。

欧里庇得斯的"问题剧"对后世戏剧发展产生了深远的影响。

二、古希腊喜剧

古希腊喜剧的兴起晚于悲剧，是雅典奴隶主民主制危机时期的产物。当民主制危机四伏而弊端俱呈的时候，英雄悲剧的时代走向终结，以揭露社会矛盾、讽刺现实为主要特征的喜剧便应运而生。民主制条件下的言论自由，也推动了喜剧的发展。

古希腊喜剧经历了旧喜剧、中喜剧、新喜剧三个阶段。我们所说的古希腊喜剧，主要指旧喜剧。喜剧多为政治讽刺剧和社会问题剧。它取材于当代的现实生活，对人们普遍关心的重大政治社会问题发表意见，讽刺社会名流、当权者，比悲剧具有更为强烈的政治战斗性。希腊喜剧从民间的祭仪和滑稽戏演变而成，因此从故事情节、人物形象到台词、动作，都十分夸张、滑稽，甚至有些荒诞、粗俗。但它却表达了严肃的主题，反映了生活的本质。喜剧由 6 部分组成：开场白、歌队入场、争论、领队的叙述、场、终场。

公元前 5 世纪，雅典曾出现过克拉提诺斯、欧波利斯和阿里斯托芬三大喜剧诗人，但只有阿里斯托芬的部分作品流传下来。

阿里斯托芬(约前 446—前 385)是古希腊喜剧的代表，被称为"喜剧之父"。他是雅典附近土地所有者，他的喜剧代表了自耕农的思想和立场。他从这一立场出发来表现雅典奴隶主民主制衰落时期的社会生活和政治斗争。据说，他写过 44 部作品，现存仅 11 部，如《阿卡奈人》(前 425)、《骑士》(前 424)、《云》(前 423)、《鸟》(前 414)、《吕西斯特拉特》(前 411)、《地母节妇女》(前 410)、《蛙》(前 405)等。他的作品涉及当时的政治、哲学、文艺等方面的问题，其中，战争与和平的问题占据显要地位。他的喜剧用夸张手法，描写近乎荒诞的情节，妙趣横生，在嬉笑怒骂中表达了严肃的主题，具有尖锐的政治讽刺性。他善于运用民间语言加强喜剧效果，语言诙谐、生动，既有粗俗的插科打诨，又有优美的抒情诗歌。不过，他的剧作结构松散，人物类型化，缺少个性特征。《鸟》是流传至今唯一以神话幻想为题材的喜剧作品。作品刻画了一个自由、平等，没有压迫与奴役的理想社会——"云中鹁鸪国"。这是西方文学中最早表现乌托邦思想的作品。《蛙》通过对埃斯库罗斯和欧里庇得斯的比较，提出了文艺的功用在于提高公民的道德思想。

代表作《阿卡奈人》是一部反内战的喜剧，于公元前 425 年上演。当时，伯罗奔尼撒战争已经打了 6 年，人民渴望结束内战，实现和平。阿里斯托芬在剧中表达了人民的呼声。剧中，雅典农民狄开俄波利斯厌恶战争，私下与斯巴达订立了 30 年和约。雅典城邦的阿卡奈人不明战争起因，指责狄开俄波利斯，用石头打他。他向阿卡奈人争辩，他并不想投靠斯巴达，但战争的引起雅典也有责任，战争只对主战派的军官有利。一些阿卡奈人不服，请来主战派将领拉马科斯，狄开俄波利斯打败了他，又说服了阿卡奈人。狄开俄波利斯开放和平市场，显示和平的好处。拉马科斯奉命再度出征。酒神节来临，狄开俄波利斯赴宴归来，喜笑颜开，拉马科斯负伤而归，叫苦连天。作者以喜剧搞笑的形式，通过农民狄开俄波利斯单独与敌人媾和，从而过着幸福生活的故事，表达了人们反对战争、要求和平的强烈愿望。

狄开俄波利斯是一个积极反战、勇敢追求和平安乐生活的自由农民形象。他认清战争的本质不过是当权者利益之争，当权者根本无视人民利益，只顾发国难财。所以，他热爱和平，坚决反对内战．采取措施维护自身利益。遇到挫折时，他化装成乞丐，迂回劝说众人抵制战争。最终他畅饮生活美酒而归。

阿里斯托芬的创作对后世欧洲的喜剧和小说，特别是对拉伯雷、斯威夫特等讽刺作家的创作，具有深刻的影响。

第二章 中世纪文学

　　中世纪文学是欧洲封建社会的文学。欧洲中世纪，以 476 年奴隶制罗马帝国灭亡为起点，以 17 世纪中叶英国资产阶级革命兴起为终点，包括初期(5—11 世纪)封建制形成、中期(12—15 世纪)(12—15 世纪)封建制繁荣和末期(16—17 世纪中)封建制衰落三个历史阶段。而中世纪文学只包括初期和中期的文学，与封建社会形成和繁荣两个阶段相对应，约一千年的历史。封建社会末期的文学，由于资产阶级文学在封建母体内形成并迅速取得文坛主导地位，从而成为近代文学的开端和部分，不包含在中世纪文学范围之内。

第一节　西方文明的决定性转折

一、中世纪文学的历史文化与文学特征

　　中世纪是欧洲各主要民族国家初具雏形的年代，也是多民族文化空前交汇融合走向一体化的重要时期。

　　公元 476 年，西罗马帝国被入侵的日耳曼后裔西哥特人所灭，统治欧洲 600 年的奴隶制轰然倒塌，欧洲进入了日耳曼后裔大肆兼并土地和重新划分势力范围的长达百年的战乱时代。5 世纪后，日耳曼人在罗马帝国的废墟上建立起了一系列的封建王国。其中以法兰克王国(481—843)最为强大，存在时间最长，它的建立是欧洲封建制度正式形成的标志。查理大帝统治时期(768—814)形成了统治西欧绝大部分地区和部族的"查理曼帝国"。查理大帝死后，帝国陷入内战，843

年分裂为东法兰克、西法兰克和中法兰克三个王国，即后来德意志、法兰西、意大利三个民族国家的雏形，西欧主要国家的疆域基本形成。

日耳曼人入主欧洲大陆后，战争中的军事贵族和亲兵分得大量土地，成为地主阶级。而原有的奴隶从新主人手中领取份地耕种，向主人交纳赋税和服劳役，人身依附于地主，与贫困破产失去土地的自由民一起，构成了封建社会被压迫阶层的主体—农奴阶级。由此，封建采邑制、分封制的社会秩序确立，地主阶级统治和压迫农奴阶级的基本社会关系和社会主要矛盾形成，西欧完成了原始氏族社会向封建社会的过渡。日耳曼"民族大迁徙"和西欧封建秩序形成的过程，促进了欧洲多种文化、不同文明的交汇融合。

思想内容上，中世纪文学最突出的特点，是基督教思想制约文学的题材、内容和主题。基督教成为封建专制统治的精神支柱，成为人们道德生活的准则，使得各类文学不同程度上都具有基督教文化的内容和宣扬基督教来世、原罪、禁欲、救赎等思想，发挥文学的宗教劝导和道德教化功能。其次，在封建国家形成的背景中，突出了各民族文化遗产中爱国主义和英雄主义的基本主题。各民族文学都注重表现封建国家形成和确立的历史过程，歌颂在民族统一大业中功勋卓著的英雄和起决定作用的明君贤臣，表现出民族意识的觉醒。再次，适应等级森严的社会结构形态和新阶级势力产生的现实，出现了反映特定社会阶层生活和风貌的世俗文学形式。骑士文学和市民文学，是中世纪对人类文明的两大贡献。在基督教文学占据正统地位而世俗文学受压制的时代，它们顽强表现世俗的现实人生，具有冲破基督教思想樊篱和重续古代人本主义文化精神的重要意义。

艺术方法上，中世纪文学的首要特征是，在多民族文化融合的背景下各种生活题材进入文学领域，极大地扩展了文学表现的范围。不同地域、时代、民族和性质的生活内容都进入文学领域，使之成为全面了解中世纪欧洲社会生活的可资借鉴的认识材料。在这特定的历史背景和文化氛围中，各种文学体裁的形式得到发展和成熟。诗歌是中世纪文学最重要的体裁，其中史诗、抒情诗、长篇叙事诗、民间谣曲等诗歌的形式因素，互相参照、渗透和影响，使各类诗体的形式都更精美和完善。叙事文学的形式由松散到紧凑、由繁杂到简约，场景描绘更简练，情节线索更集中，结构布局和技巧运用更自觉。在多种文化的影响下，艺术表现手法得到拓展。本土及族群文学的现实描摹、浪漫抒情，教会文学的寓意、象征、梦幻，以及民间故事的寓言、哲理，都得到充分运用和发展。对文学情感特性的把握能力得到提高。对人内心情感的展示挖掘是当时爱情题材作品的重要特征，人的激情、体验、愿望、喜怒哀乐等复杂心理活动都得到初步成功的描摹，较古希腊罗马时期更自觉和成熟。文学之深探及人的灵魂，这是欧洲文学的又一重大进展。

二、中世纪文学发展概况

中世纪初期，由于战乱、"蛮族"野蛮的统治和基督教的压抑，文学发展缓慢，文坛一片沉寂，是欧洲文学史上最"黑暗的时代"。在漫长的几百年中，只有思想僵化、艺术稚嫩的教会文学和民间口头文学性质的英雄史诗及谣曲。中期以降，随着主要国家封建化过程的完成和社会经济的繁荣，文学结束了萧条冷落的局面，开始复苏，出现了与教会文学相对立、富于现实精神的世俗文学，包括记录各民族建国立业的历史事件和歌颂民族英雄的英雄史诗、表现新兴封建骑士阶层生活与风尚的骑士文学和反映城市市民阶层生活与愿望的市民文学。它们以表现世俗人的现实人生为目的和内容，与教会文学在对峙中发展，为近代资产阶级文学的产生奠定了基础。

（一）教会文学

教会文学又称僧侣文学，是中世纪初期欧洲唯一的书面文学作品，是中世纪占统治地位的文学，是基督教会巩固统治和宣扬基督教思想的工具。作者主要是教士和修士；题材主要来源于基督教经书《圣经》；体裁主要有圣经故事、圣徒传、祈祷文、赞美诗和圣迹剧等；一律采用梦幻形式和象征寓意的手法；内容主要是上帝神威、圣母奇迹、耶稣传教、圣徒布道和信徒苦修等；主题是宣扬上帝无上权威和宣扬原罪说、禁欲主义、来世主义等基督教思想；风格虚幻缥缈、神秘气氛浓厚。文学成就最大、对后世产生重大影响的是《圣经·旧约》，成为形成西方文明两大源头之一的希伯来文化的主要内容。

(二) 英雄史诗与谣曲

英雄史诗，是欧洲各民族最早的文学形式。根据形成时间和内容不同，分为早期英雄史诗和后期英雄史诗两类。

早期英雄史诗，大都产生在氏族部落形成和"民族大迁徙"时代，是氏族社会末期各民族人民口头创作和集体智慧的结晶。主要记录具有传奇色彩的氏族部落英雄为氏族部落集体斩妖除怪、历经艰险、战天斗地的伟业，表现集体主义和英雄主义主题。由于形成时间较早，因此保留着原始文化浓厚的神话色彩和自然神多神崇拜的特点。主要有盎格鲁撒克逊的《贝奥武甫》、日耳曼的《希尔德布兰德之歌》、冰岛的《埃达》和《萨迦》、芬兰的《卡列瓦拉》(又名《英雄国》)。

《贝奥武甫》是中世纪欧洲出现最早和保存最完整的史诗，是古代日耳曼民族文化的结晶。它最早在 5 至 6 世纪，由向不列颠迁徙的盎格鲁—撒克逊人口头创作，约 8 世纪用古英语写成，现存最早的约 10 世纪的手抄本，由不知名的教士完成，共 3182 行。史诗围绕瑞典南部耶阿特部落英雄贝奥武甫的三次战斗展开他的英雄人生，主要讲述他年轻时在丹麦除海妖、年老时在瑞典战火龙的故事。贝奥武甫的三次战斗，可以看作是对丹麦、耶阿特、瑞典三个民族历史的交织展现，反映了北欧人氏族公社制解体时期的生活。两个中心故事，歌颂了贝奥武甫这个理想化的氏族英雄形象。他虽为氏族贵族，但为了氏族集体的利益勇猛无畏、英勇奋战，表现出氏族集体所需要的集体主义和英雄主义美德。史诗现实成分与神话因素相交织，是早期英雄史诗的典范，也是英国文学史上第一部重要的作品。

后期英雄史诗，大约形成在 12 世纪之后，它一般以历史事实为基础，在民间口头文学的基础上由神职人员整理加工而形成书面文学作品。与早期史诗不同，它们形成于各个国家封建化过程完成之后，因此所歌颂的不再是体现氏族集体理想愿望的氏族部落英雄，而是以民族主义和爱国主义为精神主旨，甚至具有宗教色彩的民族英雄。内容也主要表现封建化进程中各民族的生存与斗争，表达建立强盛统一的民族国家的愿望。主要有法兰西的《罗兰之歌》、西班牙的《熙德之歌》、德意志的《尼伯龙根之歌》和俄罗斯的《伊戈尔远征记》。

《罗兰之歌》是中世纪欧洲最著名的史诗，是后期英雄史诗的代表作。11 世纪中期之前，它以吟咏的方式在民间开始流传，11 世纪末 12 世纪初用罗曼语方言编订成文，共 4002 行。史诗取材于 8 世纪法兰克王国查理大帝远征西班牙的历史，主人公法兰西大将罗兰是查理大帝的侄子和十二重臣之一。查理大帝亲率大军与西班牙交战 7 年，只有信伊斯兰教的萨拉哥萨地区尚未臣服。当查理大军压境时，萨拉哥萨王马尔西勒以假降苟延残喘，派使乞求和。罗兰建议派继父迦奈隆出使谈判。迦奈隆怀恨在心，伺机报复。谈判时他收下敌方重金，表面谈判，骗取查理大帝信任，暗中定下诈降之计。查理大帝以为功成班师回朝，并接受迦奈隆建议让罗兰率队断后。查理大军撤退后，罗兰 2 万后卫遭遇马尔西勒 10 万大军伏击。罗兰率部英勇抵抗，终因寡不敌众全军覆没，罗兰也战死沙场。爱国主义是史诗的主题，爱国思想在罗兰身上得到了很好的体现。他忠于国家，把保卫"可爱的法兰西"当成天职，为此面对强敌毫不畏惧，英勇献身。甚至最终头枕查理大帝赠送的宝剑，面朝祖国而死。他还忠于查理大帝，把忠君和爱国紧密结合在一起，是封建时代民族英雄的典范。查理大帝是理想化的封建君主形象。他外御强敌、内平叛臣、贤明治国，体现了封建时代国家统一、民族强盛的历史进步要求，也是人民安居乐业生活愿望的体现者。他是民族和国家神圣的化身，为了歌颂他，史诗把他神化为上通神明、下主自然的 200 岁老人。艺术上它深受荷马史诗的影响，截取 7 年战争中最富于戏剧性和悲剧性的片段，以受降与诈降中心事件为线索，情节集中紧凑，结构严谨有序。采用重叠、对比和夸张手法，烘托气氛，突出主题和人物，并形成雄浑粗犷的艺术风格。还使用睡梦征兆、神明显灵、天使下凡等梦幻传奇方法，具有基督教文化的印迹。

谣曲，是由口头文学发展而来的民间故事诗。多取材于悲剧性的现实故事、历史事件和神话传说，塑造下层人民喜闻乐见的民间英雄人物。15 世纪，英国曾出现民谣繁荣期，用文字记录下来的有一千多首，其中最有影响的是"罗宾汉谣曲"。它是表现绿林侠盗罗宾汉及其伙伴劫富济贫、仗义疏财豪侠行为的故事诗。它在民间广泛传颂，使罗宾汉的名字在英国家喻户晓。

（三）骑士文学

骑士文学是中世纪欧洲独有的文学现象，是封建骑士制度的产物，它形成于12 至 13 世纪封建社会全盛期，是世俗封建主阶级的文学。

骑士是欧洲封建社会"金字塔式"统治集团中最低的阶层。为了占有土地和保护私有财产，各封建主都豢养着武士、随从和家丁，形成了相对稳定的武装阶层—骑士阶层：他们平时由主人豢养，战时需自备武器和马匹为主人出征打仗，立了战功可以获得土地、财产等奖赏，成为小封建主。在十字军东征中，骑士发挥了重要作用，因此地位得到显著提高。12 世纪在西欧形成了"骑士团"组织，骑士制度兴盛一时。封建子弟须从小习文练武，长大后经过正式入团仪式受封为骑士。骑士制度在长期的历史发展中，形成了以"忠君、护教、行侠"为主要内容的骑士信条，后来扩展为效忠主人、女主人和普遍尊重妇女。现代西方"绅士"礼仪文化，其实保存了中世纪骑士的遗风。这些是所谓骑士精神，而记录骑士行侠冒险的武功和歌颂骑士精神的文学就是骑士文学。

法国是骑士制度最发达的国家，因此也是骑士文学最兴盛的地方。骑士文学主要有两种形式，骑士抒情诗和骑士叙事诗。

骑士抒情诗，以法国南部普罗旺斯为发源地和中心，因此又称为普罗旺斯抒情诗。它从宫廷中发展起来，而后流入市井。作者主要是封建主和骑士，也有来自社会下层的教士和市民，被称为行吟诗人。内容主要写骑士与贵妇人"典雅的爱情"，形式多半由民歌演化而来。主要有短歌、牧歌、情歌、怨歌、小夜曲、破晓歌、感兴诗和十字军歌等，其中《破晓歌》最为著名。《破晓歌》表现的是骑士夜会贵妇人，黎明前分离时缠绵悱恻、依依惜别的情感。感情细腻，语言纤丽，被恩格斯称为普罗旺斯抒情诗的精华。骑士抒情诗虽然内容虚构矫饰，美化封建主的生活，但它肯定以爱情为基础的世俗生活，强调妇女的优越地位，具有反禁欲主义和反封建等级制、婚姻观的进步倾向。

在普罗旺斯影响下，法国北部及德国、意大利的抒情诗也发展起来。13 世纪初它传入意大利后，促发了"温柔的新体诗"的产生。

骑士叙事诗又称骑士传奇，当抒情诗在法国南方大行其道的时候，它流行于北方。内容除同样表现骑士"典雅的爱情"和高尚情操外，更注重表现骑士为了荣誉或博得贵妇人青睐降妖除魔、除暴安良、洗雪不平的武功，也有为护教而讨伐异端的冒险故事。

按照题材来源，可分为古希腊罗马、拜占庭和不列颠三个系统。古希腊罗马系统出现最早，主要取材于拉丁文的古希腊罗马故事。古代传说中的英雄被改写成封建时代的骑士，描写古代人生活时常穿插 12 世纪的现实生活场景，是古代英雄史诗向封建骑士传奇的过渡。著名的有《亚历山大传奇》《特洛伊传奇》和《埃涅阿斯传奇》。拜占庭系统，是指在拜占庭流传的以希腊晚期历史与传说为题材，并穿插了骑士爱情传奇故事的叙事诗。最著名的是 13 世纪的《奥卡森和尼克萨特》。不列颠系统发展最充分且影响最大，是以传说中凯尔特人领袖亚瑟王及其圆桌骑士为中心的系列故事诗，又称"亚瑟王故事诗"和"圆桌故事诗"。亚瑟王是英格兰传说中的人物，是凯尔特人英雄谱中最受欢迎的圆桌骑士团的首领，相传罗马帝国灭亡后率领圆桌骑士团统一了不列颠。12 世纪，法国诗人克雷蒂安•特罗亚以这些传说为素材创作了 5 部传奇诗。但与相关文献和传说不同，传奇诗的重心已不在亚瑟王的身世功业，而是重在表现圆桌骑士们为建功立业、追求爱情或寻找圣杯，刚毅勇敢、英勇奋斗、出生入死的冒险故事，形成了西方文学最早的"英雄+美人"的叙事文学模式，如《朗斯洛，或坐囚车的骑士》《伊凡，或狮骑士》和《帕齐伐尔或圣杯传奇》。

受法国影响，欧洲其他国家也出现了"不列颠系统"叙事诗的创作。其中影响较大的有德国诗人沃尔夫拉姆•冯•埃森巴赫创作的《帕齐伐尔》和高特弗里特•封•斯特拉斯堡创作的《特里斯坦与伊索尔德》。

《特里斯坦与伊索尔德》的最早蓝本，据说是法国克雷蒂安•特罗亚的同名诗作，但早已失传。故事的主人公特里斯坦，是亚瑟王圆桌骑士团中最重要的成员之一，勇猛而英俊，以"多愁善感"著称。父母双亡后，他由叔父康沃尔国王马克抚养成人。为成就统一大业，马克王派特里斯坦代替自己向爱尔兰金发公主伊索尔德求婚。特里斯坦不辱使命，战胜巨龙，求婚成功。归途中，他们误饮了伊索尔德母亲为新娘和新郎准备的爱情魔汤，不由自主地产生了爱情。伊索尔德成为王后，他们仍苦苦相恋、热烈相爱。马克王发现后把他们逐出宫中。后来马克王原谅了他们，把伊索尔德接回宫中。特里斯坦独自一人回到布列塔尼家乡，娶了与伊索尔德同名的女子为妻。之后，特里斯坦受了毒伤，只有心上人才能治愈。他派人去请伊索尔德，并约定如果伊索尔德能来，则船中挂白帆，不能前来则挂黑帆。得知情况后伊索尔德应约前来，船挂起了白帆，但替特里斯坦守望的妻子却谎称挂的黑帆。特里斯坦绝望而死，赶到的伊索尔德也因极度悲伤而死去。死后，他们被马克王埋在相隔不远的地方，特里斯坦坟上野藤的根总是长到伊索尔德的坟里。

骑士叙事诗情节离奇曲折、虚幻不实，但它以主人公的经历为线索安排情节结构、注重人物外形和心理刻画、营造浓郁浪漫气氛等方法，为欧洲近代长篇小说的产生奠定了基础，是欧洲流浪汉小说的先导。

（四）市民文学

市民文学也称城市文学，是 12 世纪之后产生的反映市民阶层生活和思想的世俗文学。它以 10 至 11 世纪工商业中心——城市的发展繁荣为前提，是社会进步的标志。它取材于日常现实生活，主要表现市民阶层的聪明才智和与封建贵族及教会僧侣的斗争，具有反封建的倾向和乐观的精神，是近代资产阶级文学崛起的前奏。它在民间创作基础上发展而来，其作者主要是街头说唱艺人，形式有韵文故事、市民抒情诗、长篇叙事诗和市民戏剧，发展仍以法国为中心。

韵文故事是供市民娱乐消遣，可以演唱的短篇故事诗。它由民间歌谣发展而来，没有严格的韵律限制，语言风趣，内容贴近民间，体现市民阶层的基本立场。

流传较广的有法国的《驴的遗嘱》《农民医生》《农民舌战天堂》和德国的《神父阿米斯》等。

长篇叙事诗是市民文学的最高成就，它通常是由以一个人物或事件为中心展开的系列故事连缀而成。

《列那狐传奇》是法国流传最广的讽刺性叙事长诗，是中世纪市民文学的典范。它起源于约 9 至 10 世纪流传于法国民间的动物故事，12 世纪形成了以狐狸为中心的系列故事诗，13 世纪中叶被连缀成长 3 万多行、包含 27 组故事的完整巨作。长诗采用拟人化方法，通过写狐狸列那与伊桑格兰狼等众多动物的斗争，反映封建社会的人情世态、阶级关系以及市民阶层的思想意识。列那狐是上层市民的代表。一方面，它以智慧与狮子、骆驼、黑熊、狼等猛兽斗争，表现市民阶层敢于斗争善于斗争的特点；另一方面，它又残害欺压弱小动物，表现市民阶层弱肉强食、自私诡诈的特点。这表明了资产阶级从产生之日起就带有鲜明的两重性。

《玫瑰传奇》是风格独特的长篇叙事诗，是法国市民文学的又一重要作品。它通篇以梦幻、寓意的方法，写青年诗人梦游爱神花园的旅程。它分为两部分：第一部分，由法国教士吉约姆·德·洛利斯所作，长 4000 余行。写青年男子"情人"梦游爱神花园时，爱上了一朵鲜艳的"玫瑰"。他想摘下玫瑰拥有她，却遭到各种力量的阻挠，最终因"欢迎"被"嫉妒"锁闭，"情人"无法得到所爱"玫瑰"，反而被赶出花园。这部分被看成是骑士文学"典雅的爱情"故事的翻版。第二部分，是诗人让·德·墨恩的续作，长 17000 行。写"情人"调动"美貌""坦率""慷慨"甚至"财富"等爱情力量，打败了"丑恶""伪善""吝啬""嫉妒""坏嘴"等反爱情力量，得到了心爱的"玫瑰"，却在睡梦中醒来。续作较比前作，在爱情描写外有了更多世俗现实问题的展现，抨击封建主独断专权、僧侣贪婪伪善、商人及高利贷者对金钱的贪欲，表露市民阶层的立场和思想，是真正的市民文学作品。《玫瑰传奇》是法文抄本最多的中世纪文学作品。在它影响下，寓意、梦幻艺术手法在中世纪被普遍使用。

市民抒情诗出现于 13 世纪，它继承了普罗旺斯抒情诗的传统。但与歌颂"典雅爱情"的骑士抒情诗不同，它重在表现广泛的现实生活和社会矛盾，曲调以流行歌谣为主，语言风格也相对朴素。代表诗人主要是法国的吕特博夫和维庸。吕特博夫(约 1230—1282)是中世纪第一位市民抒情诗人。他出身社会底层，生活贫困，诗歌内容触及社会诸多方面，但更侧重于表现个人生活中的内心体验。代表作品有《吕特博夫的贫困》《吕特博夫的悲歌》《吕特博丧的婚姻》等。维庸(1430—1463)也是市民抒情诗人的重要代表，流传下来的有《小遗言集》《大遗言集》两部诗集。他立足在英法百年战争后破败凋零的社会现实基础上，着眼于独持内心情感和个人体验的抒发。尤其对混乱无序的底层生活津津乐道，沉湎于对一些细节特质的展览性描写。大量使用反讽和低俗的笑话，语言中混杂大量俗语和俚语。它颠覆了通行的价值观和艺术观，具有一定的现代元素。

市民戏剧也称城市戏剧，它在宗教剧和民间滑稽表演、哑剧基础上发展而来。10 世纪以后，宗教剧取得很大发展。它主要表演宗教故事，演出地点在教堂，主要形式是宗教神秘剧和奇迹剧。城市兴起之后，市民有了自己的戏剧活动，演出地点离开教堂，常常搬到集市露天表演，大大增添了与宗教无关的世俗生活色彩和内容。主要形式是道德剧、愚人剧和笑剧。道德剧往往是抽象道德观念的人格化，通过人格化的善恶、是非构成戏剧冲突，进行惩恶劝善的道德教育。愚人剧以愚人为主角，通过剧中人的傻言傻语抨击时弊，丑化教士和贵族。笑剧也称闹剧或滑稽剧，以诙谐戏谑的方式表现市民阶层的生活和道德审美意识，是市民戏剧中现实性最强的一种。最著名的笑剧是《巴特兰律师》，写巴特兰律师唆使牧童装羊叫骗取布商的布，之后牧童又以同样方法赖掉了应付给律师的诉讼费。作品喜剧色彩浓烈，冲突集中，赞扬律师和牧童的计谋和机智，体现市民阶层的善恶美丑观念。

与全面发展的古希腊罗马文学相比，中世纪文学显得薄弱和不足。一度被看成古代和近代欧洲两大文学高峰间的低谷。但在中世纪中期之末，出现了举世瞩目的意大利诗人但丁，推动了文学率先向近代资本主义的伟大历史性转折。欧洲文学也不再局限于古希腊罗马地区而极大地扩展了领域，各国由此开始了各自民族文学的历史。经过中世纪初期的萧条，欧洲文学又在各民族原有民间文学和基督教文学的基础上起步，与古希腊文学一起成为近代文学的两大渊源。

第二节　但丁

　　但丁·阿里盖利(1265—1321)是 12 世纪末 13 世纪初的意大利诗人,是意大利民族文学的奠基人。他的创作标志着欧洲中世纪封建文学向近代资产阶级文学的转折,在文学史上具有承前启后的重要作用。在意大利文版《共产党宣言》的序言中,恩格斯指出:"封建的中世纪的终结和现代资本主义纪元的开端是以一位大人物为标志的,这位人物就是意大利人但丁。他是中世纪的最后一位诗人,同时又是新时代的最初一位诗人。"

一、生平与创作

　　但丁是中世纪欧洲最重要的作家,但关于他生平的记载很少。他人生及创作的基本情况,只能从他的著作和文学作品中获得有限的材料。从中可以看到,但丁 1265 年 5 月出生在封建割据下意大利佛罗伦萨城邦的一个没落贵族家庭。他幼年丧母,18 岁丧父。曾拜学者布鲁内托·拉蒂尼为师,学习拉丁文、诗学和修辞学,也研究过古典文学。对以维吉尔为典范的古罗马文学极为推崇,对哲学、神学、诗学以及绘画、音乐都有很深造诣,是中世纪最博学者之一。对他一生命运和创作产生决定性影响的有两件事:一是他青年时期一次不成功的恋爱;一是他成年后参与的佛罗伦萨党派之争。

　　9 岁时,但丁第一次见到商人之女贝阿德丽采,那庄重矜持的神态和殷红的衣装给他留下了深刻的印象。9 年后,他们街头再次相遇,但丁随即产生了强烈的爱意。但他没有直接表白,而是埋藏心底,开始写献给恋人的诗篇。19 岁时贝阿德丽采嫁给了一位商人,25 岁时因病辞世,但丁又写了献给女友的悼亡诗。这次柏拉图式的精神之爱,是但丁走上文学创作的原动力。从 1283 年至 1290 年,但丁共创作 31 首抒情诗,他用散文加以串联,1293 年公开发表,取名《新生》。这部散韵结合的集子是但丁最早的,也是他青年时期最重要的作品。作品没有涉及重大的社会主题,而是抒发个人爱情生活中隐秘真挚强烈的情感,语言清新流畅,风格质朴自然,被看成"温柔的新体诗派"的最高成就。

成年后,但丁积极参与城邦政治生活,参与了佛罗伦萨酷烈的党派之争。党派之争经历了两个阶段。第一阶段是盖尔夫党和基伯林党之争,分别代表工商业市民阶层和世袭贵族,以教皇逢尼法西八世和神圣罗马帝国皇帝亨利七世为后台,但丁属于前者。经过多次纷争,盖尔夫党取得了胜利,执政佛罗伦萨,但丁成为6 个执政官之一。教皇逢尼法西八世要把富庶的佛罗伦萨置于教会的统治之下,干预政权。而工商业市民阶层坚持城邦独立自主,反对教皇专权。因此盖尔夫党发生了分裂,分裂为拥护教会专权的黑党和反对专权的白党,但丁成为白党的领袖之一。1302 年,黑党在教皇和法兰西军队的支持下攻占佛罗伦萨,白党受到迫害,但丁与其他白党领袖被判流放,开始了漫长的流亡生活。

流亡期间,但丁的足迹遍布意大利北部。他目睹了封建割据下意大利分崩离析、战乱频繁、土地荒芜、民不聊生的惨状,认识到城邦割据、党派纷争是意大利民族不幸的真正原因。因此他克服了狭隘的党派、城邦观念,树立了民族国家思想。也认识到结束分裂,实现统一,是意大利民族复兴的唯一出路和首要任务,思想达到了更高的水平。

1315 年,但丁拒绝以交付罚金和游街示众的屈辱方式回乡。1321 年,客死拉文那。

流亡期间,但丁写了四部著作:《论俗语》《飨宴》《帝制论》和《神曲》。《论俗语》(1304—1308)是最早的关于语言和诗律的专著,用拉丁文写成。书中对文言和俗语进行了区分,强调俗语的重要性,倡导建立俗语和文言相统一的民族语言和文学,对意大利民族语言的建立和民族文学的形成有重要作用。《飨宴》(1304—1307)是中世纪第一部用俗语写成的学术著作。但丁通过注释自己的诗歌介绍各种科学文化知识,具有知识启蒙的意义。《帝制论》(1310—1312)是系统阐述但丁政治观点的政论性著作。它提出了政教并立、政教分离的帝制论思想,第一次从理论上阐述政教并立、政教分离的必要性，是近代宗教改革和资产阶级政治观的萌芽。但它又认为封建皇帝是意大利民族统一的唯一希望，表达了对神圣罗马帝国皇帝的幻想。《神曲》(1307—1321)是但丁流亡生涯最后的年代里创作的叙事长诗，是他一生艺术探索和社会探索的总结。

二、《神曲》

《神曲》是但丁流亡时期最重要的作品。原名"喜剧"，文艺复兴时期的诗人薄伽丘冠以"神圣"一词以示赞赏。1555 年威尼斯版本第一次以《神圣的喜剧》命名，中译本为《神曲》。长诗共 14223 行，分为《地狱篇》《炼狱篇》(又名《净界篇》)、《天堂篇》三部分。

长诗的整体线索是诗人梦游来世三界的旅程。《序曲》中交代：诗人在人生的中途 35 岁时迷失在一片黑暗的森林。他左冲右突奔走了一夜，天亮时来到一个小山的脚下，山上已经披洒着阳光。诗人正要举步攀登，山上出现了狮、豹、母狼三条猛兽，挡住了去路。诗人进退维谷，高声呼救。应着他的呼声，古罗马诗人维吉尔的灵魂出现了，他是奉天上圣女贝阿德丽采之命前来搭救但丁。于是，诗人在维吉尔的引导下，穿过地狱、炼狱，又在贝阿德丽采的引导下跨越九重天，最终在天府见到了上帝。

长诗梦游三界的故事线索单纯集中，以此展示人死后来世三界的纷繁景象。但丁对来世三界的整体设想，依据早已落后于时代的基督教宇宙观念——地心说。地球是万物的中心，宇宙围绕地球。但丁设想，地球分为南北两极。北极为圣地耶路撒冷，耶路撒冷的脚下就是漏斗形的地狱。地狱在地球内部，分为九层，直抵地心。南极通过"地狱裂缝"与地心直接连通。在南极地球的表面是炼狱，它分为三部分，矗立的净界山是它的主体，分为七级。围绕地球和净界山的是茫茫的大海，在大海和净界山之上是环绕的天堂。天堂从低到高，分为九重天、"幸福者的玫瑰"和天府三部分，分别是亡灵、天使和上帝的居住之所。

　　诗歌对三界的描写，地狱最为详尽，划分层次最多，现实性最强，是《神曲》的主要价值所在。

　　但丁设想的地狱像一个上宽下窄的大漏斗，沿着内壁是一圈圈的圆环。圆环越向下越小，直达地心。有罪的亡魂按生前所犯罪行轻重分处在不同层次，遭受不同的惩罚。生前罪行越大，所处层次越深，所受惩罚越严酷。地狱第一层是候判所，也称菩提狱，羁押的是生在基督教之前的"异教徒"。其实主要是古代先哲和著名历史人物，如罗马大帝恺撒、数学家欧几里得、古希腊哲学家亚里士多德、自荷马以来的古代诗人及埃涅阿斯等文学形象。古罗马诗人维吉尔的灵魂居留于此，但丁也自称是自荷马以来的第六位诗人。他们因为不是主观犯罪，没有遭受惩罚，可以在草坪上树荫下自在生活，等待末日审判时上帝的发落。第二层是贪色的亡魂受惩罚的色欲场，亡魂在狂风中因失重和恐惧不停地哭泣。最显著的亡魂，是但丁生活时代真实的王室女性弗兰采斯加和情人保罗。他们是政治联姻的牺牲品，因爱而丧生，死后灵魂在飓风中相拥，一刻也不分离。弗兰采斯加向来访的诗人诉说自己的不幸，诗人为之唏嘘悲痛以至昏死过去。第三层惩罚的是贪食者，饕餮的亡魂被置于臭雨冰雹之下。第四层惩罚贪财、吝啬、浪费者。他们生前是金钱的奴隶，死了也不能放下重负，需终日推重物上山，周而复始。诗人发现他们大多数是光头，维吉尔为之解释："那些顶上精光没有头发的，是教士、是主教、是教皇，因为他们是特别地贪得无厌。"第五层是易怒者的亡灵，被煮在浓黑的"死的隔河"里，相互厮打啃噬，以至皮破肉烂。以上是上层地狱，基本按基督教"七大原罪"来划分，统称为不节制罪，是地狱中第一大犯罪类型。不节制不是犯罪，但能引发犯罪，因此被置于上层地狱。六层以下是下层地狱，处于地狱的中心——地帝城，以高耸的城墙与上层分开。第六层是惩罚"邪教徒"的火坟场。亡魂因不信或反对基督教被禁锢在烈火熊熊的坟场，如否认人死后有灵魂和来世的希腊哲学家伊壁鸠鲁。第七层惩罚的是犯强暴罪的亡魂，是地狱中第二大犯罪类型。根据强暴施加对象的不同分为三环。强暴施于他人，如强盗、暴君，煮在"勿雷格东血沟"。强暴施于自身——自杀者变树木，受鸷鸟和野狗叼啄啃食。强暴施于自然、上帝和重利盘剥者，在火雨烫沙间受灼烤。第八和第九层惩罚的是欺诈者，是地狱中第三大犯罪类型。第八层是一般关系间的欺诈罪，又分为十种类型，分处在十条恶沟，施以不同的刑罚。如淫媒、诱奸、阿谀、圣职买卖、贪官污吏、盗贼、劝人为恶、挑拨离间者，几乎包含了现实中各种犯罪现象。其中第三恶沟，惩罚圣职买卖者的"火坟场"的石缝里，倒栽着腿上着火的逢尼法西八世等三代教皇。诗人指责他："因为你的贪心，使世界变为悲惨，把善良的踏在脚下，把凶恶的捧在头上。"表达对党派之争、国家分裂的罪魁祸首的痛恨。第九恶沟把伊斯兰教创始人穆罕默德及继承者阿里以挑拨离间的罪名处以割裂躯体的空前酷刑，表露了作者狭隘的基督教立场。第九层是特殊关系间的欺诈罪，又分为四环。谋杀亲族者居该隐环，卖国者居昂得诺环，出卖宾客者居多禄谋环，出卖恩主者居犹大环。其中卖国者昂得诺环，拘禁着当年佛罗伦萨党派斗争中基伯林党首乌格利诺祖孙五人，长诗把他们活活饿死塔中的故事写得恻切动人。游到此，诗人不由地控诉："比萨呀!美丽的土地上，那里处处听到'西'字的语音。全体的人民都为你蒙着羞辱……假使乌格利诺有出卖城池的媚敌行为，你也不该活活地牺牲了他的孩子们。"以此反映党派之争的酷烈，表达对当年党派纷争暴行的否定。出卖恩主的犹大环，已处地心，环境狭窄。只有出卖耶稣的犹太和出卖恺撒的两长老共三个亡魂，被分别叼在巨型怪物地帝撒旦的三头三口中被咀嚼。流亡时期的但丁，已确立政教并立、政教分离的帝制思想，认为王者以人智治国让人得现世之福，教主以神智救万民让人得永世之福，因此出卖二者应为罪大恶极。

炼狱与天堂的划分，较为粗略，内容也更流于虚幻抽象，缺乏地狱篇的现实性。

炼狱是为生前不能节制欲望但有向善之心、临终忏悔得到上帝赦免的普通人提供的涤罪所，是普通人通往天堂的旅程和必由之路。其主体是海滩上矗立的净界山，它分为七级。有骄傲、嫉妒、愤怒、怠惰、贪食、贪财、贪色"七大原罪"的亡魂，需逐级攀登，经受七种磨难，逐一洗去"原罪"，登临净界山顶部人类乐园，以圣洁之身等待在天使引导下进入天堂。

维吉尔引领诗人的旅行即停留于此，因他以戴罪之身不能进入天堂。他的灵魂隐去，贝阿德丽采的灵魂出现，引导诗人继续来世的旅程。

天堂庄严肃穆明净，其主体是圣洁的亡魂居住的九重天。由月星天、水星天、金星天、日星天、火星天、木星天、土星天、恒星天、水晶天组成，多情人、行善人、学者、圣徒、天使、贤明的君主、尽忠的战士、节欲的隐士等在此永生。诗人把意大利民族统一的希望——神圣罗马帝国皇帝亨利七世的灵魂，事先安置于此。在天使贝阿德丽采的引导下，诗人跨越了九重天之后，在天府见到了灵光一闪即逝的上帝。

《神曲》写诗人梦游三界的故事，描绘来世三界繁纷的景象，但它并不是一部宣传来世主义、禁欲主义的宗教文学作品。其主旨不是宣扬基督教思想，而是探寻意大利民族政治上、道德上复兴的道路。通过诗人梦游三界的旅程，它象征性地指出了一条道德自救和宗教救国的道路，即人首先应在理性的指导下，经过苦难的考验，在道德上得到净化。作品中，维吉尔是理性的象征，地狱、炼狱的苦刑象征苦难的考验。之后再经过宗教信仰的引导，走出迷茫，达到真理和至善的理想境地。贝阿德丽采就是信仰和神学的象征，作者把她当作诗人最后进入天堂的引路人，是把她所代表的信仰置于维吉尔所代表的人智和理性之上。诗人思想探索和艺术探索的目的是救国家、救民族，这无疑是进步的，但为之指出的道德救国和宗教救国的具体方案是错误的。

《神曲》的主要内容是揭露意大利的各种黑暗现象，污浊的地狱是黑暗的意大利的缩影。其中揭露最多和批评最激烈的是教会僧侣的罪行，上至教皇买卖圣职，下至普通主教、教士贪婪虚伪，是近代宗教改革的先声；还揭露暴君、贪官污吏的罪行，以及教会、王权双重统治下，意大利民不聊生、盗贼蜂起、社会风气浮靡堕落的现象，表明鲜明的反封建立场和清醒的现实主义头脑。此外《神曲》崇尚知识和理性，宣扬人性和爱情，表露了反教会蒙昧主义和禁欲主义的倾向，启迪了资产阶级人文主义思想的曙光。

但作为新旧转折时代的作品，《神曲》又处处流露出中世纪基督教世界观的明显烙印，表现出思想上的两重性。它旨在探索意大利民族的出路，表现了要建立统一的民族国家的进步倾向，是近代民族意识的觉醒。但作者在设想民族出路时却把信仰和神学看得高于一切，把道德的自我完善和宗教的个人努力当作唯一途径。它处处揭露教会僧侣的恶行，但作者并不反对宗教本身，作品的构思处处体现宗教观念，如：三界的构想来自基督教来世主义；三界的划分依据"七大原罪说"；三界中的人、物、景无一不具有宗教象征意义。它揭露君主残暴、官吏腐败，具有反封建专制政治的倾向，但又把意大利民族统一和复兴的希望寄托在封建皇帝亨利七世身上，表露了唯心的个人主义英雄史观。它揭露意大利国弱民衰、道德沦落的现状，表现出对祖国的关切、对现实的关注和对现世生活的浓厚兴趣，但又把现世生活当成来生的准备。它尊崇古代文明的化身维吉尔，称他为"伟大的慈父""知识的海洋"，并借尤里西斯之口表达对知识和真理的追求。它塑造温柔可嘉的弗兰采斯加形象，对她和保罗的爱情悲剧致以深切的同情，但又按基督教准则把古代先贤和有情人打入地狱。这些，表露了历史转折时代诗人但丁世界观的复杂和深刻矛盾。

《神曲》在艺术上也具有复杂性和两重性。首先《神曲》具有中世纪封建文学的一般特征。它采用了中世纪梦幻文学的形式和象征寓意的手法。整体上，诗人梦游三界的旅程象征性地指出了意大利民族政治上、道德上的复兴之路。而细处和局部的象征比比皆是。诗人迷失其中的森林，是黑暗的意大利的象征；狮、豹、狼三条猛兽象征阻碍人进步的邪恶力量，又分别象征强暴、淫欲和贪婪；引路人维吉尔象征人的智慧和理性，贝阿德丽采象征信仰和神学。它构思严密，结构精巧，布局谋篇体现缜密的宗教意识。它整体分为三篇，每篇三十三歌，加上《序言》，凑足百歌。三界的划分，地狱九层，炼狱三部分，净界七级，天堂三部分及九重天。三篇的结尾，都以"星辰"一词结束，寓意黑暗即将过去，光明必将照临人世。这些结构安排中的数字，都具有宗教象征意义。其中"三"是基督教中最为重要的象征，代表"三位一体"的上帝；"十"寓意完美，"百"即为完美之完美；"七"则代指"七大原罪"。同时，《神曲》又具有近代资产阶级文学和现实主义文学的特征。它具有近代现实主义文学画面宽广、形象丰满、艺术境界清晰的特征，如：历史转折时期，意大利广阔的社会风俗画的展示；威严的恺撒、气宇轩昂的基伯林党魁法利纳太、柔美温存的弗兰采斯加形象的塑造；肃杀的自杀者森林、恐怖的人蛇共处的地狱恶沟的描绘。它首次运用意大利俗语——佛罗伦萨方言写作，打破了教会拉丁文一统天下的局面，对意大利民族语言和民族文学的建立起了不可磨灭的作用。它采用民歌"三韵句"的格律，具有强烈的民间色彩和平民意识，对文学脱离教会统治、走向人民起到了重要的推动作用。

《神曲》无论在思想上还是艺术上，都具有新旧杂陈的特点，但瑕不掩瑜。它是中世纪最早以广阔的画面、丰富的想象表现过渡时期意大利社会现实的作品，具有巨大的认识意义。它是中世纪仅有的以宏大的构思全面总结历史转折时期意大利政治、经济、文化、宗教、哲学、艺术及道德风尚状况的作品，具有百科全书的性质。它又是以旧的封建教会文学形式灌注融通新的世俗文学内容和精神的兼容并包的作品，在教会文学占主导地位的时代具有文化攻坚的作用。凡此种种，造就了但丁在文学史上划时代的历史地位，其既是中世纪文化的总结又是近代文学序曲的地位无可替代。

第三章　文艺复兴时期文学

文艺复兴是 14 世纪至 17 世纪初首先出现在意大利，然后波及全欧洲的一场资产阶级思想文化运动。它借用复兴古代文化的旗号，表达了反封建、反教会的时代要求，对欧洲乃至整个人类社会历史的发展产生了重大而深远的影响。作为文艺复兴运动积极组成部分的人文主义文学，是这一时期欧洲文坛上占主导地位的文艺思潮。

第一节　巨人产生的时代

一、人文主义文学的历史文化与文学特征

13 世纪末到 14 世纪初，欧洲先后成立了法国、英国、西班牙、葡萄牙、波兰等统一的封建国家。地中海沿岸的一些城市，伴随社会生产力的发展和科技的进步，陆续出现了资本主义生产关系的萌芽，最初的资产阶级也自市民阶层中产生。15 世纪末至 16 世纪初，地理大发现和环球航行的成功，即 1492 年哥伦布发现美洲新大陆，1498 年达·伽马发现绕非洲好望角通往印度的新航路，1519 年至 1522 年麦哲伦的船队完成第一次环球航行，大大促进了海外贸易的兴盛，加上中国的火药与印刷术的传入，都使得欧洲资产阶级有了广阔的活动场所，有力促进了资本主义生产关系的发展。经过残酷血腥的资本原始积累活动，资产阶级对内剥削小资产者，对外进行野蛮掠夺，很快发展成一支极具经济实力的社会力量。但是欧洲大陆的封建制度和封建割据严重滞碍着资本主义的发展，这导致初登历

史舞台的资产阶级同仍占统治地位的封建制度和神本主义意识形态之间，不可避免地展开了一场斗争。这场斗争在宗教领域为宗教改革，在世俗领域则为文艺复兴运动。

文艺复兴是 14 至 16 世纪欧洲资产阶级以世俗的形式，对腐朽封建制度和顽固的宗教势力所进行的一场具有划时代意义的斗争，它借助了古希腊文化中反映现实生活的文艺、朴素的唯物主义哲学和自然科学，因此有"文艺复兴"之名，其实质是早期资产阶级的新文化运动。

自 13 世纪末始，在意大利就已经开始了对古希腊和古罗马文化典籍的搜集和研究。被称为"人文主义之父"的彼特拉克搜寻到古罗马演说家西塞罗的书信，从而掀起了学习人文学科、整理和研究古籍与文物的热潮。1453 年，随着拜占庭的沦陷，东罗马帝国学者在逃难的同时，将大量的古希腊罗马文化典籍和艺术珍品带到了意大利商业发达的城市，加之十字军东征、罗马废墟中文物的发掘，更对这场运动起到了推动作用。时人以极大的热情去搜集、整理、翻译乃至颂扬、模仿古典文化，声称要把昔日的文化"复兴"起来。

文艺复兴实际上并非古代希腊罗马奴隶制文化的简单恢复。资产阶级学者召唤古希腊的亡灵，是为了引导人们摆脱中世纪思想的桎梏，表达自己的思想观念和价值取向，建立适应资本主义生产关系的新的意识形态。在这场运动中，大批先进的思想家在宗教、哲学、文学、艺术、自然科学等领域内对旧的传统观念展开了无情的批判。

文艺复兴运动的思想核心是"人文主义"。所谓"人文主义"，是新兴的资产阶级在反封建反教会斗争中形成的思想体系、世界观或思想武器，它主张一切以人为本，以反对神的权威，主张把人从中世纪的神学枷锁中解放出来，宣扬个性解放，肯定现世幸福，以反对禁欲主义；追求自由平等，以反对等级观念；崇尚理性，以反对教会宣扬的蒙昧主义。

文艺复兴运动对西方历史和人类文化带来了巨大的影响。它冲破了中世纪宗教神学盛行以来的千年黑暗，开辟了人类历史的新时代，也给西欧各国带来了前所未有的艺术繁荣和科学文化的长足发展。在它的影响下，以弗朗西斯·培根为代表的唯物主义哲学得到普及，以康帕内拉为代表的空想社会主义者提出的按劳分配的社会理想得到传播，以哥白尼"日心说"为代表的现代自然科学在地球物理学、天体力学、地质学、数学、光学，乃至血液循环学等方面，都得以建立和发展。建筑、音乐、绘画等领域涌现出一大批光照史册的天才和开风气之先的佳作。文学的创新也充分参与到了这一伟大合唱之中：首先，是在意大利出现了"文艺复兴三杰"但丁、彼特拉克、薄伽丘；其次，是法国和西班牙文学取得了巨大成就，尤其是以莎士比亚戏剧为代表的英国文学，更是把文艺复兴文学推向了自古希腊神话、史诗和戏剧时代之后的又一伟大高峰。

人文主义文学是在封建社会内部产生的。当时，教会文学、以骑士文学为代表的封建主义文学依然存在，民间文学与城市文学也在继续发展，但人文主义文学却以其磅礴的气势占据了文坛的主导地位，成为文艺复兴运动的一个重要组成部分。

人文主义文学是以反对封建社会意识形态为目标的文学，无论是在思想内容方面，还是在创作方法和艺术形式方面，都具备自身的鲜明特征。

首先，在思想内容方面，人文主义文学具有鲜明的反封建反教会色彩。人文主义作家们以人文主义新思想为武器，怀着强烈的人本意识，针对封建教会和封建伦理道德，展开全方位多角度的讽刺和批判。他们把人的自然本性当作锐利的武器，无情地抨击教会宣传的禁欲主义。在不少作品中，情欲的天然合理性得到强调，甚至连纵情享乐也被作为爱情来加以恣意描写，受此影响，通奸、凶杀、猥亵等内容也成为作家们醉心描绘的题材。薄伽丘在《十日谈》里，大胆泼辣地暴露和讥讽神职人员的恶行，抨击教会虚伪的本质。拉伯雷的《巨人传》中，被世人视作圣物的圣母院、经院教育和封建法庭，成了作家的嘲讽对象，而荒诞不经的神奇情节、油滑粗俗的插科打诨更是把这种嘲讽的意味推向了极致。塞万提斯的《堂吉诃德》通过塑造一个具有悲剧英雄的精神诉求的"小丑"，来表达作者对封建专制的愤懑，以及对自由幸福的人文主义思想的真诚向往。莎士比亚的诗歌和戏剧则全面深刻地揭露和批判了封建的社会意识，从人性的高度为人类寻求着精神突围的正确方向。

其次，在创作方法上，人文主义文学推崇现实主义原则。作家们在传统模仿说基础上提出了"镜子说"，把艺术看作反映生活现实的镜子，普遍信奉和倡导艺术模仿自然的观点。莎士比亚借哈姆雷特之口说："自有戏剧以来，他的目的始终是反映自然，显示善恶的本来面目，给它的时代看一看自己演变发展的模型。"在创作方法上，他们基本上摈弃了中世纪文学的梦幻式象征手法，把古希腊、罗马文学中的写实传统发扬光大。即使有时也运用中世纪民间文学和骑士文学中浪漫的、幻想的艺术手法，但一般都剔除了原有的那些晦涩、神秘的成分。他们在作品中运用现实主义的方法来反映广阔的社会现实，同时也能为宣扬人文主义思想而表现出较浓厚的浪漫主义色彩。在人物塑造方面，人文主义文学达到了前所未有的高度，作品中创造出了如堂吉诃德、哈姆雷特等众多的典型形象，这些人物都以其鲜明的个性而在世界文学的人物画廊中占据着显赫的位置。

再次，在艺术形式上，人文主义文学倾向于体现民族性。这一时期正值欧洲主要的民族形成统一国家的时代，文学也是以富于民族色彩的形式出现的。人文主义作家一般都更加关心民族的命运，具有浓烈的爱国情绪，创作上采用本民族的语言，表现本民族人民的思想和情感，既通俗易懂又生动活泼，充满生活气息，体现出浓郁的民族特色，为本民族的语言和文学的发展奠定了良好的基础。这标志着欧洲主要国家民族文学的诞生。

此外，文艺复兴时期，还是一个文类丰富与创新的时代，人文主义作家们在继承前代文学和民间文学优良传统的基础上，创造性地使用了十四行诗、流浪汉小说等新颖的体裁。这些文学体裁的创新和发展，为近现代文学体裁的完善奠定了基础。

二、人文主义文学发展概况

文艺复兴时期是欧洲民族文学时代的开端。各国文学在其发展进程中，既表现出日益突出的民族色彩，也有着与其他民族文学相通相融的基本特征。

　　意大利是文艺复兴的策源地，其人文主义思想早在但丁的作品中已经露出端倪。到 14 世纪后半叶，在但丁的故乡佛罗伦萨，又出现了两位文化巨子——彼特拉克和薄伽丘，他们以开风气之先的创作，当之无愧地成为人文主义运动的先驱。

　　弗朗西斯科·彼特拉克(1304—1374)是意大利最早的人文主义者，被尊为意大利"诗歌之父"。他很早就对古典文化表现出浓厚的兴趣，曾经大量搜集古希腊罗马古籍的手抄本，最早以人文主义观点来研究维吉尔和西塞罗的作品，而且最早突破神学观念，提出要研究人文学科，用人文主义观点阐释和注解典籍。他在文学上的主要成就是诗歌，其抒情诗以清丽、秀逸为世人称道。

　　他的代表作是抒情诗集《歌集》，对文艺复兴时期欧洲的抒情诗产生了极大的影响。诗集的内容分为《圣母劳拉之生》和《圣母劳拉之死》两部分，主要是抒发诗人对自己心目中的情人劳拉的爱情，前者是劳拉生前诗人为她而作的情诗，后者则是劳拉死后诗人为她而作的哀诗。此外，《歌集》还包括一部分政治抒情诗，表现了诗人对祖国统一的渴求和对教会与暴君的谴责。在这些抒情诗中，诗人以多彩的笔墨歌颂劳拉的形体美和精神美，表现出一种冲破禁欲主义、渴望现世幸福的新型爱情观。诗作冲破了中世纪禁欲主义束缚，也摆脱了神秘、象征的旧诗气息，开了一代诗风。彼特拉克成功地把中世纪民间的十四行诗体(又音译为"商籁体"或"锁那台")引入诗坛，而且用意大利文写作。在彼特拉克笔下，这种诗体不但用以抒写内心情感，而且吟咏自然之美，从而使这一诗体在艺术上更加完美，为时人所追捧和效仿。此后，十四行诗成为一种抒发个人情感体验的文学形式，在不同的国家受到相应的改造和推广，逐渐成为欧洲诗坛上一种重要的诗体。而意大利的十四行诗因属彼特拉克首创，而被称为"彼特拉克体"。

　　乔万尼·薄伽丘(1313—1375)是彼特拉克的好友。他出生于佛罗伦萨的一个商人家庭，自幼好文艺、喜诗歌，曾悉心钻研典籍，成为意大利首位通晓希腊文的人文主义者。在文学方面，他是一个多产作家，除短篇小说的成就之外，还写过十四行诗、长篇小说、叙事诗、史诗等。短篇小说集《十日谈》是薄伽丘最重要、对后世影响最大的作品，该作品以尖锐泼辣的风格和不惜"矫枉过正"的姿态对教会和封建思想进行了讽刺和攻击，显示出更加鲜明的人文主义倾向。

《十日谈》用意大利文写成，文笔精炼生动，在艺术上也具有独创性。它在形式上学习阿拉伯名著《一千零一夜》，用故事套故事的框式结构，把100个短篇小说组织在一起。小说叙述了1348年3月发生在佛罗伦萨的一场大瘟疫，一时间尸体横陈，一派恐怖。为了躲避瘟疫，3男7女结伴到了城郊别墅。他们相约轮流讲故事解闷，每人每日讲一个故事，在10天里共讲述了100个故事，所以作品命名为《十日谈》。这些故事来源各不相同，有中世纪的寓言传说，有东方故事，也有历史故事和宫廷轶闻，甚至也有当时的真人真事，但这些故事都经过作者的加工改编，反映的是意大利的市民生活。因作品的核心思想是反对禁欲主义，所以有"人曲"之称。小说歌颂现世，赞美爱情，称颂人智，呼吁平等，揭露教会和僧侣的腐败、虚伪，具有较强的反叛意识。神圣不可侵犯的教会在薄伽丘笔下成了"一个容纳罪恶的大洪炉"，从教皇到低级僧侣都是作恶多端、荒淫无耻的恶棍和利欲熏心的伪君子，封建门阀观念在此也受到了质疑。爱情，甚至人的肉体欲望，在薄伽丘看来却是人性中较为自然、具有催人向上力量的情感。商人和手工业者的才干、智慧和进取精神在《十日谈》里也得到充分的展现和肯定。全书不但故事有趣，并且不单纯以情节取胜，还特别注意塑造人物形象，在心理描写和景物描写方面都表现出娴熟精到的技巧。

《十日谈》摒弃了中世纪梦幻故事的形式和象征、寓意的手法，真实地反映生活，所采用的方言、俚语也体现出浓郁的生活气息。它奠定了欧洲近代短篇小说的基础，以全新的面貌对欧洲的现实主义文学产生了巨大的影响，是欧洲近代文学史上第一部现实主义作品，对欧洲现实主义文学的发展影响深远。

需要指出的是，彼特拉克和薄伽丘作品中表现的是早期人文主义者的观点。他们提倡复兴古典文化，反对教会的禁欲主义，肯定人有享受现世幸福的权利等，这是值得充分肯定的；但他们把个人幸福、个人利益看得至高无上，这恰恰是早期人文主义思想的狭隘与局限之所在。

15世纪之后的意大利人文主义者，则在古籍研究上成就显著。他们诠释考证了亚里士多德的《诗学》和贺拉斯的《诗艺》，极大地影响了西方文艺理论的发展：文学创作方面，诗人阿里奥斯托(1474—1533)和塔索(1544—1594)的作品较为出色。但随后由于教会反动势力的加强和意大利政治、经济的衰落，人文主义运动在这个国家也随之不振了。

法国的文艺复兴运动是在意大利的直接影响下展开的。当时的法国是一个典型的中央集权的君主制国家，王权地位巩固，资产阶级倾向于王权，资本主义关系虽有所发展但并不强大。同时，城市起义和农民暴动却达到了空前高涨的程度。受此影响，人文主义运动也明显具有两种倾向。一部分人文主义者的活动曾受到王权的支持。国王弗朗索瓦一世于 1530 年成立了专门研究古代语言的法兰西学院。代表贵族倾向的"七星诗社"，由六个人文主义作家和他们的老师希腊语文学者多拉七人组成，该诗社以龙沙(1524—1585)为首，宗旨是研究、推崇古典文学，提倡民族诗歌，革新诗歌形式，统一民族语言，但是轻视民间文学和民间语言。

弗朗索瓦·拉伯雷(约 1494—1553)是一个巨人式的具有鲜明民主倾向的人文主义者。他学识渊博，曾经孜孜不倦地钻研过古代文化，对法律、数学、天文、地理、植物、考古、音乐、哲学等都有所研究，尤其精通医学，曾先后获得医学硕士和博士学位。拉伯雷受一本民间畅销书的启发而作的小说《巨人传》，以漫画式的形象和荒诞离奇的故事以及严肃而深刻的内容，表现了反封建的战斗精神，也提出了正面理想，比较全面地体现了人文主义思想的特点。这部五卷本小说作为文艺复兴时期出现的最初的长篇小说之一，对后来的法国乃至欧洲文学产生的影响是多方面的。

16 世纪下半叶，在长期宗教战争和教会反动势力猖獗等多重压力下，法国的人文主义运动逐渐消亡。

西班牙曾经长期被来自北非的摩尔人侵占，封建王权在 15 世纪末 16 世纪初反对摩尔人侵略的所谓"光复运动"中起到了进步的作用，因而得到加强。国家统一完成后，随着美洲的发现和掠夺活动的深入，大量黄金流入西班牙，刺激了资本主义的发展。西班牙一度成为一个富强的国家，称霸于欧美两洲，但它的王权依靠封建军队和天主教会来巩固自己的地位，因此曾是欧洲中世纪封建主义的顽强堡垒。受此影响，西班牙的人文主义运动发展迟缓，人文主义文学直到 16 世纪才成熟起来，随之便进入了该国文学史上以戏剧和小说为代表的"黄金时代"。

塞万提斯(1547—1616)的《堂吉诃德》(1605—1615)为世界文学贡献了一个著名的典型人物,也为欧洲现实主义小说的发展奠定了坚实的基础,因而成为西班牙人文主义文学的最高成就的代表。

这一时期的戏剧在西班牙也高度繁荣,优秀的剧作大量涌现。洛佩·德·维加(1562—1635)是西班牙民族戏剧的奠基人和主要代表,被称为"西班牙民族戏剧之父"。维加生于马德里一个没落贵族之家,曾多次供职于贵族手下,也参加过 1588 年著名的"无敌舰队"对英大海战,战败后回国过着流浪生活。维加是一位超多产作家,据说他写过 1800 多部剧本,现存的有 400 多部,曾被塞万提斯称作"大自然的奇迹"。他主张戏剧的首要任务是反映现实,其剧作主要以写爱情自由和揭露暴君罪恶为内容,反映平民对强权的反抗。维加的代表作是历史剧《羊泉村》(1609),取材于 1476 年羊泉村村民武装抗暴的史实。剧中,骑士团队长费尔南住在羊泉村,对村长之女劳伦霞存有不轨之心,青年农民费隆多救出了劳伦霞并与之相爱、结婚。婚礼举行时,费尔南夺走了新娘,还要绞死新郎。广大村民愤而起义,群起杀死费尔南。剧本洋溢着民本思想,极为罕见地表现了当时农民的尊严问题,抨击了骄奢淫逸的封建贵族,歌颂了以劳伦霞为代表的下层人民的反抗精神,呼吁民族统一。

英国早在 14 世纪就出现了人文主义作家,并于 16 世纪中叶以后把欧洲的人文主义文学推向了顶峰。

杰佛利·乔叟(约 1343—1400)是英国民族文学的奠基人,被称作"英国诗歌之父"。他出生于一个酒商家庭,曾随皇家军队远征法国被俘,不久得以赎回。还当过国王侍从,出使过许多欧洲国家并两度访问意大利;在创作上,受到但丁、薄伽丘和彼特拉克作品的积极影响。乔叟作于 1387 年至 1400 年间的代表作《坎特伯雷故事集》学习《十日谈》的框式结构,由一个总序和 23 个短篇诗体故事构成,描述一群香客从伦敦出发去坎特伯雷朝圣,路上轮流讲故事解闷,所述内容包括传奇故事、滑稽故事、训诫故事、寓言故事等。作品风格幽默,语言生动。作品中肯定了女权,提倡爱情自由平等,反对门第观念和禁欲主义;主张仁爱,反对宗教压迫和官吏的贪赃枉法。这部小说集奠定了英国人文主义文学的第一块基石。

《乌托邦》(1516)的作者托马斯·莫尔(1478—1535)也属早期人文主义作家。1516 年，莫尔用拉丁文并采用对话体裁，完成了《乌托邦》这部极富首创性的作品。该作的上部深刻揭露资本主义原始积累时期英国的圈地运动所造成的"羊吃人"的惨状，下部则写一个人人参与劳动、能和睦相处、没有私有和专制的理想社会。事实上，这一理想世界只是一个美化了的宗法社会，因为在那里明显存在奴隶。但从对后世创作的影响看，这部作品中对理想社会所做的描绘，可以看成是未来的幻想小说的萌芽和近代空想社会主义小说的开端。

英国人文主义文学至 16 世纪后进入繁荣期，在诗歌和戏剧方面表现得尤为突出。意大利的十四行诗此时已被译介到英国来，并最终演变成无韵诗体，斯宾塞、锡德尼和莎士比亚等著名诗人的创作十分丰富，且不断推陈出新。其中，埃德曼·斯宾塞(1552—1599)创作的《仙后》是英国第一部民族史诗，全诗以亚瑟王追求仙后格罗丽亚娜为线索，展开了各种冒险和游历的故事，并以亚瑟王代表具有全部美德的完美骑士，以仙后来象征女王伊丽莎白。诗歌技巧成熟，形式完美，给诗人带来了"诗人的诗人"的美誉。戏剧方面，16 世纪 80 年代活跃在英国文坛的是一批被称为"大学才子派"的剧作家，他们大都在牛津或剑桥受过大学教育，精通西欧各国文艺复兴文学，在人文主义影响下不顾时人歧视而从事戏剧行业。这一剧作家群体的代表人物包括李利、格林、基德、马洛等，他们将古罗马戏剧、中世纪道德剧、当代意大利与法国戏剧有效融合，使戏剧摆脱了中世纪神秘剧、道德剧、奇迹剧的神秘气息，发展了古罗马的复杂悲剧、英国编年史剧和浪漫喜剧的传统，并且大胆地将无韵诗运用到戏剧里，使诗歌和戏剧和谐地结合，对于戏剧形式的发展做出了贡献，创造出复仇悲剧、浪漫喜剧和历史剧等多种戏剧形式，直接为莎士比亚的创作开辟了道路。其中，主要人物马洛写的《浮士德博士的悲剧》，较有代表性。

莎士比亚的同时代人本·琼生(1572—1637)也是一位重要的人文主义作家，他熟悉古典文学，被誉为文艺复兴的"标准"作家，成为莎士比亚之后戏剧界最重要的代表作家，主要成就在喜剧方面，以剧本《炼金术士》《狐狸》为代表。

莎士比亚的戏剧不仅代表了英国人文主义文学的最高成就，也把整个文艺复兴时期的文学创作推向了巅峰。

第二节 拉伯雷

弗朗索瓦·拉伯雷(1494—1553)是法国杰出的小说家，《巨人传》是他唯一的一部文学作品，也是文艺复兴时期欧洲著名的长篇小说。拉伯雷在这部作品里，用极其荒诞的手法和极度夸张的语言，抨击了经院教育的腐败和教会的权威，讴歌人文主义，大力颂扬了文艺复兴的时代精神。

一、生平与创作

拉伯雷是法国16世纪最重要的小说家，也是欧洲文艺复兴时期人文主义文学主要代表之一，是一位名副其实的"巨人"，智慧的"巨人"。他的博学多才令人难以置信。据说他精通希腊文、拉丁文、希伯来文等多种文字，通晓医学、天文、地理、数学、哲学、神学、音乐、法律、教育、建筑、植物学等多种学科知识。他的文学创作，也以塑造了"巨人"的形象而闻名于世。

拉伯雷出生于希农市一位著名的律师家庭。作为幼子的拉伯雷在郊区的庄园里度过了快乐的童年，秀丽的田园风光和纯朴的乡村生活，给他留下了美好的印象。少年时代，他像当时的许多富家子弟一样，被送进修道院系统地接受了拉丁文和经院哲学的教育。1520年，他进入圣芳济修道院成为修士。在那里，他违反院规，与友人一同偷偷攻读古希腊文，阅读了柏拉图、阿里斯多芬等人的作品，并结识了当地的一些进步人士，还和第一流的人文主义学者吉约姆·比代建立了通信联系。经比代介绍，他担任了彼埃尔修道院院长德斯狄沙克的秘书，使他进一步扩大了交往，丰富了阅历。日后的巡视和漫游，又为他了解百姓疾苦和民间文艺创造了条件。

1530 年，拉伯雷进入蒙彼利埃医学院学习。由于他精通希腊文，熟悉希腊大医学家希波克拉特等人的医学经典，又有较厚实的自然科学知识基础，因而仅用六个多星期就通过了会考。由此，他获取了博士的头衔，踏上了从医的道路。据传，他是法国最早研究人体解剖学的医生之一，曾勇敢地冲破教会的压力，亲自动手解剖过一具尸体。

1532 年，拉伯雷来到人文主义的中心卢昂任医生。在这里，他读到一本名为《伟大而高大的巨人高康大的伟大而珍贵的大事记》的民间故事，激发了他的创作热情和奇思妙想。他以此为基础，融进丰富的自然科学和社会科学知识，凝聚了他对时代问题的思考，写出了一部题为《伟大的巨人高康大之子，狄波索德王·大名鼎鼎的庞大固埃的恐怖而骇人听闻的事实和业绩》的小说。署名也很古怪——阿尔戈弗里巴斯·纳齐埃。这是作家为免文字之祸，把自己姓名的所有字母打乱重组而成的。年底，小说出版获得巨大成功，很快销售一空。这部后来被简称为《庞大固埃》的小说，在拉伯雷的五部《巨人传》中，属第二部。初战告捷，使作家备受鼓舞，两年后，便出版了第一部——《庞大固埃的父亲：巨人高康大骇人听闻的传记》，简称《高康大》。

《巨人传》前两部，比较集中地表达了拉伯雷的人文主义正面主张。如作家题记所示，这是"一本充满乐观主义的作品"，也是一部充满理想色彩的作品。小说主人公——父子两代巨人都具有超常的体魄和力量、公正善良的品德和乐观主义的天性，夸张地表现了人文主义者对人、人性和人的创造力的肯定和赞美。

作家不仅歌颂人先天的原始伟力，更强调后天教育的重要意义。高康大受到两类教育的鲜明对比，寓意是明显的。他生性聪慧，但陈腐的经院教育要他背书，一背就是十几年，致使他变得"疯疯癫癫，呆头呆脑，昏昏沉沉，糊里糊涂"，辩论时像只"死驴"，连个屁也放不出来。到巴黎后，老师给他洗脑，让他彻底忘掉过去无用的知识，然后用全新的方法学习全新的知识。在餐桌上学习食品的特性，玩牌时学数学，休息时观天象——这种寓教于乐、联系实际、学以致用的方法，使高康大"无论理论和实践""都懂得很透彻"，真正变成了全知全能、全面发展的"巨人"。高康大给庞大固埃的"劝学信"，更是对人文主义教育思想的全面阐释。他提出的教育目标是造就"十全十美、毫无缺陷的人。不管在品行、道德、才智方面，还是在丰富的实际知识方面"。对知识的理解也是多方面的：希腊文、拉丁文、加尔底亚文、几何、算术、音乐、天文、法律等。关于自然界，则要求"没有不认识的事物"。总之，人要成为"知识的渊薮"，并能在"争辩"中检验自己的学问。这不啻是对中世纪蒙昧教育的大胆挑战，其强烈的启蒙倾向具有巨大的进步意义，对后世的教育思想也深有影响。

特来美修道院是拉伯雷的理想国。作家理想原则的核心是个人自由、个性解放。修道院历来是院规森严、扼杀个性的所在。但特来美修道院却大反其道，标新立异。这里的善男信女都是"按照自己的意愿和自由的主张来过活的"。他们来去自由，交往自由，穿着自由，活动自由，而且"可以光明正大地结婚，可以自由地发财，可以有自己的生活方式"。正是这种自由的精神，使修道院里形成了一种友爱、进取的气氛，男女青年个个智勇双全，英气勃勃。在神权统治、等级森严的封建王国里，"随心所欲，各行其是"的口号，无疑是对精神禁锢的强有力冲击。

《高康大》和《庞大固埃》受到读者的热烈欢迎，也遭到反动势力的仇恨敌视。1533年，即《庞大固埃》问世后的第二年，代表宗教保守势力的巴黎索邦神学院就将其宣判为禁书。《高康大》也同样遭此厄运。为避风头，拉伯雷曾择地隐居，后随具有人文主义倾向的巴黎主教出访意大利。拉伯雷在这块文艺复兴的圣地上多方面涉猎其灿烂的文学艺术，并饶有兴趣地对古罗马遗迹进行了考察。此后，他完成了第三部《善良的庞大固埃的英勇言行录》(四、五两部均以此为书名)。为免遭封杀，他直接上书国王要求恩准出版，并把书题献给国王的姐姐——那伐尔王后。那伐尔王后思想开明，酷爱文艺，曾仿《十日谈》写出《七日谈》。做了这些准备后，作家便有恃无恐地第一次署上了真名实姓。医学博士弗朗索瓦·拉伯雷大师。但王室的庇护也不敌教会的淫威，这次不仅书被查禁，出版商还惨遭极刑。作家不得不再次隐居，在穷困潦倒中继续写作。1552年，第四部出版后,拉伯雷被投进了监狱。第五部是在作家去世后的1564年才得以整理出版的。

二、《巨人传》

《巨人传》是法国文学史上第一部长篇小说，在欧洲长篇小说发展史上亦具有奠基意义。虽然它在结构上还有些松散，形象塑造和语言运用都未脱民间口头文学的痕迹，但全书构思统一，处处闪耀着人文主义的思想光芒，又以几个主要人物贯穿作品，从而形成了一个比较完整的有机体，开创了长篇通俗小说的先河。

拉伯雷在民间传说的基础上，依凭他深厚的生活积累、渊博的科学文化知识和驰骋丰富的想象力，使整部小说色彩斑驳，变幻无穷，多棱镜般地映出了文艺复兴时期法国社会的大千世界。荒诞不经、离奇古怪的故事里，包容的是智慧的火光和深邃的思想，透露出新时代的信息。作家在小说的"前言"中曾对自己的创作做过这样的阐释："你们谈到我写作的几本书的奇怪名字……便会毫不困难地断定书里无非是笑谈、游戏文字、胡说八道"，但是，在"经过仔细阅读和反复思索"之后，"你们将感受到独特的风味和深奥的道理。不管是有关宗教、还是政治形势和经济生活，我的书都会向你们显示出极其高深的神圣哲理和惊人的奥妙"。

正是这种奇异性、丰富性和思想性的巧妙结合，使19世纪法国著名的史学家米什莱赞誉拉伯雷"与莎士比亚同样伟大"，而巴尔扎克则称他为"现代人类的伟人"，认为拉伯雷"包括了毕达哥拉斯、希波克拉特、阿里斯多芬和但丁"，作家诺蒂埃把他誉为"现代最渊博和最深刻的作家之一"。

夸张和讽刺，是民间文学的惯用手法。拉伯雷出色地继承和发展了这一传统。无论对人、对事、对物，他都能抓住其基本特征加以放大，给读者以强烈而深刻的印象。讽刺更是拉伯雷擅长的武器，有人称他为讽刺的荷马。他冷嘲热讽，嬉笑怒骂，寓庄于谐，大智若愚，形成了独特的风格。

拉伯雷的语言同样直接得益于人民大众，得益于市井生活。作家精通多种语言，但在作品中却以市民语言为基础，大量使用俗语、俚语、行话，使小说语言生动流畅，雅俗共赏，深受广大读者欢迎。

《巨人传》是在不断与宗教势力的斗争中取得成功的。《巨人传》的作者则在斗争中耗尽了精力。作家的晚年是不幸的，生活贫困，处境艰难，1553 年 4 月，于巴黎孤寂地辞世。但是，历史不会忘记这位"巨人"。夏多布里昂认为"他创造了法国文学"，事实上，无论现实主义型的作家还是浪漫主义型的作家，都不同程度地受到过他的影响。20 世纪的著名作家马塞尔·埃梅甚至把他称为"第一个超现实主义者"。

第三节　塞万提斯

米盖尔·塞万提斯·萨阿维德拉(1547—1616)是西班牙文艺复兴时期著名小说家、诗人和戏剧家，被誉为西班牙文学世界里最伟大的作家。其代表作一长篇小说《堂吉诃德》被视为文学史上第一部现代小说，同时也是世界文学的瑰宝之一，对西班牙语创作和整个世界文学有着巨大而深远的影响。

一、生平与创作

塞万提斯 1547 年 9 月 29 日出生于马德里附近的阿尔卡拉·德·埃纳雷斯城的一个没落贵族之家。少年时代的塞万提斯随同作为外科医生的父亲到处漂泊，他虽然只受过中等教育，但好学、喜阅读，涉猎过许多古希腊罗马经典作家和其他著名作家的作品。从精神气质方面衡量，塞万提斯本人有着文艺复兴巨子们常见的那种爱国情操和英雄气概。1566 年至 1569 年，在人文主义者胡安·洛佩斯·德契约斯神父的学校就读。1569 年，塞万提斯开始发表最初的几首诗歌，并且获得机会以红衣主教侍从的身份远赴意大利。翌年，进入西班牙驻意军队中服役，在军中很快以作战勇敢而闻名。1571 年，在与土耳其军队作战的著名的勒班陀大海战中，失去了左臂。负伤后的塞万提斯颇具豪侠气概地声称："打断了左臂，右臂因此也就更加光荣。"战后于 1575 年与其兄长皆乘"太阳号"海船回国，途中不幸被非洲柏柏尔族海盗劫持到阿尔及尔，成了奴隶。他曾多次密谋潜逃，但都未获成功。期间曾把唯一的赎身机会让给兄长，使后者得以摆脱奴隶生涯回家。直至 1580 年，塞万提斯本人才重新得到赎身机会回国，但生活却没有着落。尽管他先后辗转疆场为国流血，可是当时的西班牙并不能善待像他这样的爱国志士，就连最起码的工作机会都不给他。出于无奈，塞万提斯只好以写作为业。1584 年，塞万提斯写出的一部悲剧《努曼西亚》得以出版。该作的题材来源于古代西班牙人民抗击罗马侵略者的历史事件，剧中描述努曼西亚人被罗马军团围困，但他们拒绝投降，与敌鏖战达 14 年直至城池失守，全体居民壮烈牺牲。这是一部歌颂人民为国而战的英雄气概的佳作。在当时的西班牙，作家的稿酬是十分微薄的，所以《努曼西亚》出版根本不足以令塞万提斯维持生活。出于无奈，这位天才作家只好于 1587 年到塞维利亚定居，并先后充任粮食征收员和税收员，辗转于村落之间采购军需品和收取税款，期间他曾两次蒙冤入狱。在种种迫害之下，他也曾于 1590 年向国王请求到西印度群岛供职，但终未获批。直到 1603 年，他才结束了税收员的工作。晚年的塞万提斯住在马德里，常陷于贫病交加之中，最终于 1616 年 4 月 23 日因患水肿病离世，其坟茔至今都未找到。

15 年奔走各地的军需官与税吏生涯，加上多次牢狱之灾，使塞万提斯能充分体察种种社会不公与民众疾苦，思想认识也随之提高，并为他后来的文艺创作积累了足够的现实素材。

1605 年，塞万提斯最主要的作品长篇小说《堂吉诃德》的第一部问世了，这是一部由生活的坎坷和不幸的遭际所孕育出的伟大作品。书的初稿据说是在监狱中就开始动笔的，一出版立即风靡，短短数星期内市面上就出现了三种盗印版本，一年中再版六次。然而和《努曼西亚》出版后的情形相似，作品的风行并未能改变作家的窘迫生活，只是令书商大赚其钱，而且作家再次染上官司，和姐妹、女儿、外甥女一起，入狱数日才获释。后因出现了假借作者之名的《堂吉诃德》续集，促使塞万提斯不得不抱病续写，并于 1615 年完成并出版了《堂吉诃德》的第二部，同时还写了短篇小说《惩恶扬善故事集》和一些诗歌。

除了长篇小说《堂吉诃德》(1605—1615)之外，塞万提斯的其他作品主要有：《短篇小说集》《训诫小说集》(又译《模范故事》《惩恶扬善短篇小说集》，1613)、剧本《努曼西亚》(1584)和《喜剧和幕间短剧各八种》(又译《尚未上演的八出喜剧和八出幕间短剧》，1615)，以及长诗《帕尔纳斯游记》(又译《巴拿索神山瞻礼记》，1613)和《贝尔西雷斯和西希斯蒙达》(1617)。

塞万提斯生活在西班牙历史发展的一个比较特殊的时期，当时西班牙社会的封建关系加速解体，而资本主义又不够发达。国内长期存在民族矛盾，天主教势力也很猖獗，导致了生产的落后和社会意识的保守。封建王朝与天主教会勾结，在全国设立"宗教裁判所"，推行高压政策，镇压自由思想，动辄大开火刑，一次烧死几人到几十人不等，以惩戒"异端"。然而，资本主义生产关系既已萌芽，人文主义思想便会冲破专制政权的桎梏发展起来。在资产阶级和人民大众反封建斗争的基础之上，终于在 16 世纪末、17 世纪初，西班牙的文艺复兴运动达到了高峰，出现了具有独特民族内容和风格的"黄金时代"。

二、《堂吉诃德》

《堂吉诃德》一书的全名为《奇情异想的绅士堂吉诃德·台·拉·曼却》，是一部既有传奇色彩，又富有现实精神的天才之作。小说戏拟当时在西班牙甚至整个西欧都极为流行的骑士传奇的手法，描述了一个年过五旬的穷乡绅——堂吉诃德及其侍从桑丘·潘沙的"游侠"故事。

拉·曼却地方有一位名叫吉哈得的破落乡绅，读骑士小说中了邪，就仿照骑士的做法，先后三次出门游侠。他按照骑士小说中的描写，给自己冠以堂吉诃德的骑士之名，又为自己装备了骑士的盔甲坐骑，还勉强把邻村的一位普通村姑确定为自己要为之出生入死的高贵情人，并给村姑取了贵妇之名——杜尔西内娅。

第一次出门，他单枪匹马游荡，在客店里与几个骡夫械斗。走出客店，又徒劳无功地救助一个受财主鞭打的牧童。之后，又把商人当骑士并与之比试，受重伤后在一个邻居的帮助下返回乡里。

回到家中的堂吉诃德想到骑士应该有侍从，就说服贫苦农民桑丘·潘沙与他外出游侠。这次堂吉诃德把风车当巨人冲上去厮杀，结果被猛转的风篷掀翻在地。此后他又在路上和客店里闹了不少笑话，吃了很多苦头。

后来，同村的理发师和神父装成鬼怪，捉住堂吉诃德押送回家。他在家中一面恢复身体，一面还与新结识的卡拉斯科学士一起谈论《堂吉诃德》，成了挚友。为了医治堂吉诃德的疯病，卡拉斯科学士与神父等人设下计谋，同意让堂吉诃德再次出门。

第三次离家后，依旧疯癫的堂吉诃德与狮子决斗过，还仗义帮助了一对受财主压迫的青年恋人。后来主仆二人受邀来到一座公爵府邸，公爵夫妇想出了种种花样拿堂吉诃德主仆二人寻开心。

堂吉诃德主仆共感自由的可贵，就离开公爵夫妇取道巴塞罗那。在那里，堂吉诃德被假扮"白月"骑士的卡拉斯科学士打败，只好回家。不久，堂吉诃德卧床不起，临终前从幻想中苏醒，痛责骑士小说的危害，并嘱咐外甥女不许嫁给骑士，否则得不到遗产。

16世纪末，在西班牙盛行内容虚幻的骑士小说，王权也有意利用骑士的荣誉和骄傲煽动贵族去建立世界霸权，妄图以忠君、护教、行侠等一套伦理观念禁锢人们的头脑，所以，这种情节离奇的骑士小说甚合当时的要求。而塞万提斯却借助小说主人公的荒唐行为和悲惨遭遇，来嘲笑骑士制度和骑士道德，指出骑士小说的危害，启发人们从虚幻的迷梦中醒来，正视变化了的客观现实。他在作品的自序中声称，写作《堂吉诃德》就是为了"攻击骑士小说"，"要消除骑士小说在社会上、在群众中的声望和影响"，"把骑士小说那一套扫除干净"。故此，作品运用了戏拟骑士传奇的手法，故意将骑士制度和骑士的所作所为写得荒唐可笑，以嘲笑骑士制度和骑士道德。后来随着《堂吉诃德》的流行，西班牙的骑士小说真的销声匿迹了。

但细读作品就会发现，《堂吉诃德》对16世纪末17世纪初西班牙的社会现实的描写非常全面和真实，通过主人公的游侠经历，从都市至乡村，从爵爷府邸到路边小客栈，一幅幅纷繁驳杂、丰富多彩的西班牙社会图画映现在世人面前。小说中出现了包括各阶级、各阶层在内的多达七百余个人物，而且真实地揭示了统治阶级的专横和腐败，贵族地主的荒淫无耻。书中多次写贵族的奢华生活和心灵的空虚，并谴责了贵族以势压人的行径。第二部描写的公爵城堡里，贵族们靠借债维持着表面的虚仪，过着奢华生活。无所事事的公爵夫妇拿堂吉诃德主仆二人寻开心，花了大量人力物力捉弄堂吉诃德和桑丘。他们故意安排桑丘做了"总督"，设计了不少难解的谜案来捉弄桑丘，但上任的桑丘却充满了智慧，面对难题断案如神。在公爵夫妇的流氓统治下，底层人过着悲惨的生活，老婢女的丈夫就是被公爵夫人用别针活活戳死的，而这位婢女本人和女儿也因主人的淫威而走上了悲惨的结局。可以说，作品的社会意义与思想容量远远超出了作者的预想，有着多方面的收获和独创性。

作品的最大成就，是成功地塑造了堂吉诃德这一矛盾、复杂而又带有双重性的不朽的艺术典型。

在作品中，堂吉诃德既显得可悲可笑，又令人尊敬喜爱。他一方面是骑士文学的受害者和骑士精神的牺牲品，完全按照骑士文学的描绘去理解和对待生活，以致常常在主观判断上严重脱离实际，闹出了许多笑话，每一次煞有介事的出击，都使自己出尽洋相，吃够苦头。比如在堂吉诃德第二次外出时，作者安排他不顾劝阻"大战"风车。还把赶路的贵妇人当成被魔法师劫走的公主，奋勇解救；在客店的顶楼上错把前来和骡夫欢会的女仆当成是一位对自己垂爱的公主，坐怀不乱，真诚相待；在路上把两队羊群视作相互交战的大军，义无反顾地去帮助其中一方去攻打"邪恶"的另一方。塞万提斯通过描写主人公的认知和行为方面的愚蠢和可笑，揭示了骑士文学的危害和骑士精神的腐蚀作用。

另一方面，堂吉诃德这个表面上的"小丑"却有着当时最高贵的精神品质，他是人文主义精神的高度体现者。他坚持正义，疾恶如仇，向往自由，面对不公、邪恶、压迫总是能不避凶险奋勇冲杀，把维持正义，锄强扶弱，清除人间不平作为自己的天职。为了主持正义，他总是把个人生死置之度外，具有英勇无畏，忘我斗争的精神。在第三次外出时，堂吉诃德和桑丘来到一座张灯结彩、大摆宴席的村庄，这里的财主卡麻丘夺走了贫苦青年巴西琉的情人季德丽娅，正要和她举行婚礼。巴西琉为了夺回心上人进行了巧妙的抗争，在紧要关头，堂吉诃德出于同情这对不幸的情人，毫不犹豫地举起长枪出来保护巴西琉，又劝说财主卡麻丘不要夺人所爱，终于迫使财主不得不放弃了自己的邪恶要求。他曾对桑丘说，自由是天赋予人的许多最可宝贵的宝物之一，为了自由，正如为了荣誉一样，可以而且应当牺牲生命。在整部书里，只要不涉及骑士道，堂吉诃德的思想和谈吐都显得条理清晰，见解也极为高明，往往能高瞻远瞩地针砭时弊，其言论总包含着精微至理，并且处处闪烁出人文主义的思想光辉。这些带有人文主义特色的思想，反映了西班牙人民的进步要求。

堂吉诃德的主要性格特点就是思想严重脱离实际。他完全生活在幻想之中，是一个幻想中的英雄。对臆想的敌人，他不顾一切地横冲直撞，结果是自己被撞得头破血流，善良的动机总是得到相反的结果。在这里，作者以理想化的骑士精神反对封建阶级和市民阶层的庸俗自私。

另一主人公桑丘·潘沙的性格特征与堂吉诃德形成了鲜明的对比：他是一个文盲，十分讲求实际，一心想把堂吉诃德拉回现实生活中来；但是桑丘并不仅仅是一个陪衬人物，他本身就是一个活灵活现的西班牙农民的典型。在追随主人游侠的过程中，他接受了堂吉诃德的影响，心胸逐渐变得开阔，眼界和气度也变得不同，特别是在他"担任"总督期间，尽管受到爵爷夫妇的捉弄和伤害，但面对难题却能断案公正，执法如山，情感上爱憎分明，行为上光明磊落。在他的身上体现了劳动人民的优良品德。因此，他绝不是一个表面上看起来的愚昧的小丑，而是一个在主人的高尚人格的感召下，不断地挣脱自轻自贱的心理，自觉重塑尊严人格的探索者。和同时代西班牙剧作《羊泉村》一样，通过桑丘的前后变化，《堂吉诃德》或多或少地触及了一个很能体现时代要求的问题——农民的尊严。

《堂吉诃德》问世数百年来，以其亦庄亦谐的经典人物塑造，悲喜交互映现的故事内容，以及在文学形式上无可争辩的独创性，深得全世界读者的喜爱和评论界的关注。塞万提斯在书中，最大限度地发挥了人类的想象力，杜撰出许许多多引人入胜的人物奇遇，同时也极为客观地呈示出西班牙社会历史的真实面目。

作为欧洲最早的现实主义长篇小说，《堂吉诃德》对小说这一文学体裁的贡献是卓著的。塞万提斯采用的流浪汉小说形式和戏拟骑士小说的诙谐手法，可以非常有效地组织情节，并在鲜明的对比中刻画出人物个性。为了增加喜剧效果，作者让极度夸张的主人公行为和真实的活动背景之间形成了强烈的反差。在语言上，作品文字鲜活，流畅生动，而且大量运用了民间谚语、比喻，既富于个性，又显得丰富而充满哲理。《堂吉诃德》奠定了世界现代小说的基础，由于该作的原创性，给研究者留下了许多难解之谜。近年来，《堂吉诃德》艺术形式的现代和后现代特征更是成为学术界热议不衰的话题。

第四节　莎士比亚

威廉·莎士比亚(1564—1616)是英国文艺复兴时期人文主义文学最杰出的诗人和剧作家，也是世界文学史上最伟大的作家之一。他同时代的剧作家本·琼生称莎士比亚是"时代的灵魂"，"他不属于一个时代而属于所有的世纪"。美国当代著名文学批评家哈罗德·布鲁姆认为，莎士比亚是"西方经典的中心"，并且"仍将继续重新占据西方经典的中心"，因为他"不受任何意识形态的约束"。

一、生平与创作

莎士比亚的身世材料十分匮乏，而从有限的资料看，他既没有高贵的血统，又未受过系统的教育，这就使人们生出疑问：这样一位"寒士"，怎么可能创造出如此博大精深、丰富多彩的艺术世界?怎么可能创造出如此精巧完美的诗歌语言?于是，搜寻的目光便自然转向了同时代的大学问家们。哲学家、散文家弗兰西斯·培根(1561—1626)、"大学才子"之一马洛等，都曾被认为是这些杰作的真正作者。近年来，又有学者重拾早期的话题，把牛津伯爵德维尔(1550—1604)视为"真正的莎士比亚"。但是，多数莎学者都仍坚持认为莎士比亚确有其人，并确认他拥有这份文化遗产的"知识产权"。谁也无法预料这场争论会持续到什么时候，也无法预料专家们最终会得出什么结论，但确定无疑的是，莎士比亚的诗歌和戏剧已成为人类艺术宝库中最有价值、最富生命力的珍品之一。人们普遍认为，著作权之争不能说是没有意义的，但它不会改变对这份财富的基本价值判断。在专家学者们得出最后结论之前，我们还不得不将这份成果归于莎士比亚名下。

莎士比亚是以诗歌创作步入文坛的。两部长诗《维纳斯与阿都尼》(1593)和《鲁克丽丝受辱记》(1594)都取得了成功，而他在 1590 年至 1600 年创作的 154 首十四行诗(1609 年结集出版)，更是抒情诗的佳作。诗歌咏唱生命的可贵、时间的易逝、艺术的不朽，歌颂纯洁的爱情、真挚的友谊。诗作还凝聚了诗人对生活的思考和对现实的批判。在诗中，莎士比亚明确宣示，"美、善和真"，"就是我全部的题材"。对真善美的追求，也贯穿在他的全部戏剧创作中。

莎士比亚来到首都伦敦时，正值伊丽莎白女王统治的盛世。结束了长期内战、也结束了与西班牙的海上争霸战之后的英国，爱国热情空前高涨。以史为鉴，编写反省国家历史、探寻民族未来的专著和戏剧，成为一时风气。刚开始涉足戏剧的莎士比亚，自然没有理由置身其外。据专家研究，当时两部颇有影响的史书《英格兰与苏格兰编年史》和《兰开斯特与约克两大显贵家族的联合》，是莎士比亚历史剧的主要材料来源。

人们通常把莎氏的历史剧分为前后两个四部曲。《亨利六世》三部和《理查三世》为一组，意在抨击封建贵族间的霸权之争。后一组由《理查二世》《亨利四世》两部和《亨利五世》组成，传达了作家对英明君王的理想。结束割据和纷争，建立统一而有权威的中央集权的思想，符合当时英国资本主义经济快速发展的要求，也符合民众的心愿，因而得到了社会的认可。

就文学价值而言，《理查三世》的典型塑造和《亨利四世》的背景构筑，最为人们称道。《理查三世》突破了以事件叙述为主的模式，着力刻画了一个外貌与内心都十分丑恶的暴君形象：跛足驼背、废体残形、阴险狠毒、工于心计。为篡夺王位，他不惜一切手段，阴谋杀害了他的亲人，也杀害了他的同谋者，最终自己也被打翻在地。理查三世的凶残和狡诈都达到了极致，"外表做圣徒，暗中却无恶不作"的形象具有一种邪恶的震撼力。

《亨利四世》的主线是亨利四世镇压封建领主叛乱的故事。但作家却通过驳杂的社会背景丰富了剧作的内涵、增强了剧作的魅力。在与宫廷相对应的下层社会里，活跃着两个特殊的人物：哈尔太子和福斯塔夫。前者是未来理想的君主亨利五世，而此时他却在伦敦野猪头酒馆等地与百姓厮混，胡作非为，完全是个浪子的形象，他的活动把宫廷和下层、富贵和贫穷联系到了一起；后者是个大腹便便的"可爱的坏蛋"，他好色、贪杯、吹牛成性、鼠窃狗偷、欺弱怕强，但他开朗、乐观、风趣、幽默，常在插科打诨间透出对社会的不满、道出某种严肃的意义。福斯塔夫是莎士比亚笔下乃至英国文学史上最杰出的喜剧性格之一，也是论者们探讨得最多的形象之一。他和他的狐朋狗友们构成了当下社会不可或缺的一道生动风景。

福斯塔夫和哈尔太子之间微妙关系的描写，体现了莎翁思想的深刻。他们在一起鬼混，似亲如手足，但地位的差异，使他们横隔着不可逾越的鸿沟。王子虽身在底层，却从未忘记自己的身份。他很明确，与平民交往只是他的"需要"，甚至是一种"计策"，而一俟登基就立即变脸，不仅声称要"丢弃"昔日的"伙伴"，而且还下令将福斯塔夫等人投进监狱。福斯塔夫则真诚地与哈尔为友，并希望他能成为真正代表百姓的君王，天真地以为亨利五世上台肯定会给他们一伙带来好运。结果却完全出乎他的意料，他忧郁寡欢，奄奄一息，皆因"皇上碎了他的心"。亨利五世是莎士比亚塑造的理想君主，他与民众的这段特殊关系，既表现了人们对君王平民性的期待，也揭示了统治者与民众根本对立的本质。"福斯塔夫式的背景"表明，走进历史的莎士比亚是十分清醒的。

莎士比亚的喜剧世界，是一个明朗、绚丽、生气勃勃、五光十色的情爱世界。青年男女的爱情和友谊，是喜剧的基本主题。与希腊罗马以来讽刺喜剧的传统不同，莎士比亚喜剧可谓自成一格。它以"快乐原则"为基调，处处洋溢着青春的气息，尽情讴歌年轻人对个性解放和幸福生活的执着追求，充分展示他们的美丽、热情、聪慧、挚诚。其中，"穿裙子的英雄"的形象尤为光彩照人，这些博学机智的少女，往往左右着剧情的发展。喜剧多为改编，但不论原作发生在什么时间什么地点，到了莎士比亚的笔下，它们都变成了英格兰天空下的故事，演绎着伊丽莎白时代的欢快生活。莎士比亚擅长以多线索来建构喜剧情节，戏剧矛盾并不太尖锐，对封建保守人物作善意的嘲弄，结局总是皆大欢喜的大团圆。由此，人们常把他的喜剧称为抒情喜剧或浪漫喜剧。

《威尼斯商人》是莎翁喜剧中具有特殊意义的一部。纯真的爱情和高尚的友谊，依然是剧作的主旨。通过三匣选亲和"一磅肉的故事"两条主要线索，作品的矛头指向的已不是愚昧的封建势力，而是资产者恶俗的拜金主义。在两条线索中都占据着重要地位的女主角鲍西娅，以其对真挚爱情的追求和"克敌制胜"的智慧，使其形象熠熠闪光。作为年轻人对立面的高利贷者夏洛克，贪财、凶残、十恶不赦，但莎士比亚却赋予他驳杂的色彩，融入了更多的社会内容，也增添了耐人寻味的品格，成为作家画廊中著名的典型之一。夏洛克的贪婪与吝啬，令他众叛亲离，引人憎恨；他作为犹太商人，受到基督教社会的鄙视和排斥，令他耿耿于怀，引人同情；他依据法律规定，要求从违约的对手身上割下一磅肉，体现的是资产阶级的契约精神，本无可厚非；鲍西娅不准他多割或少割一钱肉、也不准割出血的要求，同样依据契约精神，且又符合更高的人道原则，因而让人拍手称快。夏洛克最终受到的惩罚，既有喜剧意味，又含悲剧色彩。

早期创作中的《罗密欧与朱丽叶》是一部出色的抒情悲剧，深受历代各国人民的喜爱。它与此时的喜剧一脉相承，感情真挚，诗意浓郁，男女双双殉情的结局，更强化了年轻人追求自由爱情的执着。

《奥瑟罗》通过一个惊心动魄的爱情悲剧，反映出理想与现实的矛盾。摩尔人、武功卓著的将领奥瑟罗深爱名门之后、美丽的苔丝狄蒙娜，他们战胜了名分与种族的偏见，幸福地走到了一起。但耿直憨厚、心胸坦荡的秉性，使他轻易地掉进了小人伊阿古设下的圈套。当他误信妻子与他人偷情后，一怒之下竟亲手掐死了他的至爱；在真相大白、自知上当后，他自刎而亡，倒在爱妻的身旁。叱咤风云的勇将没有倒在刀光剑影的战场上，却倒在了"自己人"的谗言里，倒在了尔虞我诈的人际关系中。奥瑟罗把苔丝狄蒙娜视为真善美的化身，把他们纯真的恋情视为至高的理想。因此，当他以为这一切都遭到亵渎后，他的精神完全崩溃了，"心灵失去了归宿"，"生命失去了寄托"，于是便采取了近乎疯狂的行为。无论杀人还是自杀，都强烈地体现了奥瑟罗疾恶如仇的个性。理想的破灭，是酿成悲剧的根本动因；英雄(人类)自身的弱点，使悲剧的发生难以避免。

《李尔王》是莎士比亚最富哲理性的一部悲剧。它标示着剧作家不仅对社会问题的探索日益深入，而且对人的复杂性的思考愈发深刻。

李尔王听信大女儿和二女儿的甜言蜜语，把国土分给了她们，却将诚实的三女儿赶到了法国。但两个女儿得到实利后便把父亲赶出家门，使李尔王沦为赤贫，流落荒野。强烈的地位反差，生发出许多令人深思的问题。

《李尔王》关于人的复杂性和矛盾性的揭示，还表现为一系列悖谬的描写。李尔王清醒时做出了疯狂的决定，疯狂后却对三个女儿有了清醒的判断；大臣葛罗斯特眼亮时心不明，轻信谗言，双目失明后才看清谗言者的真面目；被称为"傻瓜"的弄臣却是全剧中最聪明的人，唯有他能对李尔王横加指责。李尔王把"傻子"和"疯子"尊为"法官"，让他们去审判他的两个女儿。这种理性的悖谬，体现了文艺复兴后期的怀疑精神和辩证思维。

《麦克白》继续着对人性恶的开掘。原是忠臣的麦克白，禁不住潜在野心的怂恿而走上弑君篡位之路，并一发而不可收地大开杀戒，不断清除他可能的对手。剧本精妙之处并不在于对杀人狂残忍行为的描写，而是深入揭示了他交织着恐惧、内疚、懊悔、绝望，而又欲罢不能，直至自取灭亡的复杂的心理历程。善与恶之争，恶是最终的胜者。

歌德一句"说不尽的莎士比亚"，道尽了后人的崇拜和尴尬。"对他的伟大心灵来说，舞台太窄狭了，甚至这整个可以眼见的世界也太窄狭了。"莎士比亚艺术世界的现实性、丰富性、多样性和复杂性，历来为人们所称道。

他以独到的构思，巧妙地把各种历史的或传奇的陈旧题材改造成反映现实的剧作，对人文主义思想做出多方面的阐发。剧中弥漫生活气息，有论者认为，其间的许多知识不是来自书本，而只有在原野上散步或在市场上购物时才能获得。他从生活出发，打破悲喜剧的绝对界限，让悲喜剧色彩交融，更真实地再现社会的本来面目。《哈姆莱特》是一出崇高悲剧，但重要人物之一波洛涅斯大臣却被写成了丑角式的喜剧人物；奥菲莉娅之死，是一段诗意的悲情戏；掘墓人的戏耍骷髅、插科打诨，近乎闹剧。庄重的历史剧《亨利四世》里，却出现"福斯塔夫式的背景"；阳光喜剧《威尼斯商人》里，又出现夏洛克的"不谐和音"。莎士比亚得心应手地把崇高和卑贱、恐怖和滑稽、豪迈和诙谐杂糅一体，造成奇异的戏剧效果。他的剧作还以"塞满事件"的多线索著称，情节交错，波澜迭起，结构精巧，妙趣横生。

他多方面的成功经验，被恩格斯誉为"莎士比亚化"。他的友人、同为戏剧家的本·琼生在他"第一个对折本"的题词中称颂他为"时代的灵魂""戏剧元勋"，并赞美"他可以折服欧罗巴全部的戏文。他不属于一个时代而属于所有的世纪"。历史证明，莎士比亚对后世的影响是全方位的，而不同时代、不同民族，又总会对他做出不尽相同的解读。这正是一个伟大作家的魅力所在。

二、《哈姆莱特》

代表性的悲剧肇始于 1601 年的《哈姆莱特》，标志着莎士比亚的创作进入了最成熟的第二个时期。与前期相比，此时剧作的格调发生了明显变化，阴沉的气氛代替了明丽的色彩，严峻的批判代替了热情的歌赞，残酷的死亡代替了甜蜜的爱情。莎士比亚以更深沉的目光观察研究社会，揭示理想与现实无法调和的矛盾，在尖锐纷杂的戏剧冲突中，展开对人性的深入思考。

《哈姆莱特》是莎士比亚篇幅最长、最负盛名的剧作，也是数百年来研讨最多的剧作。剧本取材于丹麦历史，此前已有过不止一个剧本，但旧瓶装新酒，莎士比亚却创造了奇迹。在一个子报父仇的俗套故事里，作家融入了对时代问题、社会问题、人生问题的思考，创作出了一部内涵丰富、情节跌宕、性格丰满、耐人寻味的戏剧经典。

哈姆莱特从人文主义的堡垒——威登堡大学回到丹麦，即从理想跌落到现实。

父王被弑，母后改嫁，叔父篡位，突如其来的变故使他陷入了极度的痛苦。他感受到的不仅仅是个人的恩怨、家室的灾难，更是国家的不幸、世界的灾难。他看到的是一个"颠倒混乱的时代"，认识到"世界"是"一所很大的牢狱，里面有许多监房、囚室、地牢；丹麦是其中最坏的一间"，而他却自觉要承担起"重整乾坤"的重任。任务之艰巨使他从朝气蓬勃的大学生变成了郁郁寡欢的"癫狂者"。他一方面不得不装疯卖傻以掩饰自己的真实目的，另一方面又为改变黑暗现实而忧心忡忡。忧郁，成为他主要的性格表征。在忧郁的背后，是人文主义理想的破灭，是人文主义者强烈的社会责任感。

多思，是哈姆莱特的又一特点。遇事他都要三思而行，从怀疑到证实，从证实到行动，每迈出一步，他都要探究行为依据，寻求最佳方案。因此，他的迟疑和延宕便通向了意义的深化。他越来越发现面对的现实与理想间反差之巨大，也越来越意识到"重整乾坤"之艰难。曾经是那么美好的亲情、友情、爱情，此刻似乎都成了敌对势力，形单影孤的王子还差一点被新王送上了不归路。个人的悲剧，演绎成时代的悲剧、历史的悲剧。斗争的巨大压力，使他不得不发出了"生存还是毁灭"的诘问。哈姆莱特付出生命的代价，是历史的必然。

通过悲剧的发生、发展，莎士比亚进一步探讨了对人的认识。在哈姆莱特心目中，父王不仅是敬爱的生身之父，也不仅是理想的一国之君，而且是最高贵的"人"的典范。在奥菲莉娅心目中，哈姆莱特是文武双全、举世瞩目的"人伦雅范"。哈姆莱特更对"人类"唱响了最强音的颂歌："人类是一件多么了不得的杰作！"无疑，这代表着人文主义的"人学"思想，人的尊贵和力量得到了充分的讴歌。但是，在现实中这些"宇宙的精华"相继惨遭不测，而阴谋、欺骗、奸诈、背叛等丑恶的人性却大行其道，致使人们自然会产生对这种"杰作"论的质疑。哈姆莱特在赞美人的同时，又半疯半真地声称"人类"这泥塑的生命"不能使我发生兴趣"。这并非对前者的简单否定，而是真实地传达了这一代思想者在人性善恶面前的困惑。

对时代和人生的深沉思考与戏剧艺术的完美展现，使《哈姆莱特》成为世界舞台上历演不衰的杰作。围绕"王子复仇"的主线，辅以雷欧提斯和福丁布拉斯的复仇，情节跌宕起伏，环环紧扣，推向悲剧高潮；深沉的哈姆莱特、纯洁的奥菲莉娅、奸诈的克劳狄斯、昏庸的波洛涅斯———一个个鲜活的形象，使人印象深刻；诗意、哲理且个性化的语言，具有强烈的感染力；悲剧框架里喜剧、闹剧手法的运用，大大丰富了作品的色彩，增强了戏剧的表现力。

第四章　17世纪文学

　　17世纪的文学思潮主要包括巴洛克文学、古典主义文学等，它们以不同的文学风格与趣味，不同的文学规则与手法拓展和发扬了文艺复兴时期的文学。古典主义文学强调了对古代希腊罗马文学的继承，并融入了时代意识和文学的创新精神。17世纪末，欧洲出现了基于文学再评估的"古今之争"。古典主义对文学创作的规范原则，对后世创作具有深远影响。

第一节　在规范中谋求发展

一、古典主义文学的历史文化与文化特征

　　17世纪法国迎来了中央专制的强大时期。路易十三时期(1610—1643)，农业和工商业得到发展，保证了国家的统一和强盛。1624年红衣主教黎世留当上首相，加强了君主专制的中央集权，法国赢得了三十年战争，在欧洲大陆确定了其霸权地位。17世纪英国经历国内国外战争而走向统一，最终建立了君主立宪的资产阶级议会制度。1603年伊丽莎白一世去世，苏格兰国王詹姆斯六世继承英格兰王位，统一了英格兰、苏格兰。17世纪20年代英国的清教徒运动高涨，资产阶级、新贵族与封建贵族的斗争是尖锐而严酷的。1642至1649年英国内战(即清教徒革命)，1649年英国议会推翻并处死了国王查理一世，废除了君主制。克伦威尔领导的英格兰共和国成立，随后征服、统治了爱尔兰。1641至1660年间，清教徒议会几乎完全禁止了剧院和戏剧演出。1660年王党分子迎回了流亡国外的查理二世，斯

图亚特王朝复辟。1688 年，荷兰执政威廉三世被迎立为英国国王，确立了君主立宪制，被称为"光荣革命"。丰富的资源、广阔的土地和相对来说远离欧洲大陆的战争，英国政治逐渐趋向于有利于资本主义经济的发展，17 世纪下半期英国逐渐成为欧洲的海洋强国。

17 世纪欧洲出现了科学方法与技术进步。机械论哲学对 17 世纪各门科学有着深刻影响。开普勒是 17 世纪科学革命的关键人物。从《新天文学》《世界的和谐》《哥白尼天文学概要》提取出来的三个开普勒定律证明了行星围绕太阳转的理论，拓展了天体动力学。伽利略是科学革命中的重要人物，他明确宣称自然规律是数学性的，他非常重视数学在应用科学方法上的重要性，展示了数学、理论物理、试验物理之间的关系。牛顿是理性时代的物理学家、数学家，他的《物体在轨道中之运动》(1684)、《自然哲学的数学原理》(1687)对万有引力和三大运动定律进行了描述，极大地影响了世人对世界的认识。

笛卡尔、莱布尼茨和斯宾诺莎是 17 世纪著名的理性主义哲学家。笛卡尔是一个二元论者和理性主义哲学家，在《屈光学》《气象学》《哲学原理》中勾画了他的机械论哲学。他认为理性(即数学的思考方法)比感官的感受更可靠，提出了"普遍怀疑"的主张("我思故我在")，使科学摆脱了神学的绝对控制。莱布尼茨是杰出的数学家和哲学家，在数学上，他发明了微积分，并被广泛地使用。他还对二进制的发展做出了贡献。斯宾诺莎是一个一元论者或泛神论者。他相信神学以及决定论，认为上帝是每件事的"内在因"，上帝通过自然法则来主宰世界，所以物质世界中发生的每一件事都有其必然性。他认为宇宙间只有一种实体，即作为整体的宇宙本身，上帝和宇宙同一，这包括了物质世界和精神世界。

康帕内拉是意大利的经验主义思想家，批判亚里士多德主义和中世纪经院哲学，反对对权威的偶像崇拜，断言真正的权威是自然，人们应该直接研究自然。他认为人的知识来源于感觉经验，离开感觉和感觉经验，人们就无法认识世界。《太阳城》(1622)表达了他的乌托邦思想。

17 世纪的文学思潮主要包括巴洛克、古典主义、风格主义、清教文学等。

巴洛克(baroque)一词来自葡萄牙语，用来形容一种形状不规则的珍珠。最初，艺术史家用它来说明文艺复兴后期意大利出现的一种新雍容华丽的建筑风格。巴洛克文学在内容上偏向于表现信念的危机和悲观颓丧的思想，表现生的苦闷、灵与肉之间不可调和的矛盾、人生如梦的感慨、爱即是死的神秘玄思等，在艺术上刻意雕琢，追求怪异奇特的比喻、夸张的意象、冷僻的典故、强烈的对比、各种各样修辞手段等，所以人们又把它称为夸饰主义。巴洛克文学成为文艺复兴消退之后、古典主义出现之前这一段时间内欧洲国家中普遍存在的一种文学现象。巴洛克文学的主要作家包括有意大利的马里诺、西班牙的贡戈拉、法国的斯居德里、英国的约翰·里黎、多恩等。

古典主义是一个发生在法国的文化、美学、艺术运动，而后广泛流传于欧洲各国。19 世纪早期人们用古典主义来称呼 1660 至 1715 年间主要流行的艺术风格与趣味，以区别于浪漫主义。马莱伯被认为是古典主义的先驱，红衣主教黎世留是古典主义的推动者，1635 年 2 月黎世留创立了法兰西学院，吸引了众多的法国学者与作家参加。夏普兰、奥比纳克主教树立了古典主义戏剧的规则，高乃依、莫里哀则在戏剧争论中修正了所适用的规则。1674 年布瓦洛《诗艺》对此做出了总结，成为古典主义理论的制定者。

古典主义文学主要特征表现为以下几点。

拥护王权，政治鲜明。17 世纪欧洲文学鲜明地流露出贵族的风尚，高贵、荣耀、宏伟是文学的显著特征。在 17 世纪欧洲文学中处处再现了权力的炫耀、尊严与奢华。17 世纪众多的诗歌书写的是对国王或者贵族的义务与服务。凡尔赛的娱乐表演、宫廷中的芭蕾舞剧则是其中最典型的艺术形式。古典主义者拥护王权，歌颂贤明君主，主张自我克制，强调个人利益服从国家整体利益，要求巩固和加强统一的民族国家，在创作中反映出鲜明的政治倾向性。高乃依的《熙德》中的主人公以国家民族利益为重，克制个人情感。拉辛的《安德洛玛克》谴责了为满足个人私欲而不顾国家民族利益，为所欲为的丑行。莫里哀喜剧中歌颂贤明君王，揭露有损专制王权的恶习。古典主义者拥护王权，拥护的是符合资产阶级要求的王权，和文艺复兴后资产阶级暂时受到挫折，需要受到王权保护的时代利益是一致的。王权在当时混乱的社会时代中，代表着正在逐步形成的国家与民族。然而拥护王权，其核心毕竟是拥护封建制度和秩序政权，作品中或多或少会有迎合宫廷旨意和贵族趣味内容，在一定程度使得作品具有封建色彩，从而也在很大程度上弱化了作品的价值与意义。

崇尚理性，克制情欲。古典主义强调以理性战胜感情情欲。笛卡尔式的理性主义极大地影响了古典主义，古典主义理性源于其对清晰明了与分析的强烈兴趣，即古典主义作品往往描写、分析了非理性的、情感激动的，甚至暴烈的人物，揭示人们对雅致得体、理性(合乎理性)及其秩序的企望。17 世纪人们认为理性是自然／天性的极致。古典主义创造了有序的、简明的形式，并提倡形式和内容的完美结合。他们认为个人情欲使人远离真理，提倡用理性制约感情，突出公民的责任义务，建立君主专制下理想的道德规范。古典主义的所谓理性，完全是以王权为中心的理性，是拥护王权思想的具体深化与延伸，王权的愿望就是最大的理性。同时这种理性也符合资产阶级的愿望和利益。古典主义产生的年代，王权已经确立，社会秩序刚刚建立，崇尚理性也就是维护既定的一切，古典主义者把理性看作时代精神的核心。高乃依的《熙德》描写了理性对感情的胜利，拉辛《安德洛玛克》中描写了理性丧失后的悲剧，莫里哀的喜剧对生活中失去理性的偏见恶习进行了嘲讽和批判。布瓦洛在《诗的艺术》中指出："首先须爱理性，愿你的一切文章永远只凭着理性获得价值和光芒。"

模仿古代，艺术规范。古典主义作家大都从古代作品中寻找创作题材、艺术形式和表现方法，把它们作为学习、仿效的典范，并根据自己的理解，融入时代的理念。所以古典主义远不止于模仿古代，在古典主义规则下的文学创新也是十分明显的。真实性是古典主义戏剧的重要原则，真实性意味着反映时代(例如道德、社会关系、语言运用等观念)的可能性。古典主义戏剧的目标是革新民众和社会。除小说外，法国古典主义在史诗、戏剧、颂歌、讽刺诗、格言诗、哀歌等方面模仿古代文学，取得了不可忽视的成就，例如高乃依和拉辛的悲剧、莫里哀的喜剧、拉封丹的寓言诗、布瓦洛的《诗艺》。古典主义为文学创作制定了一系列的规则，如悲剧与喜剧的区别、史诗与抒情诗的差异等。雅致得体是古典主义戏剧的重要原则，它要求舞台表演不得诉诸对观众震撼的手段(例如暴力、战争、死亡)，必须删除暴烈的场景等。悲剧一般要用亚历山大体诗行写作，喜剧则可用诗体或散文体写作。三一律是古典主义戏剧的核心规则，但喜剧对此有较大的自由。三一律是指：时间一致，故事 / 行为必须是发生在 24 小时之内；地点一致，戏剧各场次在同一场景地点演出；内容一致，剧情内容只能有一个情节。作为一种戏剧形式，一律有其合理的部分，如有利于观众关注情节、剧情展开集中、节奏紧凑等。但古典主义者把它发展成为一种文学创作的清规戒律，在一定程度上束缚了作家的创造力，有碍于文学的发展。

二、古典主义文学发展概况

自 16 世纪下半叶和 17 世纪初叶起，法国、英国在欧洲的势力日趋强大。由此，欧洲文学主要的、进取的力量表现在法国和英国的文学勃兴。17 世纪初期英国经历了文艺复兴文学的最后阶段，而后，英国、德国分别出现了巴洛克文学。17 世纪意大利文学开始失去了独创性，自塔索之后，持续 200 年伟大的文学繁荣时期迅速地走向衰落，直到 19 世纪在全欧洲再一次掀起一场新的文艺复兴运动。进入 17 世纪的西班牙，由于战争的失败和国力的快速下降，西班牙的统治地位走向衰落，17 世纪西班牙文学经过了黄金时代的最后 30 年，接着便是巴洛克时期。法国路易十四时期，古典主义文学取得了伟大的成功，并迅速传播到欧洲各国，17 世纪中后期英国部分地接受了古典主义，而德意志古典主义文学和民族文学的兴起还要等到 18 世纪。

意大利文学。意大利在整个 17 世纪中的分裂和动乱严重损害了文学与艺术．康帕内拉多次遭受囚禁和最后流亡法国，布鲁诺被判处火刑。17 世纪意大利流行浮华夸饰的马里诺寿派。马里诺(1569—1625)是这个时期伟大的诗人，他的诗集有《七弦琴》《新婚诗》《风笛》和长诗《安东尼斯》等。恰布勒拉、罗萨、塔索尼均是 17 世纪中较为出名的诗人。

1637 年歌剧开始在威尼斯受到普遍欢迎，后来扩散到整个意大利。蒙特韦尔迪、卡瓦利是歌剧的主要作曲家，诗人比斯纽罗、伐斯梯尼为后者创作了许多歌剧剧本。诗人梅塔斯塔索的诗歌促进了意大利歌剧剧本的发展。

"即兴艺术喜剧"源于 16 世纪意大利，在 17 世纪成为极其显著的文学类型。艺术喜剧强调即兴表演艺术，戏剧人物主要是"类型"形象，即"固定性格"，如愚昧的老者、狡猾的仆人、吹牛的军官、吝啬的威尼斯商人等，这些戏剧多戏谑和嘲讽成分。

西班牙文学。在 17 世纪早期，塞万提斯、维加的创作把西班牙文学的"黄金时代"推到高峰。莫利纳是 17 世纪重要的剧作家、诗人，创作了《塞维涅的骗子》等 400 个剧作。鲁兹是另一个伟大的戏剧家。他出生于新西班牙的塔斯科(即今墨西哥奎勒洛)，创作了《可疑的真相》《星球的主人》《隔墙有耳》等 25 个戏剧，按题材可分为社会剧、政治剧和魔幻剧。卡尔德隆是西班牙文学黄金时代的剧作家、诗人，他把西班牙巴洛克戏剧推到了顶点。他创作了 120 个喜剧、80 个圣礼行为剧和 20 个独幕插剧(短喜剧)，主要剧作有《神圣的俄尔菲斯》《精灵夫人》《人生如梦》《虔心敬礼十字架》《诚实的医生》《查拉米阿市长》《厄科与纳耳刻索斯》《普罗米修斯塑像》等。卡尔德隆的喜剧往往以诗行优美、戏剧结构的精巧细致、情节的整一和宗教式的哲学深度而为人称赞。卡尔德隆的诗体剧多使用幻象、象征，风格华丽流畅，情调忧郁。歌德很推崇卡尔德隆的《精灵夫人》。

路易斯·德·贡戈拉(1561—1627)是 17 世纪伟大的诗人，写有大量的十四行诗、颂歌、谣曲、琴歌和长诗《幽寂》《波吕斐摩斯和加拉蒂亚的故事》《皮拉摩斯与提斯柏》等，此外写了几个剧本作。贡戈拉的长诗表现了刻意的"有教养的"风格，他非常喜爱广为流传的、华丽的拉丁和希腊新词，喜爱打破句法顺序和句法的限制，倒装法成为其诗歌的显著特征。

法国文学。路易十三时期，在王太后玛丽和首相黎世留的影响下，意大利文学在法国流行一时，"艺术喜剧"尤为盛行。17 世纪上半期，法国巴洛克文学主要的成就在于悲喜剧、田园小说和冒险小说。

17 世纪 20 年代，沙龙推动了文学的发展。巴黎重要的沙龙有朗布耶侯爵夫人、斯居德里等主持的沙龙，这些沙龙培育、促进了文学的创作。1641 年出版了朗布耶夫人沙龙中典雅游戏诗集《朱莉的花环》。

1620 年于尔菲《阿丝特蕾》开启了田园小说的新潮流。斯居德里是田园小说最杰出的代表作家，她创作了《阿尔塔梅娜》和《克蕾丽》等 4 部田园小说。科斯特是另一个田园小说作家。

17 世纪上半期冒险小说普遍流行，并具有社会嘲讽的特征。阿比涅创作了《菲尼斯特男爵的探险》，索雷尔创作了《法兰西翁的奇异故事》和《豪奢的贝基尔》。小说充满了幽默、戏谑的成分。

1660 年以后法国出现了书信体小说、长篇喜剧小说和长篇冒险小说，如拉法耶特夫人的《克莱夫王妃》、桑得拉的《黎塞留回忆录》、费纳隆的《忒勒马科斯历险记》等。其中，《克莱夫王妃》是第一部杰出的历史小说，1678 年匿名出版后，立即获得了巨大的成功。

17 世纪上半期，闹剧是一般民众和市民共享的娱乐，从巴黎到外省到处都有演出，至 17 世纪中期逐渐衰落。对高乃依、莫里哀等的创作具有较大影响。高乃依是早期的古典主义悲剧诗人，他也创作悲喜剧、喜剧。

皮埃尔·高乃依(1606—1684)出生于鲁昂，1628 年从法律学院毕业后，购得皇家律师职位，任职至 1650 年。1629 至 1637 年高乃依创作了《梅丽特》《滑稽的幻想》等 5 部喜剧，和悲剧《美狄亚》《熙德》。《熙德》引发了关于古典主义激烈争论。1640 至 1645 年高乃依创作了《贺拉斯》《西拿》《波利厄克特》和《罗多居娜》等悲剧以及喜剧《说谎者》。此后，高乃依还创作了悲剧《阿格西劳斯》《苏莱娜》和喜剧《贝蕾尼斯》，1648 年高乃依把改写后的《熙德》称为悲剧。1653 年之后高乃依的剧作多次受挫，极少成功，他一度接受权臣尼古拉·富凯赐予的年金与庇护。《熙德》以朝臣的权力与荣誉之争为背景，讲述一对恋人罗狄戈与施曼娜被迫尴尬地面对责任、义务和荣誉。卡斯第利亚国王唐菲尔南为太子选师傅，大臣高迈斯在争吵中打了老大臣狄哀格一记耳光，罗狄戈为了父亲狄哀格的荣誉而与高迈斯决斗，并杀死了后者。高迈斯的女儿、罗狄戈的情人施曼娜则向国王请求处死罗狄戈，罗狄戈请求施曼娜用剑杀死他。而后，罗狄戈击败了进攻的摩尔人，罗狄戈还在决斗中战胜了追求施曼娜的唐桑士(施曼娜立誓嫁给决斗的胜者)，国王特赦施曼娜与罗狄戈和解，缔结婚约。高乃依是一位充满激情的剧作家。他崇尚英雄主义，敬重那些刻意展现高超的自我形象的高傲心灵，他在《关于(尼科迈德)的思考》中写道："伟大人物的坚强性格在观众心理激起的感情只有崇敬，它和我们的艺术要求用表现人物的不幸在观众心中激起的怜悯之情有时是同样令人愉悦的。"剧中肯定了人物的尊崇理性、承担义务和责任，歌颂了置家庭、国家、民族利益高于个人情感的理性主义。

让·德·拉封丹(1621—1695)出生于香槟省的蒂埃利堡，在兰斯学院毕业后，学习过法律。1652年他继承了水泽森林管理员职位，1672年卖掉该职位。自1656年以后拉封丹经常造访巴黎，富凯、布永公爵夫人、萨布利埃夫人等先后成为他的庇护人。1684年拉封丹入选法兰西学士院。拉封丹早期深受诗人马莱伯的影响，1654年他编译了泰伦斯的五幕喜剧《宦官》，他一生创作过众多的作品，包括警句诗、谣曲、回旋诗、爱情诗、讽刺诗、颂歌、宗教诗以及歌剧剧本《达芙妮》(1674)。代表作为十二卷《寓言诗》(1668—1695)，取材于伊索、费德鲁斯、阿布斯特缪斯的寓言、中世纪寓言和印度《五卷书》等，包含243个诗体寓言，最末一卷的寓言为拉封丹原创。作者以动物的世界隐喻人类的世界，每一个以动物形象讲述的故事之前或者之后都有道德的教谕，"一出有上百幕戏的大型喜剧，世界就是它的舞台"。

让·拉辛(1639—1699)是古典主义时期最杰出的悲剧作家。拉辛出生于一个小官员家庭，3岁父母双亡，被外祖母收养。从小在巴黎皇港冉森派的修道院学习拉丁文和希腊文，1661至1664年拉辛接近王室，放弃寻求教职，并创作了《德巴依特》《亚历山大》，由莫里哀剧团演出。拉辛的戏剧主要创作于1667至1677年间，《安德罗玛克》《巴雅泽》《米特里达特》《伊菲革尼娅》《费德尔》都是用亚历山大诗体创作的五幕剧，五幕剧《布里塔尼居斯》《蓓蕾尼丝》则包含了多种不同的诗体，这些悲剧大多取材于希腊罗马文学或历史。三幕喜剧《讼棍》部分使用亚历山大诗体创作，受到阿里斯托芬喜剧《黄蜂》的影响。拉辛的诗歌语言是合宜得体的，主要限于贵族社会的日常语言(米歇尔·郝克罗夫特指出拉辛戏剧的词汇量大约 1000 个词语)，他在戏剧中使用的亚历山大诗体无疑使得法语戏剧体诗达到了极度的成熟。更为重要的是，拉辛的悲剧几乎完美地体现了古典主义各原则。《费德尔》获得成功之后，他在路易十四宫廷担任史官。1673 年拉辛入选法兰西学院。拉辛还写有抒情诗《心灵雅歌》(1694)。1680 年拉辛公开放弃戏剧，与皇港修道院成员言归于好。1689 年应曼特侬夫人要求，拉辛创作了宗教题材的悲剧《爱斯苔尔》《阿达莉》等。

莫里哀是最伟大的古典主义喜剧家，创作有悲剧、悲喜剧、芭蕾舞剧和音乐剧等。

尼古拉·布瓦洛-德普雷奥(1636—1711)是 17 世纪后半期杰出的诗人、批评家。他在巴黎的博维学院毕业后，进入索邦大学学习神学、法学，在短暂的律师实习之后，他放弃了法律并转向文学。布瓦洛推崇拉丁诗人贺拉斯、朱文纳尔，和前辈诗人马莱伯，并致力于文艺批评，为法语的诗学立法。他最初的创作就是模仿朱文纳尔，1666 至 1668 年出版《讽刺诗》，1669 至 1695 年创作诗集《书信集》，1669 年获得了国王赐予的赏金 2000 利弗尔，1674 年出版了《诗歌的艺术》(4 卷)、《诵经台》和一个诗歌选集，翻译了朗吉努斯的《论崇高》。《诗歌的艺术》用亚历山大诗体写成，无疑受到了贺拉斯《诗艺》的影响，第一卷和第四卷讨论文学原则，例如热爱理性、模仿自然、良好的趣味/感受力、三一律等。别的二卷则讨论各种诗歌体裁，例如田同诗、哀歌、颂诗、十四行诗、歌谣、警句诗、讽刺诗、悲剧、喜剧、史诗等。虽然《诗歌的艺术》讲述了不少习以为常的观点，甚至有偏颇的批评，但及时地称颂优秀的现代诗人、系统地论述古典主义规则还是值得嘉许的。1677 年布瓦洛担任路易十四宫廷史官，1683 年入选法兰西学士院。此后仍有讽刺诗、颂诗、书信体诗等创作。

17 世纪末，法国发生了"古今之争"的文艺论战。1687 年贝洛在法兰西学院朗读他的诗作《路易大帝的世纪》，认为古代文艺不及路易十四时代。封特奈尔在《闲话古代与现代》中承认现代知识可以超越古代。圣索林也是现代派的支持者。马里沃进而认为现代创造了古代没有的感伤剧，而悲剧已经衰落。与推崇现今时代的作家不同，布瓦洛《关于龙琴的思考》、拉封丹、拉辛、拉布吕耶尔(老科隆比耶街的文学小团体)等则坚持古典主义规则，他们一般认为现代未必可以超越古代。这一论争持续到下一个世纪，显然不会有明确的结论，"古今之争"却标志着古典主义在法国的衰落。

英国文学。17世纪早期，莎士比亚、本·琼生等一批文艺复兴时期作家依然在创作。17世纪中期，玄学派诗人革新了英国诗歌的风格，它受到巴洛克风格的影响，其诗作包括爱情诗、宗教诗和挽歌，代表作家有多恩、赫伯特等。玄学派诗歌的主要特征是普遍地运用譬喻和富有巧智、玄学式的奇想。

约翰·德莱顿(1631—1700)是复辟时期最有影响力的诗人和剧作家，桂冠诗人。他采用英雄双行诗、法国亚历山大诗体、意大利三行诗体创作讽刺诗、宗教诗、寓言诗、格言诗，他的戏剧则多采用英雄双行诗写作。他还创作了讽刺长诗《麦克弗莱克诺》。

内战时期的散文有伯顿的《忧郁的解剖》、沃尔顿的《垂钓全书》。复辟时期的散文主要包括小说和游记，班扬的宗教小说《天路历程》是这一时期重要的散文作品。艾维霖、佩皮斯等的游记开启了生动活泼、清新自然的散文风格。

德意志文学。德意志在17世纪早期创作中，德语和拉丁语创作的宗教作品依然流行。格里美尔豪生创作的流浪汉小说《痴儿西木传》被文学史家认为是"德国17世纪文学高峰"。其宏大的场面、丰富多彩的情节、框形套句结构和扑朔迷离的叙述风格充分显示了巴洛克文风的影响。奥皮茨是这一时期最杰出的诗人。格里菲、卡斯帕尔创作了一些德语悲剧，主要采用古代题材。

第二节　莫里哀

莫里哀(1622—1673)是法国古典主义时期伟大的剧作家、卓越的喜剧演员、戏剧活动家。他也是法国芭蕾舞戏剧创始人。17世纪古典主义文学最高成就的代表。莫里哀的喜剧被看作是"法兰西"精神的代表。

在戏剧领域里，莫里哀是个无所不能的全才，也正因他对戏剧艺术全方位的熟知，他的喜剧创作取得了空前的成功，受到上至王室、下至平民百姓的热烈欢迎。他的作品牢牢占据了当时巴黎的舞台，并成为法国乃至世界舞台上历演不衰的艺术精品。

从富家子弟到流浪艺人，从"草台班子"到王宫剧场，从一台台好戏的编演到最终病逝于舞台，莫里哀以其始终不渝的热情，为喜剧艺术奉献了毕生的精力，创造出近代讽刺喜剧的辉煌。

外省巡演十余年，莫里哀广泛而深入地了解了法国社会，尤其是下层民众的生活状况和喜怒哀乐，多方接触到民间艺术的丰富营养。这一独特的阅历形成了他区别于多数古典主义作家的平民喜剧家立场和风格。商人家庭背景，回到巴黎后与王室及新旧贵族的往来，使他得以熟悉上层社会的人情世故、言谈举止，从而能鞭辟入里地揭露贵族资产者的种种丑态，惟妙惟肖地勾画出一幅幅可笑又可憎的面孔。

莫里哀走向成功的道路并不平坦，由于其作品的批判锋芒而屡屡遭到"围剿"。《可笑的女才子》是一部独幕轻喜剧，它以轻松幽默的笔调，嘲讽了两个"女才子"效仿贵族沙龙的恶习、附庸风雅的可笑行径，受到观众的欢迎，但也引来了贵族资产者的一片骂声，并被要求禁演。莫里哀虽出师不顺，但更坚定了他以讽刺为武器、对社会展开批判的决心。

五幕诗剧《太太学堂》是按古典主义法则创作的，也代表着从情节喜剧向性格喜剧的发展。剧本写一对青年男女争取自由婚姻的故事，矛头指向封建的夫权思想和修道院的蒙昧教育。剧作演出后，受到上层社会更猛烈的攻击，莫里哀随即写了《〈太太学堂〉的批评》(1663)和《凡尔赛即兴》(1663)两剧进行反批评，并提出了自己的戏剧主张。莫里哀把"叫人喜欢"看作戏剧的最高"法则"，而在"包厢"和"池座"之间，他更相信"池座的称赞"，因为他们"没有盲目的成见，也没有假意的奉承，也没有好笑的苛求"。他尖锐地嘲笑那些"风度高雅的先生"，"发现自己和池座在一起笑，就觉得有气"。鲜明的平民意识，正是莫里哀理论与创作的基本出发点，也是他的剧本不断招来麻烦的重要原因。

1664 年的《伪君子》，是莫里哀最精彩的剧目之一，也是遭受磨难最多的作品。此剧在宫内首演后，当即遭到以太后和主教为首的保守势力的猛烈抨击，明令禁演。这迫使莫里哀不得不几度修改，三次直接上书国王路易十四，直至 5 年后的 1669 年才解除禁令。在教会势力猖獗、伪善之风盛行的年代里，《伪君子》遭此厄运自在情理之中，这也反证了剧作强烈的现实意义。

达尔杜弗形象的塑造，无疑是剧本最耀眼的成就。一个贪财好色、毫无道德和信仰的登徒子，披上笃信宗教的伪装，行骗于世。他的两面表演，栩栩如生，刻画出一个卑鄙的灵魂。笔墨主要集中于一个"色"字。达尔杜弗出场的第一个动作是递给女仆桃丽娜一条手帕、让她把裸露的胸脯遮盖起来，因为这样的装束会"败坏人心一引起有罪的思想"。紧接着，他就无耻地追求艾耳密尔，理由还十分堂皇："您是完美的造物，我看在眼里，就不能不赞美造物主；您是造物主最美的自画像，我心里不能不感到热烈的爱。"淫欲之心，也能借助上帝之名。大密斯向奥尔贡告发他的丑行后，他又以攻为守让奥尔贡相信大密斯是"一个坏人，一个罪人，一个可恨的败类，自古以来最大的无赖"，从而轻易地赢得了对方的信任。当艾耳密尔设计与他调情时，他更肆无忌惮地声称，"如果只有上天和我的爱情作对，去掉这样一种障碍，在我并不费事"，"只有张扬出去的坏事才叫坏事一私下里犯罪不叫犯罪"——一语道破天机，这正是这个伪君子行事的基本准则。上帝只是他手中的工具，永远不会成为他实现罪恶的障碍，只要能遮人耳目，干任何坏事都可以无所顾忌。

莫里哀不仅淋漓尽致地表现了达尔杜弗的狡诈，还进一步揭示了他的凶狠毒辣。奥尔贡是他的恩人，但他不但无耻地勾引奥尔贡的妻子，而且在真相败露后，恩将仇报，毫不犹豫地把奥尔贡一家逼上了绝路。如果说，前四幕戏在表现达尔杜弗的狡猾虚伪时充满了浓郁的喜剧色彩，甚至使用了民间的闹剧手法(如奥尔贡在桌下偷听妻子与其调情)，那么，第五幕，由于达尔杜弗的变脸，却罩上了悲剧的阴影，矛盾的激烈程度已难以用喜剧手段来解决。以英明君主的恩典来制造喜剧的结局，固然有取悦君主之意，但就戏剧发展而言，亦属无奈之举。悲剧与喜剧的严格划分，是古典主义的法则之一。但莫里哀从现实出发，敢于为深入揭示社会矛盾而突破艺术的教条，从而制造出更加鲜活的艺术形象和更加贴近生活的戏剧作品。艺术眼光敏锐的歌德就曾说过："莫里哀是很伟大的……他是个与众不同的人，他的喜剧作品跨到了悲剧界限边上，都写得很聪明，没有人有胆量去模仿他。"

达尔杜弗的骗术其实并不高明，无非是装模作样、能言善辩、精于作秀。明眼人如女仆桃丽娜，早就看清了他的真面目。而奥尔贡和他的母亲却被搞得晕头转向，险些落得身败名裂、人才两空的境地。他们的受骗，源于轻信，更源于对宗教的狂热。《伪君子》一剧，既无情地批判了虚伪的社会风气，也尖锐地揭示了宗教蒙昧对社会和人心的极大危害。

《伪君子》精巧的谋篇布局常为人所称道，特别是主人公的登场，历来被视为经典。剧作家整整用了两幕戏作铺垫，奥尔贡一家正反双方的争辩，为人物的"真""伪"两面造足了情势，呼之欲出。第三幕第二场，达尔杜弗才正式亮相。寥寥数语和一个掏手绢的动作，如点睛之笔，把这个伪君子点染得活灵活现。

从《伪君子》开始，莫里哀的创作进入鼎盛时期，优秀的剧作被源源不断地搬上舞台，愉悦着观众，鞭笞着丑行。

《唐璜》是又一部以"好色的恶棍"为主角的剧本，也是又一部曾被禁演的作品。它借用在西班牙流传甚广的民间故事，塑造了一个以玩弄女性为能事的无耻之徒的形象，以抨击上层社会荒淫无度的风气。对贵族圈进行更多面批判的是《愤世嫉俗》(又译《恨世者》)，它是莫里哀戏剧中风格较为特殊的一部，选材与构思都近于正剧。"恨世者"阿尔赛斯特对弥漫于世的虚伪、做作、欺骗、霸道、趋炎附势等恶浊空气，抱有不共戴天之仇，但他却偏偏爱上了风流女子塞莉曼娜。塞莉曼娜利用自己的姿色，同时与三四位男子调情。她在给某一男子的信中，会把其他几个人嘲笑得一钱不值。莫里哀一箭双雕，既表现了女子的轻薄，又嘲弄了贵族的种种丑态。真相大白后，阿尔赛斯特悻悻地出走，"走出这恶习横流的深渊"，去"寻找一个能有自由做正人君子的僻静地方"。作家的批判，已达到了否定整个现实世界的地步。

17世纪的法国，资产者还处于争夺社会地位、捍卫经济权益的时期。但他们的种种恶俗表现，却已成为莫里哀无情嘲讽的对象。《乔治·唐丹》(1668)和《贵人迷》(1670)等戏，就讽刺了富商们千方百计想挤进贵族行列而处处碰壁的可笑遭遇。与此同时，作家也没放过对贵族高傲与骄横的批判。

《吝啬鬼》(又译《悭吝人》)与《伪君子》被视为莫里哀剧作中的"双璧"，最受观众欢迎，也是在世界各国上演最多的剧目。

剧本《吝啬鬼》脱胎于罗马喜剧家普劳图斯的《一罐黄金》，却植根于现实生活，对新兴高利贷者钱迷心窍的扭曲灵魂进行了尖锐的嘲讽和无情的鞭笞。

阿巴贡视钱如命，甚至是钱重于命。他不顾儿女的幸福，要儿子去娶有钱的寡妇，让女儿嫁给不要陪嫁的老头儿。儿子想借一笔钱，以同心上人私奔。债主提出要二分五的高息，而且贷款的五分之一还要用破衣烂衫、破铜烂铁等杂物来支付，儿子大骂这是个"杀人不见血的凶手"。当借贷双方直接见面时，儿子才知道这个"凶手"不是别人，正是自己的父亲。

莫里哀深知细节在喜剧中的作用，《吝啬鬼》是大量运用精彩细节刻画人物、制造喜剧效果的典范。阿巴贡把一万艾居埋在花园里，疑神疑鬼，对仆人搜身检查，怀疑正说悄悄话的儿女是发现了他的秘密，还不时跑去看看那笔钱；媒婆的花言巧语把他说得心花怒放，但一提到借钱，就马上顾左右而言他。为相亲而破天荒准备请客的戏，是一次集中的表演：他吩咐仆人要往酒里多兑水；十个人吃饭只做八人份的饭菜就够了，诀窍是多做不合胃口、一吃就饱的东西；仆人的制服前襟有洗不掉的油渍，他就教他总拿着帽子挡在前面；仆人的裤子屁股上有个大洞，他就教他永远背靠墙、脸冲人。他还要请人用金字把不知哪位圣人的格言刻在餐厅的壁炉上："人是为活着而吃饭，而不是为吃饭而活着。"一个个令人喷饭的细节，汇聚成一幅生动的、让人过目难忘的漫画像。

为惩治阿巴贡，一个仆人偷走了埋在花园里的钱匣，引出主人公那段堪称"绝唱"的长篇独白："捉贼!捉凶手!捉杀人犯!……我完啦，叫人暗害啦，叫人抹了脖子啦……我可怜的钱，我的好朋友!……你既然被抢走了……我活在世上也没意思啦。没有你，我就活不下去。……我在咽气，我死啦，我叫人埋啦。……我要告状，拷问全家大小。女佣人，男佣人，儿子，女儿，还有我自己。"熟悉舞台效果的莫里哀，让阿巴贡把观众也拉进了戏里："这儿聚集了许多人!我随便看谁一眼，谁就可疑，全像偷我的钱的贼。……他们全看着我，人人在笑。……我被偷盗的事，他们一定也有份。快来啊，警务员……刑具，绞刑架，刽子手。我要把那几个人绞死。我找不到我的钱呀，跟着就把自己吊死。"这是一段关于金钱和生命的疯狂的独白。金钱的力量，不仅扼杀了一切亲情，也戕害了自我的灵魂，使人物化为非人。阿巴贡的独白，句句是喜剧台词，但背后却透示着人性泯灭的悲凉。

正如达尔杜弗在法语中已成为"伪君子"的同义语，阿巴贡也成了"吝啬鬼"的代名词。

在莫里哀的剧中，仆人大多聪明能干，充满活力。他们不仅常常能明察秋毫，清醒地看到贵族们所看不到的问题；也会略施诡计，帮助年轻的主人转危为安、转悲为喜，实现他们靠自己的力量难以实现的目的。这正体现了莫里哀作为平民作家的特点。

晚期创作中，莫里哀不再满足于这些"下等人"在剧中的从属地位，而把他们推上了主角的位置。《司卡班的诡计》是这类作品中最出色的一部。这部戏也取材于罗马喜剧，并深受意大利和法国民间闹剧的影响。仆人司卡班帮助两对相恋的情人设下计谋，骗取了他们父亲的钱财，达到完婚的目的。剧中将老爷装进口袋里痛打的场景，很得百姓的欢心，却很让贵族老爷们恼火。原本对莫里哀颇为推崇的布瓦洛，在《诗艺》里也按捺不住对这一情节提出批评，并由此指责莫里哀对"平民"和"滑稽"过于偏爱。殊不知，这恰是莫里哀不同凡响之处。到18世纪，我们会在博马舍的费加罗等形象身上，看到对莫里哀的仆人形象的回应。

布瓦洛曾劝莫里哀放弃演艺生活，专事剧本写作。这样，他就可以推荐莫里哀以喜剧诗人的身份进入法兰西学士院，成为青史留名的"不朽者"。这是当时多少文人墨客求之不得的殊荣。但是，莫里哀谢绝了这一好意。他离不开喜剧，也离不开舞台。在上演他的最后一部作品《无病呻吟》时，他咯血不止，终于倒在了他无比热爱的舞台上。莫里哀为喜剧而生，为喜剧而死，献身精神感人至深。

莫里哀终生未能进入法兰西学士院，这不是莫里哀的遗憾，而是学士院的遗憾。后来，学士院在大厅里为他立了一尊雕像，雕像下面刻着这样两句话："他的光荣什么也不少，我们的光荣少了他。"

第五章　18世纪文学

18世纪欧洲发生了波澜壮阔的启蒙运动，这场思想文化运动的矛头直指腐朽的封建主义思想统治和封建国家制度。启蒙运动宣扬科学文化知识，力图启迪人们的理性和智慧，认识封建主义的愚昧和封建制度的罪恶，为推翻封建统治创造了思想文化条件。启蒙文学成为这一时期的文艺主潮，为启蒙思想的传播和深入人心发挥了极其重要的作用。

第一节　用知识烛照世界　以思想点燃革命

一、启蒙主义文学的历史文化与文学特征

欧洲资本主义经过长期发展，到18世纪在许多国家力量强大起来。欧洲封建统治已到了穷途末路，推翻封建制度，建立和发展资本主义社会已是欧洲各国的共同要求，也成为历史的必然趋势。但封建势力依然竭力维护其反动统治，导致同资产阶级和人民大众的矛盾日益激烈。

英国资本主义发展迅速，资产阶级完成了原始积累，通过海外殖民地的掠夺和产业革命，大规模机器生产代替手工业，到18世纪，已成为世界头号工业强国。但由于英国革命的不彻底，引起资产阶级民主运动和各地民主解放运动不断发生。18世纪中期以后，法国的机器生产也已开始，随着海外贸易日益扩大，资产阶级力量迅速加强，第三等级负担了全部捐税，却没有政治权利，他们对封建制度的不满日益强烈，大规模农民起义不断爆发。德国的封建割据局面，造成经济迟缓

落后，社会普遍不满。意大利民族独立解放的要求日益高涨。西班牙、俄国封建等级制度对社会经济文化发展的阻碍作用日渐显露。欧洲各国虽然政治、经济状况各不相同，但封建王权统治的合理性已受到普遍质疑，随着资本主义生产规模的扩大和资产阶级力量的增强，必然提出维护自身利益和经济发展的政治权利要求，这是启蒙运动产生的政治经济条件。

18 世纪自然科学的巨大成就和哲学、社会科学的研究成果，为启蒙运动提供了重要思想武器。牛顿(1643—1727)的万有引力定律和光学理论，为其他学科进步奠定了基础。瓦特(1736—1819)发明的蒸汽机运用于工业生产，引发了英国工业革命。科学技术在生产领域的广泛运用，空前提高了生产效率，促进了社会经济发展。科学发现和发明都改变着人们对外部世界的看法，也改变了人们的思维方式，人的创造力和个体人的价值进一步被发现。

英国的霍布斯(1588—1679)否定"君权神授"的自由思想，洛克(1632—1704)关于知识来源于后天经验的经验论，托兰德(1670—1722)的自然神论和无神论，成为启蒙思想的先导，对法国启蒙运动家产生了重要影响。

法国是启蒙运动的发祥地，被称为"百科全书派"的思想家孟德斯鸠、伏尔泰、狄德罗、爱尔维修、卢梭等人麇集在"理性"的旗帜下，著书立说，编著了荟萃近代科学文化知识的《百科全书》，对人类文化各个门类学科进行了系统整理和总结，把科学观念和理性精神提高到前所未有的高度。孟德斯鸠提倡法制社会的理想，伏尔泰把自由看作是人人生而应当享有的自然权利，卢梭倡导以社会契约为核心的法制思想，他们共同宣扬"理性"精神和"理性"原则，号召人们以符合理性的科学文化知识照亮人们的头脑，启迪被封建主义专制文化和宗教神秘思想愚弄和束缚的民众，恢复人的自然理性。他们认为封建等级制度、宗教压迫、专制暴政与理性背道而驰，只有"天赋人权"、人人平等、思想自由、信仰自由、人身自由、财产自由、出版自由、选举自由才符合理性。启蒙主义思想家依此对封建社会的政治、宗教、道德进行全面批判，要求建立符合理性原则的新社会，理性成为判断是非的真理性标准。他们主张大力发展科学技术和社会生产，实行自由竞争，反对国家干预社会经济活动。启蒙主义者重视人文教育，以便解放受封建贵族和教会控制下的人的思想，培养时代"新人"。他们呼唤个体人的价值和个性尊严，提倡以自由、平等、博爱为中心的人道主义思想意识。

启蒙主义者受时代局限有的推崇开明君主制，有的宣扬君主立宪制，有的提倡民主共和制，但他们的思想学说符合历史发展要求和各国人民的愿望，传播了一种前所未有的新的社会观念和思想观念，推动了人类科学文化的发展，为建立进步的资本主义国家制度开创了理论基础。

启蒙文学伴随启蒙运动在各国的发展，在 18 世纪逐步占据主潮地位。17 世纪领潮的古典主义，由于其维护王权的宫廷倾向和因循规则的守旧立场，日益背离时代要求而渐趋衰落。启蒙思想家多是启蒙文学家，他们借文艺形式批判封建社会、宣传新思想，在文学思想和文学形式方面做了多种创新探索。许多作家通过创作具有时代精神的文学作品投身于启蒙运动。这样，在法国出现了孟德斯鸠、伏尔泰、狄德罗、卢梭、博马舍等。英国出现笛福、斯威夫特、菲尔丁等，德国有莱辛、歌德、席勒等。此外，意大利的哥尔多尼、俄国的拉季舍夫也是重要的启蒙作家，他们的创作形成了声势浩大的启蒙文学潮流。

启蒙文学在各国的表现情形不尽相同，但在启蒙运动时代潮流声浪中，仍在多个方面具有共同特征。

启蒙文学具有强烈的反对封建专制统治的政治倾向。启蒙运动继承了文艺复兴运动反对封建主义的斗争精神，而表现出摧毁封建政治制度的要求，呼唤资产阶级革命。启蒙作家在文学作品中猛烈抨击封建制度的罪恶。揭露君权神授论谎言和封建特权罪恶，批判宗教迷信，狄德罗把宗教迷信和专制制度视为"拴在人类脖子上的两大绳索"。启蒙作家宣扬自由、平等、博爱思想，描绘没有压迫、人人幸福的资产阶级理想社会，鼓舞人们为实现美好生活而斗争。启蒙文学以人道主义、自然神论和无神论作为思想武器，从根本上否定了封建专制统治和教会文化控制的合理性。

启蒙文学具有鲜明的哲理性特征。法国启蒙作家往往借现实故事、人物、对话等材料，表达哲理性观点。一些启蒙作品以思想观点为组织材料的依据，讨论哲学、政治、宗教、道德、教育问题，因而不注重情节的完整性和生动性，对论证与雄辩的说服力更加重视，如《老实人》《爱弥儿》；有的作品借人物言论直接表达作家对社会问题的深刻见解与认识，如《波斯人的信札》《费加罗的婚礼》；有的作品通过人物经历及其思想变化传达其中蕴含着的哲理寓意，如《格列弗游记》《阴谋与爱情》。那些以发展哲理性思想观点和政论内容为主要特征的启蒙小说，被称为哲理小说。启蒙文学的哲理性是启蒙作家所追求的理性精神在文学作品中表现出来的自然结果。

启蒙文学表现出"自然""真实"的美学倾向。启蒙文学同古典主义以王公贵族为主人公、追求贵族审美趣味和矫揉造作文风决然不同，确立了第三等级在文学作品中的地位，把资产阶级和平民作为作品主人公，描写他们的日常生活及其喜怒哀乐，揭示人物更加丰富复杂的人性内涵，塑造了众多富有时代气息的艺术形象，表现出生动活泼的文学风貌。

启蒙文学采用多种多样的文学形式，并以空前的创造精神开创了文学形式探索的新时代。适合传播启蒙思想的需要，启蒙作家摒弃古典主义对体裁高低的划分，采用多种文学形式，并创造出多种小说类型，如书信体、日记体、对话体、游记体等。在戏剧领域，破除悲剧、喜剧界限，采用散文语言，创立了表现普通市民生活的市民戏剧。歌德在诗歌创作上，为18世纪贡献了最伟大的文学作品诗剧《浮士德》。

18世纪末期，英国产生了感伤主义文学，这成为日后欧洲浪漫主义文学的先声。这是资本主义的发展引起的社会矛盾，使中小资产者和民主主义者虽不满地主资产阶级的掠夺但无力反抗的消极情绪反映在文学上的产物。

二、启蒙主义文学发展概况

18世纪初期的英国文学十分活跃，盛行古典主义诗歌和现实主义散文。亚历山大·蒲柏(1688—1744)为代表的诗人采用了古典主义方法描写贵族资产阶级生活。伴随着城市资产阶级的发展，英国报刊日渐活跃，约瑟·艾狄生(1672—1719)

和理查德·斯梯尔(1672—1729)等作家用随笔、小品文形式广泛描写社会风俗，进行启蒙宣传，揭露嘲笑贵族生活的空虚无聊。18世纪英国文学的主要成就是现实主义小说。

英国现实主义小说继承了文艺复兴时期的市民小说、西班牙流浪汉小说和塞万提斯的小说的传统，以资产阶级的普通人为主人公，采用通俗语言和写实手法描写日常生活内容。1719年，笛福的小说《鲁滨孙漂流记》发表，标志着现实主义小说的产生。

丹尼尔·笛福(1660—1731)是英国文学史上第一个重要的小说家。他出生于小商人家庭，有从商和参与政治活动的经历，政治倾向属于资产阶级温和派。《鲁滨孙漂流记》(第一部)是他的第一部小说，作品发表后，4个月内再版4次，大获成功。此后又写出了《辛格顿船长》(1720)、《摩尔·佛兰德斯》(1722)、《杰克上校》(1722)、《罗克查娜》(1724)等小说。最著名的作品是《鲁滨孙漂流记》。

小说主人公不甘愿过平庸的家庭生活，乘船到外国经商，在巴西成为庄园主。一次，去非洲贩运黑奴时遭遇海难，只身流落到一个荒岛上。他以巨大的勇气克服种种困难，在那里生存了下来，度过了漫长的28年，将那个孤岛营建成他自己的"领地"，终被路过的海船带回英国，并因在巴西的种植园和荒岛的财富致富。鲁滨孙遭遇海难后，克服了最初的悲观绝望情绪，立即投身于生存斗争之中。他从残破的船骸上搬下可用的物品，靠自己的双手和智慧，利用简单的工具，克服无数困难，为自己的生存创造了条件。他先后挖掘山洞.修筑栅栏，驯养山羊，种植谷物，制造独木舟，烧制陶器，加工面粉，烘烤面包，使自己的"生活过得很富裕"。他竟然有了种植园、牧场两处营地,制作了"文明"生活必需的家具.甚至还建立了一个包括猫、狗、羊、鹦鹉在内的热闹家庭。他每做一件事都要花费巨大的劳力和漫长的时间，但他失败了再干，从不气馁。生存条件改善后，他就以占领者的身份为改造他的"领地"而苦斗。鲁滨孙开拓进取、坚韧不拔的奋斗精神，反映了上升时期的资产阶级的精神特征。小说采用主人公自述的方式，运用朴实的语言，将一个虚构的故事加以逼真的描写，尤其注重细节的准确刻画，令读者产生如临其境的真切感受，获得置身真实现场的独特体验。

约拿旦·斯威夫特(1667—1745)是英国杰出的讽刺作家，他有强烈的民主思想，支持爱尔兰人民反抗英王专制统治的斗争，代表作品是寓言讽刺小说《格列佛游记》(1726)。小说描写为人正直的外科医生格列佛随船出海，先后到小人国、大人国、飞岛国和智马国的神奇经历。作品通过主人公在小人国和飞岛国的见闻，嘲弄和讽刺政治阴谋、党派争斗和专制暴政，对英国社会的欺诈、腐败和欧洲"文明"，进行猛烈抨击。大人国和智马国是作品对理性社会的展望，那里法律严明，社会公平，君主贤明，人与人之间依仁爱原则和睦相处，虽具有宗法制社会特征，但社会价值观却体现出启蒙运动的精神特质。在大人国，格列佛向国王夸耀英国，但明察秋毫的大人国国王向他提出一系列问题，作者借大人国国王之口谴责了英国的时政，指出英国"不过是阴谋、动乱、骗人、残酷屠杀"。格列佛想把火药和枪炮介绍给大人国，但受到国王的严词训斥。格列佛慨叹国王"心胸狭窄、目光短浅"。这一反语是对贪婪好战的统治阶级的绝妙讽刺。小说对人形畜类动物"耶胡"贪婪、自私、勾心斗角的丑恶特征的揭示，反映出对现实社会人类罪恶的强烈批判态度。作品继承和发展了拉伯雷小说讽刺艺术传统，大量采用夸张、反语、象征及对比手法，突出了讽刺效果。

18世纪30到50年代，英国现实主义小说名家迭出，最著名的有理查生和菲尔丁。塞缪尔·理查森(1689—1761)是英国家庭小说的开创者，他的小说常以中产阶级女子或女仆为主人公，关注爱情、婚姻和伦理问题，带有感伤情调。书信体小说《帕米拉》(1740—1741)和《克拉丽莎》(1741—1748)是其代表作品，小说善于对人物心理和动机做细致入微的分析。

亨利·菲尔丁(1707—1754)的《大伟人江奈生·魏尔德传》(1743)运用讽刺艺术将一个江洋大盗和诡诈贪婪的罪人，反话正说成"伟人"，在极尽赞美中，揭示其罪恶本质，达到深刻的社会讽刺目的。《汤姆·琼斯》(1749)批判了贵族沙龙的虚伪和上流社会的骄横，肯定了启蒙主义的自然道德，塑造了见义勇为的汤姆·琼斯和伪善小人布立菲的形象，描写了英国城乡广阔的生活内容。

18世纪60年代，英国出现的感伤主义文学潮流，是在自耕农日益破产、社会贫富日益悬殊的背景下产生的，因劳伦斯·斯特恩(1713—1768)的小说《感伤的旅行》(1768)而得名。小说借多愁善感的约里克牧师在法国的旅行感受，抒发感伤情绪。奥立维·哥尔德斯密斯(1728—1774)的长篇小说《威克菲牧师传》(1768)，在牧师普里姆罗斯纯朴的田园家庭生活遭受地主破坏的叙述中，也表现出感伤情调。由格雷(1716—1771)的《墓园挽歌》(1750)而获名的"墓园诗派"，热衷于墓地、落叶、死亡等伤情意象的营造，是感伤主义文学在诗歌领域的代表。苏格兰农家出身的彭斯(1759—1796)是 18 世纪英国诗歌成就最大的诗人，他的作品热情歌颂大自然和纯真的爱情，批判剥削和压迫．表达对自由的热爱，他的诗歌和感伤主义文学都注重现实生活中的精神感受和主观情绪的宣泄，成为 19 世纪浪漫主义文学潮流的先导。

18 世纪的法国，资本主义经济迅速发展，封建专制王权日益反动，国库亏空，负债累累。政府横征暴敛，农民起义反抗，统治阶级和第三等级的矛盾变得不可调和。随着资产阶级经济地位不断巩固，资产阶级文化思想迅速传播，法国文化中心由王宫转向民间。启蒙文学的揭幕之作是阿兰·勒内·勒萨日(1668—1747)的小说《腐腿魔鬼》(1707)和《吉尔·布拉斯》(1715—1735)，小说借西班牙题材，讽刺巴黎和法国封建社会的黑暗现实。从 18 世纪 20 年代开始，启蒙文学逐渐成为法国文学的主流。

孟德斯鸠和伏尔泰是法国早期启蒙运动的代表作家。查理·路易·孟德斯鸠(1689—1755)是第一位真正意义上的启蒙作家。他的书信体小说《波斯人的信札》(1721)是第一部启蒙哲理小说。作品由波斯人郁斯贝克和黎加在游历法国和欧洲期间的 160 多封书信构成，对封建专制社会制度下的各种罪恶进行深刻揭露和猛烈抨击，传播了启蒙思想，其嬉笑怒骂的散文风格，表现出鲜明的爱憎态度和民主精神。孟德斯鸠的理论著作《论法的精神》(1748)把法律看作人类理性的体现，明确提出了三权分立学说，成为国家学说的世界名著。

伏尔泰(1694—1778)本名弗朗索瓦·马利·阿鲁埃，伏尔泰是他的笔名。他是法国启蒙运动中最有号召力的领袖人物，曾因得罪权贵，两次被投入巴士底监狱。伏尔泰是一个具有多方面才能的时代巨人，在文学领域有突出成就。他热爱戏剧，以高乃依和拉辛的悲剧为楷模，先后创作了 50 多部剧本。他还是莎士比亚剧本的最早法译者。1726 至 1729 年，伏尔泰避居英国，潜心考察英国的政治、哲学和文艺，结识蒲柏、斯威夫特。1734 年发表《哲学通信》，宣扬洛克的经验哲学，推崇英国资产阶级革命后的政治、经济和文化制度，介绍英国文学和莎士比亚，确立了法国和欧洲资产阶级思想体系的主要发展方向，书一发表，立即遭到查禁。伏尔泰在文学创作上最主要的成就是哲理小说《查第格》(1747)、《老实人》(1759)和《天真汉》(1767)。

《查第格》的主人公是古代巴比伦一个品德正直的人，但他每做一件好事，就会遭受一次磨难。小说意在揭示封建专制统治的黑暗，表达在理性引导下，人类历经苦难，必定迎得光明的明天。

《老实人》是伏尔泰最出色的一部哲理小说。作品通过老实人及其老师邦葛罗斯的不幸遭遇，用嘲弄揶揄、幽默夸张的笔法，表达否定封建专制统治的社会见解。老实人是男爵养子，他相信家庭教师关于这个世界一切尽善尽美的说教。但当他和主人女儿相爱而被逐出家门，经历和见识了地震、战乱、苦役、抢劫和火刑后，他的乐观幻想完全破灭了。小说批判了莱布尼茨乐观哲学粉饰现存封建秩序对人民的欺骗和麻痹，也批判了悲观主义论调，全书以富有哲理意味的话语"种咱们的园地要紧"结束，表达了不盲从、不沉沦，清醒认识现实、积极进取的启蒙思想。

德尼·狄德罗(1713—1784)是《百科全书》的组织者和主编。18 世纪中期，《百科全书》的编纂把法国启蒙运动的中坚力量汇聚在一起，启蒙思想传播更加有力。1751 至 1780 年间，他聚合众多启蒙思想家编成了这部拥有 37 卷本的大型词典，借以全面传播近代科学文化知识，宣扬资产阶级世界观。狄德罗对 18 世纪文艺理论有卓越贡献，提出艺术模仿自然，真、善、美统一的启蒙美学主张，戏剧创作提倡写打破悲、喜剧界限、表现普通人生活的"严肃喜剧"。主要的文学作品有戏剧《私生子》(1757)、《一家之主》(1758)和哲理小说《修女》(1760)、《宿命论者雅克》(1773)、《拉摩的侄儿》(1762)。代表作长篇小说《拉摩的侄儿》创造了一个富于音乐才华、见解精辟而又自甘堕落、鲜廉寡耻的矛盾人物形象，小说揭示出道德沦丧、行将崩溃的封建社会孕育出了这种带有显著时代特征的畸形人物，同时运用对话形式反映了资产阶级社会为达到目的而不择手段的普遍心理状态。

让-雅克·卢梭(1712—1778)是"百科全书派"中最富于民主思想的启蒙文学家，他借小说人物之口，向贵族阶级宣战："贵族，这在一个国家里只不过是有害无用的特权。你们如此夸耀的贵族头衔有什么可令人尊敬的?你们贵族阶级对祖国的光荣、人类的幸福有什么贡献?你们是法律和自由的死敌。凡是在贵族阶级显赫不可一世的国家，除了专制的暴力和对人民的压迫以外，还有什么?"彻底否定了贵族特权阶级存在的合法性。

皮埃尔奥古斯丹·加隆·德·博马舍(1732—1799)是 18 世纪法国影响最大的喜剧家。他出生于巴黎钟表匠家庭，经商致富后曾资助出版伏尔泰全集，深受伏尔泰、狄德罗思想影响。在《论严肃的戏剧体裁》(1767)中阐发狄德罗"市民剧"的思想，最优秀的作品是"费加罗三部曲"中的前两部，《塞维勒的理发师》(1775)和《费加罗的婚礼》(1778)，剧本虽然是写发生在西班牙的故事，反映的却是大革命前夕法国的社会现实和人民的思想情绪。在《费加罗的婚礼》中，仆人费加罗与主人阿勒玛维华伯爵围绕初夜权的斗争，既是第三等级维护自己尊严和权力的斗争，又是关涉要不要消灭封建特权的政治斗争。自尊心强的费加罗依靠聪明才智取得了胜利，委琐、卑劣的阿勒玛维华遭受到失败。国王路易十六下令禁止公演，认为它会"毁掉巴士底狱"，而第三等级却热烈欢呼首演日标志法国"已经进入行动的革命"(拿破仑语)。博马舍的喜剧既有古典主义的情节集中、结构严谨的特点，又体现出讽刺、活泼、泼辣的表现风格，富有时代特色。

18 世纪的德国仍然分裂为 300 多个小公国，各自为政，经济落后，资产阶级软弱可悲。在英法启蒙思想影响下，德国文学家们力图创造民族文学，促进民族统一，消灭封建割据，塑造具有反抗精神、个性突出的人物形象，飘扬个性，推动鄙俗的市民阶级觉醒。德国知识界率先觉醒，启蒙文学迅速繁荣起来。

约翰·克利斯托弗·高特舍特(1700—1766)是莱比锡大学教授，德国启蒙文学的先驱。他的论著《为德国人写的批判诗学试论》(1730)，倡导建立统一的民族语言和文化，他的戏剧作品在抵制各邦国低俗戏剧方面做出表率。18 世纪 40年代后，莱辛是最有影响的启蒙作家和文学批评家。

高特荷德。埃夫拉姆·莱辛(1729—1781)是德国民族文学的奠基人。他的主要作品是文艺论著《拉奥孔》《论画与诗的界限》(1766)和《汉堡剧评》(1767—1769)以及戏剧《爱米丽亚·加洛蒂》(1772)。《汉堡剧评》提出建立德国民族戏剧即市民悲剧的主张，要求戏剧立足现实描绘，包括描写市民，反对舞台上的"奇迹"，摒弃"三一律"对人物塑造的束缚，强调戏剧的教育作用。《汉堡剧评》是现实主义戏剧理论的重要文献。悲剧《爱米丽亚·加洛蒂》借写15世纪意大利公爵为满足淫欲、残害人命、强暴子民的故事，揭露德国小邦国君主贪欲成性、专横跋扈的腐朽本质，从而猛烈批判专制制度的罪恶。

18世纪70年代，德国出现了"狂飙突进"运动，这是一场旨在反对封建主义的文学运动。因克林格尔(1752—1831)的剧本《狂飙与突进》(1776)而得名。德国启蒙思想家赫尔德(1744—1803)是这一运动的精神领袖。"狂飙突进"作家指控封建势力的残暴和社会的不公正，宣扬个性解放，推崇天才，强调民族意识和民族风格，对唤起德国民族的觉醒产生了有力的推动作用。席勒的剧本《强盗》《阴谋与爱情》和歌德的历史剧《铁手骑士葛兹·封·伯里欣根》、小说《少年维特的烦恼》是"狂飙突进"的代表性作品。

约翰·克里斯托弗·弗里德里希·席勒(1759—1805)是18世纪德国最重要的文艺理论家和戏剧作家之一。他出生于符腾堡公国马尔巴赫城一个外科医生家庭，少年时被迫进公爵的军事学校，度过了8年屈辱的"奴隶养成所"的生活，产生了对封建统治强烈不满的情绪。《强盗》(1781)是他的成名作，歌颂一个投身绿林、公开向封建社会宣战的贵族青年的英勇壮举。剧本卷首题词"打倒暴虐者!"表明了反抗封建暴政的主题。

《阴谋与爱情》(1784)是席勒最富有现实批判精神和艺术魅力的一部市民悲剧。青年菲迪南是宰相瓦尔特之子，他与宫廷乐师米勒的女儿露依丝相爱。瓦尔特为巩固自己的权力、取悦公爵，强迫儿子娶公爵即将遗弃的情妇米尔福特为妻。菲迪南不从，瓦尔特便采用秘书伍尔牧的奸诈诡计，用假情书使菲迪南怀疑露依丝不贞。一对恋人双双自尽。作品深刻揭露了封建统治集团的暴虐、腐败和黑暗，控诉了官僚阶层出卖和残害臣民的罪恶行径，也表现出对德国市民软弱性的不满。

恩格斯称赞这部作品是"德国第一部有政治倾向的戏剧"。席勒在这部剧本创作时，学习了莎士比亚剧本风格，作品矛盾冲突紧张、激烈，情节丰富、生动，人物性格都具有复杂性，在艺术方面取得了高度成就。

席勒后期的主要戏剧作品有《华伦斯坦三部曲》(1799)、《奥尔良的姑娘》(1802)、《威廉·退尔》(1803)等。《威廉·退尔》是席勒后期戏剧最重要的作品。剧本将民间流传的退尔的英雄故事和14世纪瑞士的史实结合起来，描写瑞士人民反抗异族侵略和封建专制统治的英勇斗争。剧本创作正是在拿破仑军队入侵、德国民族危机迫近的时候，剧本表现的反抗暴政的思想和爱国情绪，使剧本一上演就深受欢迎。

席勒对文艺理论和美学也有突出贡献，他的论著《论素朴的诗与感伤的诗》(1795)在文论史上首次提出并区分了现实主义和浪漫主义两种基本创作方法。美学著作《美育书简》(1795)强调美育对形成完善的人格、提高人的精神境界具有的重要意义，认为只有这样的人，才能完成改造社会的艰巨任务。审美教育对克服资本主义时代对人性的扭曲和割裂，恢复人应有的存在自由，即人性发展的"完整性"具有特殊价值。他认为"我们有责任通过更高的教养来恢复被教养破坏了的我们的自然(本性)的这种完整性"。歌德对席勒在美育理论上的开创性做出高度评价，说他"为美学的全部新发展奠定了初步基础"。

18世纪意大利和俄国的启蒙文学也取得了重要成就。意大利的喜剧作家卡尔洛·哥尔多尼(1707—1793)创作的"风俗喜剧"，以现实生活为题材，赞扬普通人的美好品质，人物性格鲜明，内容丰富多彩，表现出幽默讽刺的艺术特征。《女店主》(1753)是他最优秀的作品。剧本嘲弄愚蠢的贵族，讽刺贪财好色的资产者，创造出了狡黠、诙谐、爱捉弄人的女店主米兰多琳娜形象。哥尔多尼以出色的喜剧作品成为意大利现实主义戏剧的奠基人。

18世纪俄国在彼得一世改革后，出现了学习西方的风尚，30年代后，启蒙文学逐步发展起来。俄国的启蒙作家都是具有进步思想的贵族知识分子。罗蒙诺索夫(1711—1765)和卡拉姆津(1766—1826)的创作分别代表了俄国古典主义文学和感伤主义文学。冯维辛(1745—1792)的戏剧注重描写现实生活，揭露农奴主的腐朽与寄生性，宣扬启蒙思想贵族革命家拉季舍夫(1749—1802)创作了俄国第一首革命长诗《自由颂》(1783)，揭露农奴制度的黑暗，表达对自由理想的向往。他的文学名篇旅行札记《从彼得堡到莫斯科旅行记》(1790)体现了"只有自由才能使国家繁荣"的思想，标志着俄国启蒙文学所达到的认识高度。

第二节　歌德

约翰·沃尔夫冈·歌德(1749—1832)是跨世纪的伟大作家，是德国文学史上的高一峰，也是欧洲文学史上少数几个划时代的作家之一。人们难以想象，在这片"碎片式"的国土上，竟站起了一位文艺复兴式的巨人。歌德是全才，诗歌、戏剧、小说、史诗、理论，几乎涉及一切领域，而且在每个方面都取得了骄人的成就。鲜为人知的是，他还是颇有建树的自然科学研究者，撰写过多篇自然科学的论文。

一、生平与创作

长寿(83 岁)是作为作家的歌德的雄厚"资本"，见多识广，阅历丰富，给他的创作提供了思考和想象的广阔空间。如他自己所言："我出生的时代对我是个大便利。当时发生了一系列震撼世界的大事，我活得很长，看到这类大事一直在接二连三地发生。……因此我所得到的经验教训和看法，是凡是现在才出生的人都不可能得到的。"[①]

18 世纪的后半叶和 19 世纪的前半叶，德国尚处于封建割据、经济落后的状态，而法国大革命前后的欧洲，却是风云激荡的岁月。强烈的反差，对歌德影响

[①] 爱克曼著；朱光潜译. 歌德谈话录[M]. 北京：人民文学出版社，1978，第 30 页.

至深。

　　歌德的文学活动是从接受赫尔德(1744—1803)的影响正式开始的。赫尔德引导他"认识"了莎士比亚，热心搜集民歌，遂成为"狂飙突进"运动的中坚。歌德为"狂飙突进"贡献的第一部作品是剧本《铁手骑士葛兹·冯·伯利欣根》(1773)，它歌颂了历史上为自由独立而战的英雄人物，结构上完全突破了"三一律"的束缚。1774年的书信体小说《少年维特之烦恼》，更是一部引起一代人震动的作品，是德国第一部走出国门、惊动欧洲的杰作，25岁的歌德由此赢得世界性声誉。

　　《少年维特之烦恼》取材于歌德自身的经历，自杀的结局则是一位友人的悲剧。小说由主人公维特的近百封书信构成，情节并不复杂，妙在以情感人。青年男子维特爱上了妙龄女郎绿蒂，绿蒂也为之心动，可惜名花有主，绿蒂已经订婚。她的未婚夫回来后，维特理智地离去。维特担任公使的秘书，以图在工作中摆脱苦恼，但官场的庸俗与无聊令他深恶痛绝。而令人更加难以容忍的是达官贵人对身份低下的维特的轻蔑鄙视。愤而辞职的他，为情所动，又来到绿蒂身边。此时绿蒂已经结婚，虽然心中依恋维特，但为避嫌不得不故意与他保持距离。这使维特感到绝望，开枪结束了年轻的生命。作品以第一人称叙述、抒情、议论，娓娓道来，情真意切，动人肺腑，独具冲击力。这是一部殉情之作，但维特之死却不应简单理解为一次失恋。维特之苦闷，源于社会之沉闷。对绿蒂的爱恰如穿越黑暗的一缕阳光，阳光熄灭，无异于世界的末日。维特代表着向往自由幸福的一代年轻人，绿蒂是美的化身，是理想的寄托，因而也就被视同他的生命。维特的悲剧是对等级关系和权贵意识的强力抗争，是对窒息才能和情感的社会现实的愤怒控诉。正因如此，小说才会引起轰动效应，一时间洛阳纸贵，"维特热"完全超出作家的想象。

　　声名鹊起的歌德，于1775年被任命为魏玛公国的枢密参事，从而开始了他的魏玛十年政治生涯。歌德从政是很认真的，他实际主持着公国的政务。尽管公国很小，但五脏俱全，工业、农业、商业、财政、外交、军队、治安、文化、教育——歌德无所不管。实际工作的操练，使他充实，也渐渐使他厌倦。1786年，他断然出走，离别宫廷，改名换姓(约翰·梅勒)游览浪漫的意大利。政坛生活十年，对初露头角的作家无疑是一种"浪费"，但又是一次"功夫在诗外"的积累。

近两年的意大利之旅，重新焕发了歌德的创作热情。在罗马，他完成了著名的悲剧《埃格蒙特》。这仍是一部历史剧，背景是16世纪西班牙统治下的尼德兰人民起义。主人公埃格蒙特不是领袖式的英雄人物，只是一个善良而向往自由的尼德兰普通贵族。尽管他曾为西班牙国王效劳，但也得不到国王的信任而被诱捕处决。他的女友、平民姑娘克蕾尔馨为解救他而奔走呼号，但无人响应，令她绝望自尽。埃格蒙特牺牲前，梦见女友化身自由女神，给他戴上胜利的桂冠。这一对青年的悲剧，是对暴政和专制的挑战，对人道主义政治的肯定。它标志着经过魏玛十年的历练，歌德正从"小世界"走向"大世界"。

1794年，歌德与席勒合作，共创了一个辉煌的文艺时代。他们合办刊物《时代女神》，不仅发表各自的重要作品，还发表了二人的来往通信，表达他们对社会生活和文艺现状的看法。他们还合作写诗，《诗神年鉴》上发表的414首两行诗，分不清究竟谁是它们的作者。他们共同建设魏玛剧院、图书馆等文化设施。最重要的是他们有共同的思想倾向和创作理念，尊古代文化为典范，信奉人道主义，张扬自由精神，因而不断交流，互相促进，创作了一些优秀作品，开创了德国文学史上"古典时代"。这对黄金搭档仅仅合作了十年，体弱多病的席勒于1805年5月不幸离世，歌德痛哭流涕，"我的一半生命已离我而去"。

歌德在此期间完成的长篇小说《威廉·麦斯特的学习时代》和30多年后的《威廉·麦斯特的漫游时代》是姐妹篇，属德国著名的"修养小说""发展小说"，即着重于表现个人内在历练成长的小说类型。从一定意义上说，它和两部《浮士德》的创作相似，前后相距数十年，几乎贯穿了作家一生。这部作品描写一个热爱诗歌和戏剧艺术的富商之子的成长历程。他从创建或参与戏剧剧团的活动到加入以服务于人类为宗旨的秘密社会组织，经历种种变故，结识各色人等，有过迷失，有过彷徨，不断克服对功名的追求，最终从小舞台走向了大世界，完成了人格的自我完善。《漫游时代》是一部结构松散的作品，主人公的漫游只起串联作用。其中插入了7个短篇故事，以及书信、日记、观感、格言笔录等，仿佛作家急于在这里留下他所有的思想而无暇顾及精心构思情节。书中关于"教育省"的描写，既表现了人人劳动、人人互爱的空想性质的社会范式，又有了培养"敬天、敬地、敬人"的"三敬畏"精神的教育理想。他的格言涉及方方面面，是作家"长寿人生"凝聚的思想结晶，深邃睿智，耐人寻味，焕发着人道主义的光泽。

尽管作家多才多艺，在各个领域都有所建树，但人们还是习惯于称他为"诗人"。的确，歌德从 8 岁开始习诗，到 83 岁离世前仍在写诗，可以说，诗歌与他一生如影随形，难有分离的时刻。他给世界留下 2500 多首诗歌，题材多样，体裁多种，风格多变，令人目不暇接。

二、《浮士德》

《浮士德》是歌德花费毕生精力建构的诗体大厦。诗剧分一、二两部，共计 12110 行。主人公浮士德的原型是 15 世纪至 16 世纪的江湖流浪者，在民间流传的是个无所不能、吹牛不脸红的喜剧人物。歌德早年从木偶戏里看到浮士德的故事，留下深刻印象。但当他以此为素材进行创作时，却完全改变了故事的内涵，升华了形象的意义。

改造客观世界中造福人类。征服自然，任务艰巨，事业成败未为可知，忧心忡忡的他被"忧愁"吹瞎了双眼。当他以为共同劳动、共同享受自由的理想就要实现时，他为人类的幸福真诚地感叹："逗留一下吧，你是那样美!"生命就此交付了，为事业悲壮献身是博士一生最光彩的一幕。本应归属梅菲斯特的灵魂，却被天使们接到了天上。浮士德精神取得了最后的胜利。

浮士德概括了自文艺复兴以来资产阶级知识分子的探索，具有丰富的思想内涵。他体现的不满现实、追求真理、积极向上、自强不息的进取精神，正是人类得以不断发展前进的内在动力。浮士德不是完美的英雄形象，而是不断否定、不断完善、不断战胜自己的奋斗者的形象。梅菲斯特的存在，更以恶的象征、否定的力量，刺激、催促、鞭策着浮士德精神的成长，使他不敢轻易停下前进的脚步。

　　《浮士德》是一部气势恢宏、博大精深的哲理性史诗，是作家对人类命运的总体性思考。象征性、幻想性、哲理性的有机统一，构成了它的鲜明特征。歌德以惊人的想象力，打破时间和空间的界限，把天上与地下、历史与现实、神鬼人熔于一炉，搬演了一出关于人类精神升华的活剧，显示出难以复制的美感。

第六章 19世纪浪漫主义文学

19世纪初期，伴随巨大的社会变革，西方资产阶级思想文化领域1789年至1830年间发生了一场声势浩大的浪漫主义运动，包括文学艺术在内的全部意识形态都打上了它的烙印，此可谓资产阶级文化的硕果之一，有力地提升了其内涵、促进了其发展。

第一节 浪漫主义文学的突起

一、浪漫主义文学的历史文化与文学特征

19世纪的西方社会，最主要的特征是资产阶级政治秩序、经济体制、律法制度和相应的意识形态也即思想、文化、宗教、伦理等整套价值观念体系的确立、巩固及其发展。新兴资产阶级经过文艺复兴以来几百年渐次成长、进步和不断壮大，尤其通过启蒙运动，这个生龙活虎的阶级已今非昔比，变得羽翼丰满。建立起以人道主义为核心世界观的资产阶级，公开地向封建统治进行宣战，包括用暴力形式武装夺取政权，猛烈推动历史前进的同时，其统治的纪元开始了。这是个改朝换代的世纪，是新旧势力为生死存亡而舍命搏斗的悲壮时期，也是发展创新的时代，是社会生产力、知识与财富、哲学和艺术得以空前解放及繁荣，显示了人类巨大能量的非凡世纪。

世纪初叶的几十年，资产阶级夺取政权是它的主旋律，从1789年爆发的法国大革命作为标志起，西欧资产阶级向封建统治发动了全面、彻底的进攻(在英国则

是已经掌握了政权的资产阶级进一步稳固权力和削弱封建成分）。这场革命，以暴力手段推翻波旁王朝，给予各国进步力量以巨大鼓舞，一时间民主运动和民族解放运动风起云涌，不但德国、俄国、意大利、西班牙如此，甚至波兰、匈牙利、希腊等弱小国家也都纷纷燃起争取自由和民族独立的斗争烽火；就连资本主义制度已基本确立的英国，由于劳资矛盾加剧，也发生了以捣毁机器为特征的自发的工人运动。然而，欧洲各国的封建势力并不甘心退出历史舞台，为维护摇摇欲坠的专制统治，连纵结盟进行反扑，把矛头指向以法国为代表的革命力量及其政权，并于 1814 至 1815 年打败革命后建立的拿破仑帝国，使王权得以复辟。以俄奥普为首的各国反动派趁机缔结"神圣同盟"，力图全面恢复已千疮百孔的封建制度，民主和民族解放运动遭遇重创。但历史的发展不可逆转，1830 年法国重新埋葬波旁王朝的七月革命以及 1832 年英国进一步削弱世袭贵族的议会改革标志着欧洲资产阶级体系反复辟斗争最终取得胜利，同时意味着西方完成了从封建制度向资本主义制度的过渡。

从法国大革命爆发至此的这个时期即 18 世纪末的十几年与 19 世纪初的三十几年，即是浪漫主义运动或思潮的活跃期。

对启蒙时代启蒙思想家鼓吹的理性原则和关于"理性王国"华美约言的失望，对动荡、混乱、战争、灾难之丑恶现实的厌恶、鄙夷和恐惧，是浪漫主义运动产生的社会心理前提；而以康德(1724—1804)和黑格尔(1770—1831)为代表、强调唯心主义但包含辩证法的德国古典哲学，由于强调天才和灵感、重视人格和精神独立等，而成了它的思想根源及理论基础；还有在知识界发生深刻影响、极具革命意义的英法空想社会主义学说，以及代表没落贵族意识、否定历史前进的反启蒙主义思潮，都从积极或消极的立场推动或决定着浪漫派的深入与走向。

如果从事物内部的演化规律来看，那么文艺之潮的流变或许更值得注意。就此而言，浪漫主义闪亮登场实是对新古典主义之逆动，这格外有利于理解其旨趣。前者秉承启蒙思想的平民性质，崇尚天然；后者属宫廷艺术范畴，追求典雅趣味。的确，在与传统的衔接方面，则浪漫主义与 18 世纪英国的感伤主义、法国卢梭的主情主义、德国狂飙突进的民族主义，关系都相当直接，后三者的崇尚情感、强调个性和迷恋大自然也几乎与之完全同趣。

西方文学史上的浪漫主义运动非同凡响，其巨大成就，尤其它的革命性与叛逆性激动了整个 19 世纪。浪漫主义作家多是些敏感者或者属于这一类的热血澎湃的青年人，他们富有才华、性格奔放。动荡的时代、苦难的现实驱使这些年轻而激荡的心灵倾向于浪漫的热诚，倾向于对公众舆论强烈的蔑视，倾向于崇拜天马行空般的奔放和放荡不羁的天才。或可说，浪漫主义代表了才智、青春与力量。

浪漫主义运动中的文艺创作以浪漫方法为主要手段。需要指出，作为运动和作为方法，浪漫主义的含义应加以区分。作为创作的浪漫方法是古而有之，被认为是自古希腊即形成而与现实主义相对而言的基本艺术原则之一，具有永恒性。最为特定概念的浪漫主义，则特指 19 世纪初期波澜壮阔的文艺思潮，浪漫的艺术原则乃这一思潮的文艺创作最通用和最本质的手段。此外还应说明，作为思潮或者作为流派，文学史一般将浪漫主义活跃期的末端界定于 30 年代，但这只是大略而非确指，实际情况要复杂得多。当现实主义取代浪漫主义而渐成主流，浪漫主义并未消失，不但一些国家如东欧、美国等的浪漫运动还方兴未艾，就是在西欧，不少作家如雨果、乔治·桑等仍主要以充沛的浪漫激情与手法进行创作。19 世纪后期还一度产生颇具影响力的新浪漫主义。

浪漫派文学的主要特征，首先在于其主观性与主情性，兹与现实主义的客观性与写实性适成对照。情感至上或将情感因素最大化，可谓康德唯我哲学的文学表达。其次在于尊重心灵与崇尚自由，它差不多是无拘束的，尤其努力于个性的解放。而自由的概念另有一层是美学上的，像雨果宣称自由为第一条原则，要害是反对古典主义的清规戒律。当然，浪漫派并非不要规则，相反，在解构古典律的同时建构起浪漫律。最后是大自然崇拜包括向淳朴的民间文学汲取灵感，这不妨视为逆古典之延伸，因为作为宫廷或贵族文化，古典主义从来对民间文化不屑一顾。此外，偏爱想象，营造哪怕很不真实的梦幻奇境，注重营造强烈的艺术效果，布局异乎寻常的情节、描写异乎寻常的事件、刻画异乎寻常的性格，喜欢气氛紧张、色彩浓烈，所以最常用的手法是对比和夸张，采取的题材是异域、远方、历史、神话……总之，它力图用审美的标准代替功利的标准，还原艺术本真的属性，恢复其作为心灵表现的主体地位。浪漫派作家大都文思奔放，汪洋恣肆、形神兼备。为取得惊人效果，在某些作家那里，恨不得把一说成十，把滴水变为大海。浪漫文学情调上追求感伤、幽怨、哀婉，体裁方面尤钟情寿或历史剧与历史小说。

由于政治立场、思想观点的差异，浪漫主义作家也表现出不同的创作倾向，高尔基曾划分成"消极的"和"积极的"两个极端的派别。对启蒙思想或法国大革命持否定态度、美化宗教或中世纪宗法式生活理想，描写风花雪月，歌颂宗教、黑夜乃至死亡，作品具有出世倾向的即为消极浪漫主义者；对现实不满，揭露丑恶，叛逆社会，作品具有人世倾向的则为积极浪漫主义。按此来看，一般较早期的浪漫主义作家多属于消极的，而稍后一些的则属于积极的。兹主要以政治为尺度的分法当然具有明显的缺陷，不过或者保守或者激进之创作倾向的存在乃至两者之间斗争的存在是个事实，抹杀这个事实则不能对浪漫主义运动的全过程形成完整的概念。同时需要澄清的是，消极与积极的区分，只是对不同作家的创作风格和倾向而言，其本身并不具有意识形态和价值评判区分。

浪漫主义运动于 18 世纪末叶的德国、英国、法国相继兴起，以后很快传播到欧洲其他国家特别是意大利、俄国，但仍以德英法三国成绩最显、影响最大。19世纪 30 年代之家，于大西洋彼岸、与欧洲文化一脉相通的美国，在爱默生"超验主义"理论旗帜下，稚嫩的"新大陆"浪漫主义文学也破土萌芽，并以特有的芬芳绽放开来。

二、浪漫主义文学发展概况

德国是浪漫主义运动的策源地，18 世纪末叶，浪漫主义与歌德席勒之"魏玛古典"同时活跃文坛。浪漫派人数不少，但思想起点欠高，除了荷尔德林(1770—1843)和艾沁多尔夫（1788—1857)，无论史称早期的耶拿派还是晚期的海德堡派，多数作家以赞美中世纪和基督教来抵制现实、寄托理想，甚至耽于梦幻、虚无和死亡。但他们却最早提供了典型的浪漫派文论及其创作，奠基者为"耶拿派"，指以耶拿为中心的一个松散的文学团体，包括施莱格尔兄弟奥古斯特·威廉(1767—1845)和弗利德里希(1772—1829)、诺瓦利斯(1772—1801)、蒂克(1773—1853)等人。施氏兄弟特别是弟弟在理论方面贡献尤大，他于《雅典娜神殿》(1798—1800)杂志发表随笔式的《断片》，针对古典派的规行矩步，宣称浪漫文艺的第一要义是自由，其法则是"为所欲为，不能忍受任何约束"；它永远处于过程之中，因而是无限的、发展的；它重视自我表现，而其生命力就在于不设围墙而兼容并包。弗利德里希阐说的文艺观，成为随后风靡西方几十年的浪漫派诗学之理论起点。两兄弟属于欧洲浪漫主义文艺思潮肇始阶段的作家和文论家，功绩是昭示了全新的文学主张. 在文学史的美学与批评研究、厘定古典与浪漫之范畴、翻译及翻译文学的理论和实践等方面均有开创性贡献。在创作上，耶拿派时期最具代表性的是诺瓦利斯，其诗文相间的《夜颂》(1800)，赞美黑夜和死亡，充斥着对光明与生命的否定，灰色而神秘，犹如一朵病弱之花，使人产生哀怜情绪。

1805 年后，德国浪漫派的中心转移到海德堡. 这派作家对发掘民族文化遗产倾注了极大的热忱，如阿尔尼姆(1781—1831)和布仑塔诺(1778—1842)合编的民歌集《儿童的神奇号角》(1808)，集 300 年来一些优秀民间创作，给当时文坛注入新鲜血液。格勒斯(1776—1848)编辑的《德国民间故事书》(1807)也广有影响。著名语言学家格林兄弟雅克布(1785—1863)和威廉(1786—1859)大体也在这个时期收集整理完成最为脍炙人口的童话集《儿童与家庭故事》，俗称"格林童话"。

1809 年之后，阿尔尼姆和布仑塔诺去往柏林，浪漫派又在此形成一个中心。这些作家具有不同程度的民主思想，创作格调日渐提高。成就较大的有戏剧家和小说家克莱斯特(1777—1811)，其喜剧作品《碎罐》(1808)讽刺贪污好色的执法官，主题鲜明、妙趣横生。小说家霍夫曼(1776—1822)，擅长用荒诞离奇的情节反映现实，著名作品有《金罐》(1814)、《雄猫穆尔的生活意见》(1822)等，他是德国浪漫派中对外国作家影响较大的一位。原是法国贵族出身、因革命而随父逃至德国的沙米索(1781—1838)则是位更具进步倾向的作家，其童话体小说《彼得·史勒密奇遇记》(1814)，通过描写主人公以失去身影为代价换取可随心所欲之"幸福袋"后所始料不及的后果带来的痛苦，揭露金钱罪恶，讽刺庸俗的市侩社会，不失为一部力作。

在浪漫派影响下走上文坛的亨利希·海涅(1797—1856)，20岁左右开始创作，最终成长为一位伟大的民主主义诗人、散文家、文评家与政论家。他少时即接受启蒙思想和法国大革命的自由、平等、民主观念，追求进步、向往光明，对黑暗、鄙陋之社会现实的批评，终不见容于当局，1830年流亡法国，从此主要在巴黎度过后半生。海涅早期的抒情诗深受民歌滋养，甜蜜淳朴、清新自然，《诗歌集》(1827)是为总汇，成为德国最流行的一部诗集。他中期的诗作犹如匕首或利剑，讽刺锋芒毕现，如40年代的包括政治组诗《时代的诗》在内的《新诗集》、长诗《德国，一个冬天的童话》等，是挑衅的与战斗的。他说，当看到褊狭的同代人如何粗鲁、拙劣而愚笨地了解人类理想，就忍不住要加以嘲笑。晚期的《罗曼采罗》(1851)是部重要的诗集，与《诗歌集》《新诗集》(1844)共同构成其抒情诗的三座丰碑。但就思想高度和雄健有力而论，其政治讽刺诗更可称道，匀称的形式与鲜明的观点甚或美学见解有机结合，再赋以强烈的战斗精神，诗艺至臻完美。这方面最有代表性的，短诗如《西里西亚的纺织工人》(1844)，表现了纯正的无产阶级革命意识，恩格斯说是他知道的最有力的诗歌之一。长诗如《德国，一个冬天的童话》(1844)，共27章，以去国多年返乡探亲一路所见、所闻、所感、所想的"诗体旅行札记"形式写成，同时广泛使用梦境、幻想、童话及传说手法，对德意志的反动现实抨击、揭露，指出其腐朽、没落的必然趋势。尽管如此，统治者却用假象、诡辩掩其真面，以图苟延，这就如不切实际的童话。童话是梦，当然难免破灭，而冬天，恰好是萧条和肃杀的象征，将之与不真实的"童话"相联系，更加强了空虚感。诗题寓意昭然若揭，德国的现存制度注定要灭亡。

"恶魔派"诗人，是指20年代前后不列颠诗苑上空闪现的三颗耀眼彗星拜伦、雪莱和济慈。他们命途多舛、时运不济，却坚定地站在时代前列，犹横空出世，激昂慷慨，鼓吹民主，支持刚刚兴起的工人运动和方兴未艾的各国民族解放斗争，以饱含激情的诗行，塑造了一系列社会叛逆者形象，表现出追求自由和进步的倾向。在艺术上，则完成了由湖畔诗人开始的诗歌改革．极大地丰富了英诗的形式格律，提高了它的表现力。这一派诗人由于创作中表现了对现实不满的反抗，揭露社会的丑恶，被湖畔派诗人称为"恶魔派"。

三位诗人中，拜伦是整个浪漫派运动中成就最高、影响最大者。与之齐名的珀西·比希·雪莱(1792—1822)，30 岁的人生，写下了包括抒情诗、长诗、诗剧在内的大量作品，讴歌民主理想，憧憬美好未来。第一部长诗《麦布女王》(1813)即确立了他思想与诗艺的全部逻辑起点，其后《伊斯兰的起义》(1818)、《解放了的普罗米修斯》(1819)等构成雪莱主义体系的完整表达，后者通常被视为代表作，是部以希腊神话为题材、包含政治激情和乐观精神的伟大诗剧，探索道德拯救人类主题，乃罕见的恢宏严肃之作。雪莱的抒情诗也极负盛名，《致云雀》(1820)，以云雀之无忧比照人世之悲愁，成千古绝唱。《西风颂》(1819)结句"冬天来了．春天还会远么?"预言人类的春天——没有欺诈和邪恶的美好世界必然来临，令人振奋鼓舞。恩格斯称其为"天才的预言家"，因为他不仅是为当时也是为未来而歌唱的诗人。雪莱还遗下一篇才华横溢的文论《诗辩》(1821)，乃继《(抒情歌谣集)序言》之后的又一浪漫派诗学经典。

约翰·济慈(1795—1821)，平民出身，当过店员，疾患病苦、窘迫生活、勤奋学习与写作将其一生压缩了，在不过五年的创作生涯中，留下许多优美的十四行诗、颂诗和抒情叙事诗。其作品具唯美倾向，似乎暗示出，感觉的生活和美的冥想本身就是自足的，取材古代神话的长诗《安狄米恩》(1818)、《海坡里翁》(1819)及抒情诗名篇《希腊古瓮颂》(1818)、《夜莺颂》(1819)等，深刻表现志趣情怀与理想追求。批评家认为，他如果活得长一些，很可能会发展成为一个伟大的哲学诗人。

瓦尔特·司各特(1771—1832)是历史小说的开拓者和奠基者，被誉之"历史小说之父"。作品大多取材苏格兰和英格兰历史，也有关于欧陆史或十字军东征遗事者，民族冲突、政治博弈、风土人情、古老传说皆备，但给人最深刻印象的是民族尤其苏格兰民族性格刻画。代表作为《艾凡赫》(1819)，其他较有影响的作品有《清教徒》(1816)、《罗伯·罗伊》(1817)、《爱丁堡监狱》(1818)、《修道院院长》(1820)、《肯纳尔沃思堡》(1821)等，故事曲折、人物鲜活、魅力无穷。

女小说家简·奥斯丁(1775—1817)的创作也显示了独特的成就，她出身牧师之家，长期住在乡村，终身未婚。其生活圈子虽然狭窄，但以女性特有的敏锐与细腻，描写中产阶级绅士淑女们闲适的田园生活，以轻松俏皮幽默的笔调表现他们的感情世界与爱情婚姻，尤擅长处理戏剧性风波。她写了6部长篇，其中《傲慢与偏见》(1813)乃公认之代表作，小说以不同男女的恋爱经历，表现了作者健康而鲜明的婚姻爱情观念。作品具有早期女性主义倾向，在不同的时代一直深受青年男女读者的喜爱。小说精巧的情节结构和人物刻画、诙谐精致的语言使之跻身于英语小说的经典之列。其他如《曼斯菲尔德花园》(1814)、《爱玛》(1815)等均为相当成熟的杰作。

法国浪漫派大体上也分为两个阶段。先行者是夏多勃里昂和斯达尔夫人。

弗朗索瓦勒内·夏多勃里昂(1768—1848)创作充满没落贵族思想倾向，代表作《基督教真谛》(1802)混杂神学、哲学、文学、艺术、美学并穿插考证、札记、小说、回忆录等内容，副题"宗教之美"，旨在从各种路径证明基督教"真谛"。但与其说是神学的不如说是美学的，实际上阐发了一套浪漫主义的文艺观。首先论证包括科学、文艺在内的欧洲文明来源于宗教；认定文学的任务在于表现人类的心灵，创造"理想的精神美"。只有基督教而非多神教才能够做到，因为福音书宣扬的道德可使人臻于上帝或完美，故其最适合表现人的心灵和理想性格。通过宗教表现理想的精神美，便是所谓"基督教的诗意"。作者论及"忧郁"是人物内心对神秘天国向往的结果，由宗教的神秘引起，把它看作是文学表现的第一要素，认为只有描绘出忧郁虚空情怀的作品才是美的和高贵的。作者钟情精神世界的奥秘机制和未知因素，包括生与死的秘密。作者将这种美学观融入进了自己的代表作两篇小说《阿达拉》和《勒内》之中。《阿达拉》叙述一个缠绵悱恻的爱情故事，女神般的阿达拉在爱人与信仰之间以死选择守信，其基督徒的圣洁人格使冥顽的异教徒义无反顾地皈依了主。《勒内》叙述某破落贵族子弟勒内的飘零命运，其姊为摆脱畸形的姐弟恋情而遁入隐修院，他孤苦无告只身去了遥远的北美，在印第安人那契部落离群索居，勒内最突出的性格特点是孤独忧郁，无端的烦恼、莫名的感伤，心灵极度空虚，被评论界视为文学史上第一个"世纪病"典型，人物的"世纪儿"病症乃时代的产物，反映了法国大革命年代贵族青年感到前途渺茫而产生的精神状态。

后一个阶段在 20 年代复辟与反复辟明争暗斗的思想政治背景下显示了更为旺盛的生命力，一大批沐浴了大革命民主思想熏陶和帝国时期英雄主义感应的文学青年纷纷脱颖，给法国文坛古典主义的最后残余以及早期浪漫派的消极保守倾向以沉重打击，渐渐廓清那种毫无生气或悲观颓靡的文坛阴影。这个浪漫主义新高潮的代表和领袖是雨果，他作品中人道主义激情和浪漫手法的创作一直持续到80 年代生命结束。围绕在雨果周围的作家有大仲马、圣勃夫、戈蒂耶、乔治·桑、缪塞等人，都曾是浪漫主义时代的风云人物，甚至后来成为现实主义大师的司汤达、巴尔扎克、梅里美等人也卷入了这场运动。

大仲马(1803—1870)是个多产作家，由写剧本到写小说，一生完成了数以百计的作品。《亨利三世和他的宫廷》(1829)是法国第一部突破古典主义原则而演出大获成功的浪漫主义历史剧。更能代表其成就的是通俗小说，代表作《三个火枪手》(1844)、《基度山伯爵》(1844)都是脍炙人口的上乘之作。

女作家乔治·桑(1804—1876)，其创作具有浓郁的理想主义色彩，内容多以妇女命运为主，提倡个性解放，鼓吹婚姻自由，代表作有《安吉堡的磨工》(1845)、《魔沼》(1846)等。

阿尔弗雷德·德·缪塞(1810—1857)是位天才作家，贵族出身，但表现出更多资产阶级个性，感情丰富、又喜冶游、见异思迁、无有节制，曾与乔治·桑相恋两年，备受创伤，由是写成自传性长篇小说《世纪儿的忏悔》(1836)，继夏多勃里昂之后塑造了又一个勒内式的"世纪儿"形象奥克塔夫。缪塞的诗作、剧作，也往往表现沉重的悲哀，别具某种忧郁的韵致，艺术上臻于完美。如长诗《罗拉》(1833)、抒情诗《四夜》(1937)等，凄清、优美，充满青春气息，乐观与颓唐的情绪兼而有之，既香艳又洒脱。其戏剧数量不菲，场面巨大、情节生动、对话精彩，堪为浪漫派戏剧典范，并多具莎剧特色，故被法国人称为"我们的莎士比亚"。写有喜剧《方达西奥》(1834)、《烛台》(1835)、《一次心血来潮》(1837)和悲剧

《罗朗萨丘》(1834)等。喜剧代表作《罗朗萨丘》的题材取自意大利16世纪佛罗伦萨史实，塑造了一个极其复杂的共和主义者罗朗索形象，为行刺暴君，不得不以屈求伸，甚至放弃人格、助纣为虐，结果为自己戴上了一张扯不下的帮凶面具，最后虽刺暴成功，却被民众抛弃，惨死军警刀下。

19世纪的意大利，以摆脱外来统治和实现统一为内容的民族复兴运动曲折漫长，给予政治和意识形态走向以深刻影响，包括文学上的浪漫主义也与其息息相关。意大利浪漫派思潮兴起于1816年，法国女作家斯达尔夫人在米兰的一家杂志发表《论翻译的重要性》，猛烈抨击意国文坛迂腐沉闷，呼吁知识界翻译研究现代欧洲文学的代表之作，借他山之石而改变之。此文引起轩然大波，墨守成规者颇觉不安，求新思变的青年作家则兴奋不已，他们创办《调停人》杂志，以其为阵地传播民族复兴思想，探讨浪漫主义问题。如米兰诗人乔万尼。白尔谢(1783—1851)的《格利佐斯多莫给儿子的亦庄亦谐的信》，倡言诗歌应诉诸自然、面向人民，成为"活人的诗"和心灵的镜子，被称为意大利浪漫主义宣言。他是致力民族复兴的烧炭党人，多次参加起义，也长期流亡国外，其长诗《帕尔加的逃亡者》(1821)、组诗《谣曲集》(1824)和《幻想》(1829)等讴歌民族斗争，充满爱国主义精神，表达渴望获得解放的祖国人民的心声。

贾科莫·莱奥帕尔迪(1798—1837)是浪漫派中最有声望的诗人，其创作贯穿着民族复兴思想，表现命运无常意识。颂诗《致意大利》(1818)颂扬她光荣的过去、哀叹其现在的耻辱，以一个镣铐锁身、遍体鳞伤的痛苦妇人作比. 满腹蒙羞的愤懑谴责忘本而怯懦的不肖子孙。《但丁纪念碑》(1818)则大声疾呼意大利人以伟大的爱国者但丁做榜样. 继承先辈的光荣传统，放弃自我麻痹的和平幻想；其哀婉动人的抒情诗篇杰作很多，如收在田园诗集(1826)里的《广大无边》《月亮》《梦幻》《孤独的人生》等。晚年写成的名篇金雀花(1836)，将贫病交迫中对命运、爱之类的思考升华到宇宙层次，人虽像长在火山上的金雀花随时有被吞噬之虞，然唯其更应相亲相爱、团结互助，同仇敌忾战胜厄运。

俄国和中、东欧一些小国波兰、捷克、匈牙利，以及东南部的巴尔干国家，浪漫主义文学同样取得很高成就。一个显著的特点是，文学发展往往同这些国家迫切的农奴解放运动或民族解放运动密切相关。

俄罗斯位于欧洲东部且大片国土处在亚洲，历史文化宗教传统与西欧有较大差异，所实行的封建农奴专制制度长期制约着它的发展，直到 18 世纪末，其民族文学尚未达到具有全欧意义的水平。及 19 世纪，俄国资本主义因素有所增长，农奴制瓦解的迹象渐显。1812 年拿破仑入侵并惨败，使沙皇爬上欧洲霸主的地位，但对内对外的蛮横政策引来强烈反抗，被称为俄国解放运动第一阶段的贵族时期也随之来临了。进步贵族青年受自由、平等、博爱影响，向往资产阶级革命，它以十二月党人的活动为标志，在文学上则促进了浪漫主义的产生。其创作与贵族革命运动紧密相连，以反专制、颂自由的理想为主调，并注重民族历史和民族风格。

该时期俄国文坛的最大幸运是出现了普希金，他在诗歌、戏剧、小说以及文论和语言各方面奠定了俄罗斯文学的全部基础，成为"俄国文学之父"。稍晚的莱蒙托夫(1814—1841)，乃继普希金之后强烈地表现叛逆精神和反专制主题的天才作家，他的叙事长诗《童僧》(1840)和长篇小说《当代英雄》(1840)，其中浪漫主义精神的表现和典型性格的刻画均独树一帜、令人瞩目。

在大西洋彼岸，一个充满希望、崭新的国家美利坚合众国于 18 世纪末叶独立战争的凯歌声中诞生。政治上的独立必然促使文化上的繁荣，从此这个与欧洲传统一脉相承的年轻国家的民族文学应运而生，它逐渐摆脱掉殖民地时期那种幼稚、匮乏的局面，以朝气蓬勃的姿态冲入世人视野。新生民主共和国的人民信心百倍，而等待开发的广袤处女地的清新空气令人心动，吸引着大量的创业者纷纷奔向这块大陆。受到浪漫主义熏陶的欧洲移民大量涌入美国，使得早期的美国民族文学具有土著的印第安文化与欧洲文化相融合的痕迹，十分自然地染上浪漫主义色彩。

华盛顿·欧文(1783—1859)和詹姆斯·库珀(1789—1851)，是 19 世纪早期最重要的作家，以新大陆的传说、风情为题材，以浪漫笔调勾画童年美国的形象。欧文有"美国文学之父"之称，因为其英国气味少之又少，散文小说集《见闻札记》(1820)以清新优美的风格描写风土人情，展现新大陆气象。库珀的长篇小说如《开拓者》(1823)，是"纯粹美国式"的作品．影响甚大。代表作《最后的莫西干人》为主的"皮袜子故事"系列边疆传奇小说，无一不具有开创意义，成为后来美国西部小说的范本与基础。

30 年代以后，爱默生(1803—1882)、梭罗(1817—1862)倡导强调人的精神价值和直觉作用的超验主义哲学，提出以之为理论基础的浪漫主义主张，标志美国文学走向成熟。梭罗本人记录自己隐居生活的长篇散文著作《瓦尔登湖》(1854)无疑是部伟大的杰作，真切地表现了卢梭式返璞归真的思想情感，在亲近自然这点上，或可说显示了最纯粹的浪漫主义。作品中强调超验主义回归自然，尊重自我良知、保持纯真人性，简约生活。作品中所展示的人类自然生存的生态观，对后世具有重要的影响。

爱伦·坡(1809—1849)是位多少有点不可思议的忧郁天才，小说中善于制造怪异恐怖气氛。代表作《述异集》(1840)约 70 几个短篇小说，多以神秘和死亡为主题，信息多元，甚至包括了推理小说的最初模式。著名的有怪异小说《黑猫》《厄舍古屋的倒塌》和推理小说《莫格街谋杀案》《红色死亡的假面舞会》等。

纳撒尼尔·霍桑(1804—1864)成为美国浪漫主义小说的代表作家，代表作长篇小说《红字》(1850)以丁梅斯代尔和海丝特·白兰爱情悲剧，表达对历史、道德和人性的思索。作者以特有的深刻和敏感及相当矛盾的价值观，探讨善与恶、罪与罚，以及严酷的清教教义等问题。巨大的艺术穿透力揭示人性的尊贵与卑劣、生命与爱的价值、信仰与道德之类的形而上意义，让读者掩卷而仍心跳不已。丰富多变的写作手法运用既使主题思想更加突出，又使人物的形象更加立体。

赫尔曼·麦尔维尔(1819—1891)是位非常富有特色的小说家，喜欢写冒险故事、海上主活。代表作《白鲸》(1851)，以最危险的海上捕鲸为题材。作家以粗犷的笔调描写船长、水手非凡的性格，歌颂白人、黑人、印第安人劳工们机智、勇敢、合作的品质。惊人的场面层出不穷，险象环生跌宕起伏，与白鲸莫比·狄克的恶战持续 3 天，除一人侥幸逃生，其他包括船只在内均与之同归于尽。小说用足了浪漫主义乃至象征主义的表现手法，把一个以动作为主的故事变成了哲学乃至神学的象征表达。

美国浪漫派中影响最大的人物还是稍后登上文坛的诗人惠特曼，他那充满民主内容和新大陆精神的放声高歌给予西方诗坛一股强劲的风、鲜活的力。

第二节　拜伦

乔治·戈登·拜伦(1788—1824)以他激动人心的壮丽诗篇讴歌自由、抨击暴政，同时以剑、以献身精神参加被压迫民族争取解放的战斗。他的活动和创作，为人类文明史留下了辉煌的一笔，成为 19 世纪欧洲最伟大的浪漫主义诗人，鲁迅称之为浪漫派"宗主"。

拜伦自幼面庞俊朗，却不幸跛足，这使他既自傲又自卑，且敏感过人。他在中学学习时就受到法国启蒙思想家伏尔泰、卢梭等人的影响，表现出对哲学、历史的兴趣。他也十分喜欢阅读英国文学作品，特别是司各特的小说和诗歌，使他的精神渐渐纳入了浪漫主义的轨道。1805 年进入剑桥大学后，他接触更加广泛，思想更加活跃，对社会活动更加热衷，生活也更加散漫不羁。1807 年，他发表诗集《懒散时光》，遭受匿名文章的嘲讽，他愤而写出讽刺长诗《英格兰诗人和苏格兰评论家》作答。这篇"文学宣言"式的诗歌，评述了英国文学的现状，表达了对当时雄霸诗坛的"湖畔派"诗人远离社会现实的不满。1808 年，拜伦从剑桥毕业后，进入上议院继承了议员席位，使他有了参政的更大空间。1811 年，他在上议院发表过两次演讲，分别反对通过对破坏机器的工人处以死刑的方案和对爱尔兰人民进行镇压的方案，因而在上层逐渐成为不受欢迎的人。

1809 年 6 月，拜伦第一次离开岛国，开始了长达两年的欧洲大陆之旅。他先后游历了葡萄牙、西班牙、马耳他、阿尔巴尼亚等地，尤以在希腊和土耳其两国逗留的时间最长。海光山色令他沉醉，如火如荼的民族解放斗争和民主运动更使他激动不已。这次旅行的辉煌成果是长诗《恰尔德·哈罗尔德游记》前两章的问世，重要的是它标志着一个杰出诗人的问世。曾经备受冷落的拜伦一夜走红，"早晨一觉醒来，我发现自己已成了名人，成了诗坛上的拿破仑"。从 1813 年起，他陆续以《东方叙事诗》为题发表了异国情调的浪漫组诗：《异教徒》(1813)、《阿比托斯的新娘》(1813)、《海盗》(1814)、《莱拉》(1814)、《柯林斯的围攻》(1816)和《巴里两耶》(1816)等。这些诗中的主人公多为愤世嫉俗、性情刚烈、孤独高傲的个人叛逆者，由于他们的气质与诗人有相契合之处，因而被称为"拜伦式英雄"。充满忿激之情的诗篇，引起社会强烈共鸣，给诗人带来了声誉，也给他带来了灾难。权贵势力利用拜伦与妻子因性格不合而分居为由头，对诗人大肆诽谤攻击，意欲置他于死地而后快。

"全世界和我的妻子正在跟我作战。"忍无可忍的拜伦于1816年4月25日乘船消逝在茫茫大海里，永远离开了他的祖国。"如果这些流言、诽谤和咒骂是真实的，那么是我不配住在英国；如果是假的，那就是英国不配给我住。"拜伦与祖国的"诀别"，究竟是诗人的悲哀呢，还是英国的悲哀？

拜伦在瑞士柄居了半年左右，在此最重要的收获是认识了此时也在瑞士游荡、同病相怜的天才诗人雪莱。二人一见如故，结为生死之交。雪莱的激进思想对拜伦产生了积极的影响，这一年他相继写下了《锡隆的囚徒》《普罗米修斯》和《路德派之歌》等洋溢着反叛精神的重要诗篇。

是年秋天，拜伦迁居意大利，热情投入秘密组织烧炭党人反对奥地利帝国殖民统治的武装斗争，他的住处一度成为地下军火库和联络点。在此期间，他创作了《塔索的悲哀》(1817)、《威尼斯颂》(1819)、《但丁的预言》(1821)等诗，鼓舞意大利人民进行顽强的斗争。

意大利时期(1816—1823)是诗人创作的高峰期。许多重要的作品都产生在这一时期，如诗剧《曼弗雷德》(1816—1817)和《该隐》(1821)，讽刺长涛《别波》(1818)、《审判的幻景》(1822)和《青铜时代》(1822)等。也是在意大利，拜伦完成了最为著名的两部杰作《恰尔德·哈罗尔德游记》第三(1816)、第四(1817)两章，和讽刺性长篇叙事诗《唐璜》(1818—1823)。

哲理诗剧《曼弗雷德》塑造了一位山中隐士的形象。他对世界、人生和知识都产生了绝望感，孤独地苦闷度日；但他至死不渝地坚守精神独立，拒绝升天国、入地狱的一切诱惑，始终保持着与现实对抗的战场。孤傲的"拜伦式英雄"，以阿尔卑斯山为衬托，却更突出内在的精神力量。歌德十分赞赏这部诗剧，诗剧的意蕴显然是与《浮士德》相通的。另一部诗剧《该隐》，反写《圣经》故事，直接把矛头指向上帝，更为大胆地表现了拜伦反宗教、反专制、反权威的意识。在《圣经》里，该隐是残杀亲弟弟亚伯的罪人，被视为"人类第一个杀人犯"。但在拜伦笔下，他却成了敢于向上帝发难的造反英雄。"难道他是全能的，就必然是至善的吗？"他把上帝称作"一个权力无边无际的和铁石心肠的暴君"，并号召人们奋起反抗。这种公然亵渎上帝的诗章，理所当然地招来了铺天盖地的责难。一段有趣的轶事是，诗剧面市后即遭到盗版，法院竟不支持出版商保护版权的要求，理由是该书诋毁《圣经》，因而不受著作权法保护。

未最终完成的《唐璜》，是诗人的代表作之一。拜伦在《唐璜》中又运用了"重塑形象"的方法，对主人公改头换面，从而创作出了与民间传说和已有作品完全不同的一部巨作。诗人称之为"讽刺史诗"，他要通过唐璜的经历，"讽刺现代社会弊端"，笔锋横扫几乎整个欧洲，名曰"史诗"亦不为过。但与经典"史诗"含义不尽相符之处是，其主人公并非叱咤风云的高大英雄，而只是平凡的、热爱自由的贵族青年。

传说中的唐璜，是个风流倜傥、玩世不恭、专以勾引女性为乐趣的登徒子。拜伦保留了他"艳遇"不断的特点，却把他改造成良家子弟。他的"桃花运"不再是由于他的阴谋诡计、巧施手段，而往往是天赐良缘，甚至是被卖为奴后的"遭遇"。诗人意欲借此翩翩少年的特殊身份，组织起一幅幅戏剧性的场面，表达了反专制、争自由的总体思想。

长诗开篇就是西班牙式的浪漫故事。少年唐璜与美貌少妇偷情，老贵族丈夫率众高举火把前来捉奸，双方厮打一阵，由此，唐璜开始浪迹天涯。海上遇难，唐璜漂落到海盗占据的小岛上，与首领之女倾心相爱，抒写了一曲纯情的恋歌。恋情暴露，专横的首领将其送到伊斯坦布尔的奴隶市场上拍卖，不料竟被选中买进了土耳其后宫。因与宫女鬼混，他被王妃逐出后宫，又阴错阳差地加入了俄军。他屡建战功，战后得以晋见俄国女皇、并深受女皇恩宠。随后被派往英国，在虚荣的上流社会大出风头——按照诗人的原计划，长诗后面还有七八章，主人公将遍游欧洲各国，最后以参加法国大革命作结。

福兮祸倚，祸兮福倚。唐璜大起大落、大喜大悲的经历，变化多样的场景，对比强烈的色彩，既增强了长诗的戏剧性，显示了历史的丰富性，也暗喻了人生的无常、命运的坎坷。唐璜不是普罗米修斯式的造反英雄，也没有曼弗雷德的深邃思想，他只是一个追求快乐和自由的普通人。他被动地接受着命运的摆布，而读者却跟随他认识了暴君的专制、后宫的奢靡、战争的残酷、社会的虚伪、道德的沦丧、人间的惨剧。诗人还常常直接插入评论，或批判，或嘲讽，或抨击时弊，或宣扬理想，态度鲜明，嬉笑怒骂，大大加强了作品的力度。长诗运用多种艺术手法，纵横捭阖，挥洒自如，与《恰尔德·哈罗尔德游记》一道，成为全景式浪漫主义诗歌的双璧。

《恰尔德·哈罗尔德游记》纵贯拜伦主要创作期，倾注了他毕生的精力，展现了他超群的诗才。行万里路如读万卷书。"宇宙像一本书，一个人只见过自己的国家，等于只读了这本书的第一页。我曾经翻看过不少页数，感到每一页都同样丑恶。"全诗四章，基本上按照诗人两次出行的路线结构篇章：葡萄牙、西班牙、阿尔巴尼亚、希腊、比利时、瑞士、意大利。这是哈罗尔德的行程，也是诗人与抒情主人公的游历。诗人的主观抒情，激扬文字，在诗中占据越来越重要的地位。

哈罗尔德作为旅行者，并不像唐璜那样直接参与诗中的种种事件。这个贵族的后裔，厌恶了英国社会的虚伪腐败，厌倦了"酒醉饭饱"的无聊生活，便踏上孤独漂泊的旅途。他的"心是冰冷的"，"眼是漠然的"，虽有无限风光收眼底，却都难以引起他的激情。麻木、忧郁和高傲，代表着诗人性格的一面；而抒情主人公的敏锐、热情和激奋，则代表着诗人的另一面。两个人物，一冷一热，一忧一愤，构成一个矛盾体。长诗的重心并不在于塑造人物，而是通过两极聚焦于一点，即对自由的渴望。孤独的哈罗尔德兴趣在于个体的自由，抒情主人公向往的是民族的自由。与《唐璜》的"讽刺史诗"相对应，有人将《恰尔德·哈罗尔德游记》称为"抒情史诗"，也恰如其分地道出了它的特点。

激越的抒情，主要发自抒情主人公。他对所见所闻都表现出极大的热情，触景生情，指点江山，议论风生，驰骋想象，仿佛要在整个欧洲点燃起焚烧旧世界的熊熊烈火。在西班牙，他赞美壮丽的自然风光，更赞美人民大众抗击侵略的英勇斗争。被誉为"萨拉哥撒少女"的英雄形象尤为感人，"爱人战死后，/她没有流无用的眼泪，/首领牺牲了，/她站上他危险的岗位"，前赴后继，无所畏惧。希腊是欧洲的圣地，文化精英们的精神家园。那里的一草一木一石一柱，似乎都记载着历史的辉煌，寄寓着今人的期待。如今它却不幸为土耳其所奴役，令拜伦唏嘘不已。"美的希腊，光荣的残迹，使人心伤！/逝去了，但是不朽；伟大，虽已消亡！/……啊！有谁能恢复那英勇的精神，/在幼洛他斯河畔崛起，把你从坟墓里唤醒！"他急切地呼唤希腊人民奋起抗争，夺回昔日的自由和荣光。在比利时的滑铁卢战场，诗人评说拿破仑的功过，抨击"神圣同盟"的反动。在瑞士莱蒙湖畔，他缅怀"智慧的巨人"、法国启蒙思想家伏尔泰和卢梭，因为他们曾"把整个世界投进熊熊的火焰，/直到所有的王国化为灰烬"。最后一章写意大利。意大利与希腊相似，辉煌的过去和屈辱的现实产生了巨大的反差。此时正身在意大利的诗人，不知有意还是无意，干脆撇开主人公直抒胸臆。大海、落日、座座名城、处处遗迹——发怀古之幽思，寄战斗之激情；但丁、彼特拉克、塔索，一个个令世人仰慕的名字——借古人之声誉，吁今人之斗志。拜伦面对这块文艺复兴圣地的沦落，忧心如焚，但他仍坚信光明的未来，并为之呼风唤雨："但自由啊，你的旗帜虽破而仍飘扬天空，/招展着，就像雷雨似的迎接狂风；/你的号角虽中断，余音渐渐低沉，/依然是暴风雨后最嘹亮的声音。"

烧炭党起义失败后，1823年7月，失望的拜伦离开意大利奔赴希腊，从而就此中断了《唐璜》的写作。一部旷世杰作令世人遗憾地夭折了，但诗人却以青春和生命献身于希腊人民反对土耳其统治的民族解放斗争，身体力行地谱写了一曲悲壮的战歌。

1924年1月抵达希腊后，他用变卖了祖传庄园的钱财和所有积蓄，组织起一支武装部队，并亲任总指挥，出乎人们意料地成了希腊革命军的杰出领导人之一，受到希腊人民热情欢迎和真诚尊崇。同年1月22日，拜伦为自己的36岁生日写下了一首感人至深、催人泪下的诗作《今天我度过了三十六年》。诗作一如既往的忧郁，一如既往的孤独，但却自豪于他义无反顾的选择，自豪于他视死如归地走向战场的壮举。

拜伦也许算不上英雄，但他至少是一位斗士。这不仅是因为他曾在议会上慷慨陈词，在意大利出生入死，在希腊岛无畏捐躯，更因为他傲骨铮铮、自由放纵、激情澎湃的诗风。他容易激动，容易愤怒，容易燃烧。华兹华斯的旅行，处处能找到恬静的安适；拜伦的漫游，却处处都会点燃他的怒火。他忧郁，但并不妥协；他悲观，但并不绝望；他孤独，但始终坚持战斗。作为斗士，他既要面对严峻的现实，又要面对孤傲的自我。在对内对外的斗争中，他并不总是胜利者，但他却永远不肯退缩。

第三节　雨果

维克多·雨果（1802—1885），法国 19 世纪的文学巨人。他自称"世纪之子"，一生几乎纵贯整个世纪，经历了这个世纪法兰西一切重大的社会动荡。他是文学"全才"，涉足了几乎所有的文学样式，并都达到了常人难以企及的高峰。他年轻时就发誓，"要么成为夏多布里昂，要么什么都不是"，最终超越夏氏而成为浪漫主义的一代宗师。

当我们说"诗人雨果"的时候，我们所指的不仅仅是一个"写诗的人"，而是一个诗学意义上的诗人，一个在文坛上"无所不能"的作家。诗歌、小说、戏剧以及文艺理论等众多领域，他都不仅止于"涉足"，而是自由挥洒，纵情泼墨.独具一格，取得了令世人惊讶的成就。

雨果在 19 世纪 20 年代和 30 年代之交，以一篇序言和一出戏剧，奠定了他浪漫主义旗手的地位。

《<克伦威尔>序》(1827)是讨伐古典主义的檄文，它猛烈抨击了盲目模仿古代的主张和束缚想象力、创造力的清规戒律，强调新时代要有与之相适应的新文学降生。而对新文学的阐释，中心命题是对照原则。他认为，真与假、善与恶、美与丑、光明与黑暗、崇高与滑稽等的对立并存是客观现实，为更全面地表现时代和人性，为充分表达真善美的理想，文学艺术只有用对照的原则加以突出、强调，才能取得强烈的效果。

1830 年 2 月 25 日是欧洲戏剧史上一个重要的节日，雨果的《欧那尼》被搬上了法兰西剧院的舞台。此前，支持与反对的双方早已剑拔弩张，因而首演时竟不得不惊动警方到场维持秩序。为示标新立异而奇装异服的啦啦队为新戏捧场助威，其中最醒目的是特地身着红马甲的青年才俊戈蒂埃。巴尔扎克、柏辽兹等文化新人都站在了雨果的一边。首演大获成功，幕间就以 6000 法郎的高价售出了版权。但从第二场开始，剧场就变成了真正意义上的"战场"。两军对垒，阵营分明，掌声、喝彩声和嘘声、口哨声，此起彼落，震耳欲聋。如此"激战"，竟持续了一个多月，最后以《欧那尼》的胜利告终，它结束了古典主义戏剧长期称霸舞台的历史。此时的雨果年仅 28 岁，但已成为受众人膜拜的偶像式的领袖。

《欧那尼》的成功，不仅在于它大胆地颠覆了旧有的封建理念，把绿林好汉塑造成正面主角、把国王写得近乎小丑，而且在艺术上冲破了"三一律"等清规戒律的束缚，在台词中使用了大量日常口语，从而制造了与古典主义大异其趣的审美效果。此后的十余年，夸张一点说，雨果几乎成了巴黎戏剧舞台的"统治者"。《国王取乐》(1832)、《吕克莱斯·波基亚》(1833)、《玛丽·都铎》(1833)、《安日洛》(1835)和《吕依·布拉斯》(1838)等都以其新潮的特色而大受欢迎。直至 1843 年的《城堡卫戍官》演出的失败，才终结了雨果的戏剧创作。

雨果的创作生涯以诗歌始、以诗歌终，从少年习作《颂歌与民谣集》到晚年鸿篇巨制《历代传奇》，生前共出版 19 部诗集，身后又整理出 6 部，据不完全统计，约有 22 万行之多。仅这一数据就足以使人瞠目。

诗歌伴随雨果一生，记录了他漫长的经历和丰富的见闻，也记录了历史的足迹和时代的风雨。因此，纵观其诗作，称之为"诗史"是恰如其分的。从 1826 年的第一本诗集开始，他便显示了对社会政治的关注。19 世纪 20 年代，希腊驱逐土耳其的民族解放运动引起欧洲各国进步人士的热情声援，雨果的《东方集》(1829)正是对这场伟大斗争的呼应。诗人以神奇的想象描绘了他从未到过的遥远东方(包括中东、非洲和阿拉伯世界等地)的异国情调，是为他自由主义、浪漫主义创作的真正起点。其中以《卡纳里斯》《希腊孩子》等名篇组成的"希腊组诗"，更是诗人献给英勇的希腊人的厚礼。雨果在1835年的《暮歌集》中以一首颂歌《一八三零年七月述怀》，热情讴歌了史称"光荣三日"的七月革命："全体人民像烈火在燃烧，/三天三夜在火炉里沸腾。"诗歌把这次革命看作法国大革命和拿破仑事业的继续："要把坟墓还给路易十六，/还要把铜柱还给拿破仑!"

作为"诗史"的最典型的代表是1853年的《惩罚集》和1872年的《凶年集》。前者创作于流亡初期，矛头直指路易·波拿巴的独裁统治，真实记录和愤怒控诉了反动势力的残酷暴行，激情呼吁人民奋起反抗，有抨击，有揭露，有嘲讽，有号召，带风带雨，情绪亢奋，是政治诗歌的杰作。《四日晚上的回忆》一诗，记叙了一位老奶奶哭诉年仅7岁的孙子被无辜枪杀的经过，读来凄婉哀伤，感人至深。《惩罚集》不仅仅是历史的记载，更是射向敌人的集束子弹，许多诗篇被印成传单在群众中广泛流传，在斗争中发挥了难以估算的作用。诗集最后一首诗《最后的话》，铿锵有力地表达了他与反动政权的势不两立："我接受流亡生涯，即使它没有尽头，/……如果还有一千人，那好，就有我一份!/即使还有一百人，我要和暴君拼命!/如果剩下十个人，我就是第十个人!/如果仅有一个人，我就是最后一名!"雨果于1870年9月15日从布鲁塞尔回到巴黎，一则以喜，一则以忧。流亡19年之久返回祖国、并受到英雄般的热烈欢迎，当然是大喜；可此时的法兰西正陷入水深火热，普鲁士军队步步逼近巴黎，诗人怎能不忧。创作于1870年至1871年的《凶年集》，几乎是逐月地记下了诗人在普法战争期间这"可怕一年"里的见闻与思绪，爱国的激情与对敌人的仇恨相交织，对英雄战士的歌颂和对未来胜利的信念相交织，组建成一幅壮阔的历史画卷，谱写成一部鼓舞法国人民英勇抗敌的雄壮乐曲。在那首著名的《致维克多·雨果号大炮》中，他要把自己完全融入这场伟大的斗争："啊，黑色的复仇者，威风凛凛的斗士，/我们要相互补充和交换，我的肉身/要你的铁骨，你的铜胎要我的灵魂。"诗集最后一首是《向革命起诉》，诗人把反动派对巴黎公社的审判，称为对"曙光的审判"，颇有深意地把公社起义看作光明的未来。

如果说《惩罚集》和《凶年集》是法国重大政治历史的记录，那么《静观集》(1856)就是更具私人性质的诗体"日记"，是涌动着个人情感波涛的"灵魂回忆录"；如果说前两者火药味十足，是政治诗的典型风格，那么这本诗集细腻诚挚、色彩纷呈，成为浪漫主义抒情诗的瑰宝。它收集了1833年至1853年二十年间未入集的诗篇，共约一万多行，出版后极受欢迎，被誉为"最美的个人诗集"，据说也是诗人之最爱。诗集中有恬静的田园牧歌，如《歌谣》《她已经脱掉了鞋，她又解开了头发……》；有真挚的情诗，如《来!——一支看不见的小笛》《天气多冷》；还有一组雨果为新婚不久即溺亡的长女莱奥波特蒂娜所写的悼亡诗，如《"啊!在最初的时候，我几乎疯了一样……"》《"明天天一亮……"》《在维勒基埃》等，凄恻哀婉，催人泪下；有书写穷人苦难的《乞丐》；有诘问天下为何处处是罪恶的《悲惨世界》，等等。多种多样的题材，都渗透着诗人的人道精神和浪漫情怀。

气势恢宏的《历代传奇》，是诗人晚年耗时20余年创作的鸿篇巨制，可谓名副其实的史诗。诗歌融圣经故事、古代神话、民间传说和历史事件于一炉，由各独立诗篇按时序连缀成一个整体，展现了从"人类之母夏娃到人民之母1789年大革命"的全过程。当然，这不是史实的摹写，而是精神的演进。在充满善与恶、光明与黑暗之争的历史进程中，人类始终追求着进步和发展。尽管道路坎坷，荆棘丛生，但诗人从未丧失对美好未来的信念。

雨果是天生的诗人，对语言和形式的敏感，使他仿佛时时有诗，处处能诗，事事人诗。如波德莱尔所说："法语词汇从他嘴里吐出来时，就变成了一个世界，一个色彩缤纷、富有旋律、变幻不定的天地。"除上述诗集外，《秋叶集》(1831)、《心声集》(1837)、《光影集》(1840)等抒情诗作，多涉及个人情怀，或凄婉哀怨，或热烈达观，都具有丰富的色彩和动人的感染力。

不仅作诗如此，小说、戏剧也是如此。诗情画意，无所不在。

我们注意到，雨果的创作在诗歌和小说之间存在着某种"错位"。诗歌是他的生命，在六十多年的写作生涯中，他从来没有离开过诗歌。我们有理由相信，他就是一位诗性思维的作家，他也是以诗人之名而誉满全球的；但就读者，特别是中国读者的接受来看，他的小说却更受青睐，其影响似乎大大超过了诗歌。另一个"错位"是，雨果的诗作紧随时代步伐，贴近社会现实，真切反映生活，具有明显的现实主义因素；而他的小说却是诗人的小说，从题材选择到情节设计，从形象刻画到气氛营造，从细节安排到语言运用，无不包含众多浪漫主义元素：激情、夸张、突兀、奇特、对比强烈、色彩绚丽、想象丰富。这些"错位"，恰说明雨果创作的不拘一格，从不受制于清规戒律，任凭个性自由张扬。19 世纪是长篇小说丰收的世纪，而在硕果累累的密林里，雨果的小说独树一帜，别具风采。它们肯定算不上是最深刻的，但却是最富感染力、冲击力的。

雨果最负盛名的三个长篇是《巴黎圣母院》(1831)、《悲惨世界》(1862)和《九三年》(1874)，另有两部《海上劳工》(1866)和《笑面人》(1869)也各有特色。

他奉献的第一部长篇小说《巴黎圣母院》(1831)，便是一部跌宕起伏、色彩瑰丽的浪漫派典型作品：野蛮的中世纪背景，哥特式的巴黎圣母院，狂欢的广场，骚动的丐帮，恐怖的绞架，以及妖冶迷人的吉卜赛女郎，道貌岸然的神父，驼背畸形的敲钟人——种种不同寻常的元素，足以结构成浪漫色彩浓烈的长卷。

小说围绕能歌善舞、美丽绝伦的吉卜赛姑娘爱斯美拉达的命运、以爱斯美拉达副主教克罗德敲钟人喀西莫多之间的恩怨情仇为核心，展开错综曲折的故事情节，用一系列的对比把这场美与丑、善与恶、真与伪的斗争表现得惊心动魄。

爱斯美拉达是美的化身，是外在美与内在美的统一。克罗德是虚伪宗教的代表，身披圣袍，一脸严肃，却难掩邪恶的淫欲和凶残的灵魂。喀西莫多恰恰相反，丑陋、驼背、聋哑，内心却十分纯正善良，是外丑内美的极致。三个人物既构成冲突纠葛，又形成鲜明对比。克罗德卑鄙的占有欲，一步步制造着爱斯美拉达的灾难，最终阴险地把她送上了绞架；爱斯美拉达不仅严正拒绝了神父的威胁和利诱，而且勇敢地救助了危难中的诗人和喀西莫多；喀西莫多是克罗德收养的弃儿，他听命于克罗德劫持了爱斯美拉达，但在他为此而被当众鞭笞羞辱时，克罗德却不闻不问，反倒是爱斯美拉达给他送上了救命的水罐。当喀西莫多识破克罗德的罪恶用心和残忍行径后，便对这救命恩人恨之入骨，直至把他从圣母院的顶楼上推下。爱斯美拉达和喀西莫多在外表上形成了极美与极丑的对照，而内心却是同样的纯净善良。喀西莫多深为爱斯美拉达的美所吸引，也为她的品德所感动，他无望地、一无所图地爱着，不惜生命地保护她，直至为她殉葬。外在的丑，把他内在的美反衬得更加突出、更加动人。小说贯穿着强烈的人道主义情怀和浪漫主义精神，是作家继《〈克伦威尔〉序》和《欧那尼》之后，为浪漫主义运动矗立的又一块界碑。

《悲惨世界》是史诗体的小说，小说体的史诗；是人道主义的颂歌，浪漫主义的瑰宝。

雨果在小说序言中这样表述了他创作的基本思想："只要因法律和习俗所造成的社会压迫还存在一天，在文明鼎盛时期人为地把人间变成地狱，并且使人类与生俱来的幸运遭受不可避免的灾祸；只要本世纪的三个问题——贫穷使男子潦倒，饥饿使妇女堕落，黑暗使儿童羸弱——还得不到解决；只要这世界上还有愚昧和困苦，那么，和本书同一性质的作品都不会是无用的。"

书名直译应为《苦难的人们》，贯穿作品始终的是对以冉阿让、芳汀、柯赛特为代表的下层受苦受难人们的深切同情。作家特别把矛头指向了不公正的法律，正是"文明鼎盛时期"的法律，把他们一次次推向了绝境，这无疑是对现代文明制度的尖锐讽刺和批判。

小说以冉阿让跌宕坎坷、大起大落的命运为主线，结构成丰富曲折的情节，使作品在阔大的时间和空间中展开，具有独特的吸引力。作家还别有深意地在前后两部分，分别插入了滑铁卢战役和巴黎的街垒战。前者象征性地结束了拿破仑时代，后者标志着争取共和斗争的开始。这些描写，不仅点染了时代背景，更着意传达出对大革命精神的追寻。

《悲惨世界》最引发争议的是关于"感化"的话题。冉阿让一生有两次与"感化"相关的行动，一次是被感化，一次是感化他人。前者是他被米里衰主教的仁慈所感动，决心从"以恶对恶"转变为"以善对恶"，他由此而改变了人生轨迹，成为"大善""大爱"的化身。正因为有了这次转变，才使他对沙威的感化成为可能。从阶级论或纯社会学的角度，人们有理由对情节的真实性、可信度提出质疑。但雨果作为浪漫主义作家，喜欢通过尖锐激烈的思想矛盾、大开大阖的情绪变化来制造强烈的艺术效果，以宣扬他用"博爱"求"进步"的社会理想。就这点而言，雨果是积极的。他以饱满的热情呼唤人间的真爱，希冀在相互宽容谅解中消融对抗和争斗，尽管不无天真的空想，但毕竟体现了人类对美好的向往。

《九三年》，一部关于革命和人道的沉思录。它是雨果终其一生思想求索的结晶，也是雨果思想求索的象征性终结。

1793 年，是法国大革命历史上暴风骤雨的一年、充满残酷斗争的一年，史称"恐怖年代"。雨果特地选择这一年来艺术地探讨革命与人道如此重大的社会政治哲学问题，可谓匠心独运、胆识过人。

小说在革命与复辟的大背景下展开，交织着敌我的殊死搏斗，革命队伍的内部矛盾，最终聚焦于人性的冲突，意在引发人们的深入思考。

作家为三个主要人物之间设计了特殊的关系。远征军司令郭文是叛军头目朗特纳克的侄孙、实际的养子，从小受他养育之恩；远征军政委西穆尔登是郭文的家庭教师、革命的引路人，他视郭文为"精神的儿子"，他这次肩负的重要任务就是监督郭文，防止他对敌人心慈手软、过于"宽大"。

矛盾的契机是三个被叛军抓作人质的孩子、是孩子的母亲发出的绝望的呼喊。这一事件，依次把三个人物推向了矛盾的尖端。母亲凄厉的哭喊，唤醒了魔鬼心中的上帝，朗特纳克舍弃了逃命的可能，把三个孩子从大火中救出，并亲自把他们送到共和军的手里，自己束手就擒。士兵兴奋地对他高喊："你就是善良的上帝!"郭文早就发出过命令，对罪大恶极的朗特纳克，一旦验明正身，"立即执行枪决"。但这位年轻的指挥官现在面对的却是不顾个人安危、舍身救出孩子的敌人。他不仅没有坚持执行他颁布的命令，反而乔装调包，私自放走了朗特纳克，自己顶替他坐进了牢房。郭文的胆大妄为，把西穆尔登置于两难境地。对革命而言，郭文罪不容恕；但他行为的动机，以及广大将士的真切求情，都使身负监督责任的政委深陷痛苦，难下决心。最后，他在下令处决郭文的同时，也结束了自己的生命。

在这三个人物的艰难选择中，作家突出强调的是郭文的沉思。雨果以激情的诗的语言，层层深入地揭示了他心中尖锐复杂的矛盾。结论是："在绝对正确的革命之上，还有一个绝对正确的人道主义。"郭文的沉思，就是雨果的沉思；郭文的结论，就是雨果的结论。雨果悬设了一个现代文明下的斯芬克司之谜，他的答案未必是人人都能接受的答案，但其放射的理想主义光芒却具有无限的魅力。

1885 年 5 月 22 日，雨果辞世。消息传到议会，议会当即休会致哀，并通过了为诗人举行国葬的决议。6 月 1 日，葬礼在礼炮声中隆重举行。据传，大约有 200 余万民众护送雨果从凯旋门到先贤祠安葬。这是一个文化大国对一位文化巨人的崇高敬礼！

第四节 普希金

亚历山大·谢尔盖耶维奇·普希金(1799—1837)，俄国浪漫主义文学的主要代表，俄国现实主义文学的奠基人，俄罗斯民族文学和文学语言的天才创造者，被称为"俄国文学之父""俄国诗歌的太阳"和最伟大的俄国人民诗人。

普希金于 1799 年 6 月 6 日出生在莫斯科一个古老的贵族家庭，外曾祖父是黑人。这一血统使得普希金酷爱自由、反抗专制，身体强健、热爱生命，同时也欲望强烈、脾气暴躁。青少年时期受过三种教育。一是按当时社会风尚所接受的正规贵族教育，学到了科学、文化知识，掌握了欧洲语言，尤其是法语，学到了一些科学文化知识。二是伯父和父亲为主的诗歌教育。三是以外祖母玛丽娅·阿列克谢耶芙娜尤其是奶母阿琳娜·罗季昂诺芙娜为主的民间文学和民间语言教育。多种教育给予普希金较为宏阔的视野，后来在俄国与西方、贵族与民间等不同文化中寻找平衡，创造和谐。

普希金早慧，八岁开始写诗，一生洋溢着生命的活力：总是不断交际、宴饮、恋爱、决斗，充满激情，创作成绩也很辉煌，30 来年里留下了相当丰富、极其全面的文学遗产，其创作大约可分为三个时期。

　　法国影响时期(1811—1820)。1811 年，普希金进入贵族子弟学校——皇村学校学习，深受法国启蒙思想、法国文学(尤其是诗歌)和俄国哲学家恰达耶夫、贵族革命家与思想家拉季舍夫的影响，因此这个时期大体可以叫作法国影响时期。读书时期写作的《皇村回忆》(1815)初步显露了诗歌才华，受到老诗人杰尔查文(1743-1816)的好评。1817 年 9 月，普希金从皇村学校毕业，作为十等文官供职于外交部。思想趋于成熟，诗歌创作也达到了新的水平。著名作品有《自由颂》(1817)、《致恰达耶夫》(1818)、《乡村》(1819)等反对暴政、歌颂自由、向往民主的政治抒情诗和童话叙事长诗《鲁斯兰和柳德米拉》(1820)。

　　拜伦影响与走向独创时期(1820—1826)。由于政治诗触怒了沙皇亚历山大一世，1820 年 5 月普希金被流放南俄，度过了 4 年放逐生涯。此时期读了自由的歌手——英国诗人拜伦的大量诗歌，他发现了自己真正的诗才所在。再加上自身自由的丧失，他追求自由的思想更强烈、更深沉，创作了《囚徒》(1822)、《致大海》(1824)等名诗。与此同时，被流放的处境、人生道路的挫折、社会变革的酝酿，又使诗人冷静下来，面对现实，思考人生，再加上拜伦作品描写现实生活的影响，普希金创作中的现实主义因素不断加强，创作了"南方叙事诗"(或"南方组诗")，并开始《叶甫盖尼·奥涅金》的创作。"南方组诗"包括《高加索的俘虏》(1820—1821)、《强盗兄弟》(1821—1822)、《巴赫奇萨拉伊的喷泉》(1821—1823)、《茨冈》(1824)，是普希金创作的一个转折点。这组诗的主要内容是张扬个性，歌颂自由，反映了诗人从浪漫主义向现实主义的过渡。

　　1824 年 7 月，普希金因与敖德萨总督冲突，被押送到偏僻的米哈伊洛夫斯克村，过了两年幽禁生活。思想更加成熟，现实主义倾向更加明显。历史剧《鲍里斯·戈都诺夫》(1825)巧妙地运用多种对比手法，塑造了复杂、丰满、鲜明、生动的人物形象，成功地揭示了人性的深度和历史的真实，表达了作家对王权与人民、国家命运的深刻思考。

　　创作辉煌时期(1826—1837)。1826 年 9 月，新沙皇尼古拉一世将诗人召回莫斯科，从此，普希金开始了复杂多变的最后 10 年的创作生活．走向了创作辉煌时期。他开始思考个人与国家、个体与整体的作用问题。历史叙事诗波尔塔瓦》(1829)

初步表现了这一主题，长诗歌颂了一切为了国家利益的彼得大帝。

1830 年 9 月，他准备结婚，却因故在波尔金诺村被迫滞留了 3 个月。这 3 个月成为诗人创作丰收的金秋季节。完成了诗体长篇小说叶甫盖尼·奥涅金的最后两章，创作了 29 首抒情诗，2 首童话诗和 1 首叙事诗，4 部诗体小悲剧，还有别尔金小说集(包括 5 个中短篇小说)、《戈留欣诺村的历史》和 13 篇评论。从此，"波尔金诺之秋"作为作家创作丰收季节的代名词而广为流传。值得一提的是，《别尔金小说集》中的《驿站长》以同情态度描写了小职员维林的悲剧命运，拉开了俄国文学描写"小人物"命运的序幕，对后来的俄国作家影响很大。

普希金晚年完成的作品主要有，小说《杜布罗夫斯基》(1832)、《黑桃皇后》(1834)、《上尉的女儿》(1836)，叙事诗《青铜骑士》(1833)，童话诗《渔夫和金鱼的故事》(1833)。其中《青铜骑士》是诗人晚年炉火纯青之作，被称为"诗的高峰""艺术的奇迹"，表现了诗人继《波尔塔瓦》之后对个人与国家、个体与整体更成熟、更深入的思考。《上尉的女儿》是俄国第一部真实描写农民起义的现实主义作品，主人公普加乔夫被塑造成热爱自由、宁死不屈的英雄和俄罗斯人民的真正儿子，标志着农民起义领袖第一次出现于俄国文学的形象画廊中。

1837 年 2 月 8 日，普希金因与丹特士决斗，身受重伤，10 日不幸逝世。

普希金具有多方面的文学创作才能，在抒情诗、叙事长诗、小说、戏剧、散文、文学批评方面都取得了颇高成就，其共同的特点，自然、简洁、明晰、生动、优美，而且都带有一种明亮的忧伤。普希金还创建了俄罗斯文学语言，确立了俄罗斯语言规范，并创立了俄国民族文学，在诗歌、小说、戏剧乃至童话等各个领域都给俄罗斯文学创立了典范，是当之无愧的俄国文学之父，对后世影响深远。别林斯基认为"只有从普希金起，才开始有了俄罗斯文学"，高尔基则称其为"一切开端的开端"。其中成就最高的是诗体长篇小说《叶甫盖尼·奥涅金》。

《叶甫盖尼·奥涅金》(1823—1830)是普希金的代表作，也是俄国文学史上第一部经典性的现实主义诗体长篇小说。别林斯基称之为"俄国生活的百科全书"。小说共 10 章，其中 8 章完整。男主人公叶甫盖尼·奥涅金是彼得堡的贵族青年。他厌倦了上流社会的寻欢作乐、空虚无聊的生活，正好为继承伯父的遗产来到乡下，认识了邻居地主的女儿达吉雅娜。他拒绝了这位少女纯真热烈的爱情。在一次舞会上，为报复朋友连斯基的欺哄，他故意向连斯基的未婚妻——达吉雅娜的妹妹奥尔加调情，激怒了诗人连斯基。两人发生决斗，连斯基被打死。奥涅金杀死好友，深受良心谴责，便四处浪游。几年后，他又回到彼得堡。这时，达吉雅娜已嫁给一个年老的将军，成了一位显赫而娇美的公爵夫人。奥涅金对她燃起了"孩子般真诚的爱"。达吉雅娜拒绝了他狂热的求爱，称自己虽然还爱他，但"已经嫁给了别人，我将要一辈子对他忠贞"。

奥涅金和达吉雅娜是作品的男女主人公，是小说集中描绘的两个典型形象。

奥涅金是19世纪20年代俄国贵族知识分子的一种典型。他天资聪颖，才智出众，且出身贵族，家资丰裕，从小受过良好的教育，显得风度翩翩，仪表不凡。成年后进入上流社会，也曾随波逐流，天天游乐，"情场得意，战果辉煌，花天酒地，纵情宴饮"，一度成为社交界的宠儿，把大好的青春年华虚掷于舞会、剧院、恋爱、宴饮之中。西欧的启蒙主义思想和拜伦的作品，20年代初俄国社会意识的觉醒，使他从花花公子的浪荡生活中醒悟过来，决心为社会做一些有益的事。他先是打算从事写作来确立自己，可"不懈的劳动，他感到难挨"。接着想到开卷有益，但拿起书来又觉索然。他来到乡下，想在美丽的大自然和淳朴的人们中找到幸福，也告幻灭。他试图进行租役改革，为农民做点实事，但因周围环境的压力，也因自己有始无终，结果半途而废。面对达吉雅娜的求爱，奥涅金仍然拒绝了她——即使是这样一种纯真的感情也不能激发他对生活的热情，由此可见奥涅金对生活的冷漠和厌倦。而与连斯基的决斗，则反映了他心胸的狭窄和意气用事，以及他的利己主义思想。之后，他开始盲目漫游。一种揪心的痛苦追随着他的游踪，他比过去更加绝望了。三年后，他又回到彼得堡上流社会。

奥涅金是一个颇为矛盾、复杂的19世纪优秀的贵族青年的典型形象。他既想有所作为，又由于缺乏决心和毅力，难以振作起来；既有为社会、为他人服务的思想，又保留着颇为自私、贪图安逸的个人主义特性；既有较为善良、高尚的情怀，又有虚荣、利己、无所作为的精神特征。这反映了那个时代自身的社会和文化矛盾。19世纪20年代，由于反法卫国战争的胜利，西方资产阶级文化纷纷涌入俄国，一批批贵族青年觉醒过来。他们受西欧启蒙思想的影响，与花天酒地、落后专制的社会格格不入，不甘沉沦，想有所作为，但没有明确的目标和足够的毅力，无法振作起来，在生活中找不到自己的位置，在俄国和西方两种文化中无所适从，于是，他们怀疑、不满、苦闷、彷徨、孤独、悲观，患了时代的"忧郁病"，他们永远不会站到政府方面，由于脱离生活、个人主义，也不会站到人民方面，只能是悲剧性的"多余人"。奥涅金的生活道路体现了他们普遍的命运，因而他成了俄国文学中"多余人"的鼻祖。20年代的奥涅金，30年代的毕巧林(莱蒙托夫《当代英雄》)，40年代的罗亭(屠格涅夫《罗亭》)，50年代的奥勃洛摩夫(冈察洛夫《奥勃洛摩夫》)，构成了19世纪俄国文学"多余人"系列形象画廊，展示了俄国文学的独特人文景观。因此，"多余人"是19世纪20年代以后俄国文学中出现的一系列贵族青年形象，他们受过启蒙思想的影响，不满现实，但贵族生活方式使他们灵魂空虚，无所作为，成为"永远不会站在政府方面"，同时也"永远不能够站到人民方面"的"多余人"，同时更是在俄国与西欧文化间无所适从的人(文化意义)。

达吉雅娜是普希金精心塑造的俄罗斯文学中第一个最真实、优美的妇女形象，她是19世纪20年代优秀贵族妇女的典型形象。诗人着重描写她身上的诗意，严肃审慎的生活态度，热情大胆的言行举止和高度的责任感，着重揭示她身上所蕴含的高尚的精神美和道德美。

达占雅娜的个性深深植根于真正的生活——自然和人民之中。她生长在偏僻的乡村，是在宗法制生活环境、民间古老的传统习俗和大自然的怀抱中长大的。她从村民和奶娘等淳朴的人们中，从动人的民间文学中，从美丽和谐的大自然中，从所读卢梭等描写性格坚强、爱得深沉、富于自我牺牲精神的少女的书中，培养了诗意的感情、热情大胆而又严肃审慎的健全个性，尤其是强烈的责任心和道德感，具有一颗俄罗斯民族的灵魂。她对奥涅金大胆主动的追求，表现了她摆脱平庸单调生活而追求诗意爱情的强烈愿望，也表现了越对当时贵族道德规范的反叛，体现了俄国妇女个性的苏醒和对生活权利的正当要求。她最后的忠诚于丈夫，则是不愿把自己的幸福建立在别人的痛苦上，表现出了强烈的责任心和突出的道德感。她在道德上不可动摇的坚定性和责任感，远远超出了家庭生活的范围。而独特、深刻地表现了具有甘愿做出自我牺牲精神的一代人的崇高理想，展示了俄罗斯民族的精神气质和巨大的道德力量。普希金把道德的纯洁、强烈的责任感、高度的自我牺牲精神等带入俄国文学，奠定了此后俄罗斯文学道德化的基础，影响深远。

作品通过奥涅金的经历，生动深刻地表现了具有独特个性而又脱离生活、脱离人民的个人在当时社会的命运，同时，通过达吉雅娜的形象树立了道德责任与健全个性的典范，卓有远见地呼吁俄国的贵族青年和俄国的文化必须与真正的生活——自然与人民——保持密切的联系，才能生存和发展。这是当时面临社会变革的重大时期俄国贵族青年的一个迫切问题，也是面对西欧文化的冲击，俄罗斯文化该如何发眨的一个重要问题，因而具有重大的现实意义。

《叶甫盖尼·奥涅金》的艺术特征主要表现为：一是独创性的诗体小说。诗体小说是介于叙事诗和小说之间的一种文学样式，是具有小说特点的一种叙事诗，是用诗的形式写成的小说。与一般叙事诗相比，它不仅篇幅更长，而且像小说那样具有人物、情节、环境三要素，比较细致地描绘人物性格，具有较为完整的情节结构。只是它是用诗的语言进行描写，能抒发更强烈的感情，而描写又往往不如小说细致具体。诗体小说是英国诗人拜伦首创的一种文学样式，普希金首次把它引入俄国文学中，并增加了独特的俄国生活与文化的内容。这部作品是诗人用独创的"奥涅金诗节"写成的一部十四行诗体小说，描写当代社会生活中普通青年的平凡故事，充满了现实主义精神。诗人曾经宣称，《叶甫盖尼·奥涅金》虽然受拜伦《唐璜》的影响，但毫无共同之处。从表现形式看，《叶甫盖尼·奥涅金》是用他独创的"奥涅金诗节"来写的一种十四行诗体小说，这是一种独一无二的创新。从创作方法看，《唐璜》是一部描写爱情和冒险的叙事长诗，写的是过去的时代，他乡异域的传奇故事，充满了浪漫主义情调；而《叶甫盖尼·奥涅金》则是一部描写当代社会生活的诗体小说，描绘的是现实生活中普通青年的平凡故事，充满了现实主义精神。就诗的格式而言，小说各章以独特的"奥涅金诗节"组成，这种诗节虽然每一节诗都由十四行诗组成，但普希金对其韵律进行了创造性的改造，已与西欧流行的十四行诗迥然相异。诗节由 3 组 4 行诗和 1 组 2 行诗组成，诗行采用与俄罗斯民歌相近的 4 音步抑扬格，音节数为 9898，9988，9889，88，押韵方式为第一组 4 行用交叉韵 abab，第二组 4 行用双韵 ccdd，第三组 4 行用环韵 effe，第四组 2 行用连韵 gg。这种诗节让轻重音节有规律地间杂使用，音韵既整齐又丰富多样，从而使诗歌的每一部分在动人的韵律中既相互勾连，又完整有序，而整个小说中同一形式的诗节重复排列，又形成整齐、均匀的节奏。同时，诗节形式虽然相同，内容却相对独立，除少数例外，每节最后两行小结全节内容。因而，这种诗节既有利于保持全书前后形式上的统一，又便于自由转换话题，在严整中透出活泼。这样，全书便显得既自然、优美、流畅，又整齐、严谨、活泼，在艺术尤其是韵律上达到了近乎完美的高度。

二是强烈的抒情因素。这种抒情因素不仅表现在第三人称的叙述上，同时特别突出地表现在抒情插话上。小说的抒情插话数量多，内容丰富多彩。其中牵涉面比较大的抒情插话有 27 处，随时插话多达 50 处。有时，小说以抒情主人公的身份出面与读者进行轻松而无拘束的交谈，评论各种人和事，或直接介绍自己的往事、经验和感悟，诗人似乎与男女主人公生活在同一空间和时间里，和作品中的人物一样触景生情，并且互通声气；有时，诗人为小说中人物的命运时而感叹，时而讥讽，时而调侃，时而谴责；有时，让小说中的人物沉痛地斥责上流社会的虚伪和喧嚣，但仿佛让读者感到这不是书中人物在讲话，而是诗人在讲话。普希金的抒情插话开阖自如，变化无穷，但都带有强烈的抒情因素。

三是丰富多彩的叙述方式。作品极其巧妙地把拜伦诗体小说的抒情、议论与莎士比亚式的叙事结合起来，且巧于裁断，自铸新体。以莎士比亚式的叙事反映广阔的现实生活，塑造较复杂的人物形象；在叙述过程中又将抒情、议论完美结合。这就有利于褒贬时事，议论人物，展示诗人的内心世界。这种熔抒情、议论、叙事为一炉的独特叙事方式，深深影响了果戈理和屠格涅夫。同时，在作品中，诗人既是故事的叙述者，又成为故事中的登场人物，这种出入自如的身份变换，使得作品的叙事更生动有趣。

四是完美和谐的复线对比结构。作品打破了此前流行的单线结构，而采用了独特的复线对比结构。其一，男女主人公两条线索双向推进，相反相成，构成对比。起初是奥涅金从都城来到乡下，拒绝达吉雅娜的求爱，后来则是达吉雅娜从乡下来到都城，拒绝奥涅金的求爱。在此过程中，反映了人物性格的变化，揭示了人物的道德情感。其二，抒情主人公与男女主人公构成复线，形成对照。抒情主人公伴随男女主人公始终，不时出面"现身说法"，或抒情，或议论。抒情主人公那眼光敏锐、富于激情、风趣幽默的个性，与忧郁、孤独、冷漠的奥涅金，与感情丰富、道德纯洁的达吉雅娜相映成趣。其三，作品中人物的多重对比。这里，既有奥涅金的冷漠与连斯基的热情、达吉雅娜的精神丰富与奥尔加的头脑简单以及男女主人公之间的对比；又有奥涅金、达吉雅娜、连斯基等个性突出、思想觉醒者的"智慧的痛苦"与奥尔加毫无个性、满足现状的平庸的幸福的对比。既有连斯基追求奥尔加与达吉雅娜追求奥涅金的情爱对比，也有达吉雅娜与妹妹、母亲的婚姻对比，等等。这些强烈的对比使人物的性格更加突出、鲜明，给人以难忘的印象。

第七章　19世纪现实主义文学

19世纪30年代至60年代的40年间，在浪漫主义文学持续发展的同时，现实主义文学以请进的势头涌入文坛，众多杰出的作家和作品，遍布欧美各国，形成壮阔的文学主潮。长篇小说的丰收，尤为令人瞩目。

第一节　现实主义文学大潮

一、现实主义文学的历史文化与文学特征

从19世纪30年达开始，英国等欧洲现金国家陆续进入资本主义经济稳定的发展期。科学技术的成就，工业文明的进程，促使各种学术思想活跃，不同程度地影响着人们对世界的审视，影响着作家们的思考和创作。达尔文的进化论，基佐等历史学家关于"阶级""等级""阶级斗争"的历史观，黑格尔的辩证法，费尔巴哈的唯物论，孔德强调现象和经验的实证主义，圣西门、傅立叶和欧文的空想社会主义，乃至马克思、恩格斯创立的科学社会主义，等等，它们产生的背景、研究的起点和终点都不尽相同，甚至互相对立矛盾，但却从不同的角度为现实主义文学提供了丰富的思想资源。

这一时期，欧洲各国报纸杂志盛行，出版业发展迅速，为政治家、思想家、文学家、评论家们提供了施展才能的舞台。他们或以这些刊物为阵地，组织队伍，制造舆论；或聚集志同道合者，切磋学术，宣扬主张。各国统治者都十分害怕思想的锋芒和舆论的压力。法国的七月革命，导火索正是波旁王朝取消新闻自由的

一道敕令。1830 年 7 月 25 日，查理十世签署敕令，宣布一切报刊的出版必须得到批准，凡违背法律的报刊，一律没收其印刷机。这一敕令引发了记者和印刷工人的抗议，《国民报》等几家自由派报纸不顾敕令坚持出版，警方便蛮横地强行拆除印刷机，引起双方激烈冲突，进而发展成全社会的反抗行动，直至演变为"光荣三日"(27 日—29 日)的街垒战。革命胜利后，正式废除了书报审查制度，使出版业重获生机，各类刊物迅速增加，激进思想广泛流传，影响远远超出了法国国界。刊物的自由发展，自然是文学的福音。许多著名作家的长篇小说，都惯于先在刊物上连载，然后才成书出版。一则可吸引读者的阅读兴趣，保证刊物的发行量；二则可及时吸纳读者反映，有效探测市场需求，从而使作品更贴近大众、为大众所喜闻乐见；三则可定期为作者提供经济收入，以保障他们度日与写作之必需。这一特殊的文化氛围，对现实主义文学的繁荣大有裨益。

二、现实主义文学发展概况

现实主义与浪漫主义两大文学思潮的更迭转换是渐行渐变、难以截然划分的。两大流派的共同之处在于都以面向当代社会生活为其基本出发点，许多现实主义的大作家都曾受过浪漫主义文学的熏染，并创作过浪漫主义风格的作品，从浪漫主义步入现实主义；而浪漫主义大师们也常常在作品中融入现实主义的方法，对现实的揭示越来越深入，形成"两结合"的特色。

19 世纪 30 年代，是文学艺术活跃繁荣的年代。1830 年，是欧洲文学史重要的年份。这一年通常被视为欧洲现实主义文学的奠基年。年末，11 月 15 日，斯丹达尔的《红与黑》出版，被后人称为现实主义诞生的标志。而同年年初，2 月 25 日，雨果的戏剧《欧那尼》的上演，却是浪漫主义最终战胜古典主义的轰动性事件。这一历史的"巧合"形象地表明，二者并非线性的接替关系，更非拒斥性的颠覆。它们的发展历程是相互影响、相互促进，在彼此汲取中携手走向繁荣的。

现实主义文学，没有登高一呼的主帅，没有慷慨激昂的宣言，有的只是一位位长于思考的作家奉献出的一部部丰实厚重的作品。从19世纪30年代到50年代，欧洲各国都相继出现了一些重要作家和重要作品，构成了现实主义的第一波。但此时，"现实主义"在坊间却是个贬义词。某些保守的权威人士，对法国画家米勒(1814—1875)、库尔贝(1819—1877)等一派以劳动者的平凡生活和苦难场景为题材的写实画风嗤之以鼻，贬斥为不登大雅之堂的"现实主义"之作，拒绝库尔贝的作品参展1855年的世博会。库尔贝愤而单独举行个展，并醒目地在门口的招牌上写道："现实主义库尔贝，他的四十件作品展"。即使这样，库尔贝仍未认同这一称谓，在画展的《前言》里，他声称："现实主义者的名称被强加于我，正如浪漫主义者的名称被强加于1830年的艺术家们一样，各种名称在任何时候都不能正确地说明它们所代表的事物。"而与此同时，他又阐明了他朴实的艺术观点："像我所见到的那样如实地表现出我那个时代的风俗、思想和它的面貌，一句话，创造活的艺术，这就是我的目的。"这一简明的表述，显然不足以包容现实主义的丰富内涵，但作为最初的"正名"者，它却具有重要意义。

1856年，以作家杜朗蒂(1819—1877)为首的三位年轻人，顶着舆论的压力，大胆创办了一份名为《现实主义》的刊物，旗帜鲜明地为这一新潮流呐喊。尽管由于种种原因，刊物在短短半年里只出版了6期，但它却如愿引起了社会的关注。影响广泛的《费加罗报》即时做出反应："现在，一份报纸问世，目标是严肃且十分明确的，艺术中的真实。""现实主义"终于得以"验明正身"，取得了文坛的"合法"地位。同年福楼拜的《包法利夫人》的成功和翌年小说家、批评家尚弗勒里(1821—1889)的论文集《现实主义》的出版，更进一步确立了现实主义的历史地位。遗憾的是，此时斯丹达尔、巴尔扎克等一代巨匠已然谢世多年，现实主义文学史已进入了19世纪五六十年代以福楼拜为代表的第二阶段。

社会现实与"理性王国"的华美约言相去甚远，社会弊端的日益展现和社会矛盾的日益激化迫使人们不得不以冷静的眼光来看待自己的生活处境和人际关系。浪漫主义的激情和理想、抽象的抗议和愤怒的谴责，都不足以满足时代的需求。代之而起的是从寻常生活出发、着力揭示社会本相的现实主义文学。

现实主义文学继承了传统的反映论，把对社会现实的观察和摹写置于首位，强调要广阔而深入地表现历史的真实。唯物史观的发展和普及、自然科学的新发现，使作家们有了更自觉的意识和更有力的武器。他们把真实反映生活、记录时代风云、揭示历史规律视为创作追求的目标。而典型化则是他们遵循的基本原则，透过现象寻求本质，将现实主义创作推向了新的高度。"典型环境中的典型性格"，是恩格斯对这一时期创作实践的经典概括。典型人物的塑造，为文学画廊增添了难以数计的鲜活而深刻的艺术形象。

细节的真实，对客观事物的精确描写，是现实主义又一鲜明特征。认定物质环境会左右人们的性格和命运，使作家们对外在世界认真调查，倾心观照，准确描绘，以求最大限度地将其真实再现。"小说如果在细节上不真实，那它就没有任何价值。"①巴尔扎克把细节的意义提高到决定作品生命的高度，本意仍在于突出强调对真实的追求。

在文学史上，这段历史又常被称为"批判现实主义"。因为这一代作家都自觉地肩负沉重的历史使命感，把文学固有的批判作用发挥得酣畅淋漓。

他们多数属中小资产阶级知识分子，在政治、经济、社会等各方面，均处于不得志的地位。他们大都深受启蒙学说的熏陶，既仇视封建的等级制度，也不满于唯利是图的金钱法则，因而能对现行秩序展开无情的批判；而对现实不断深入的探究，又更强化了他们的怀疑和否定精神。他们并非只懂得批判，但他们对黑暗的揭露，确实远胜过对光明的描绘。

浪漫主义文学以抒情性的诗歌见长，而现实主义文学则以叙事性的小说取胜。作家们执意要"书写历史"，要表现"社会人"，小说，特别是长篇小说，便成了最佳选择。与18世纪的小说相比，这时期的长篇进入了成熟期。从情节结构到细节描写，从人物塑造到语言运用，都达到了很高的水平。其中一些内涵丰富、历史感强、艺术完美的杰作，被人们称为"百科全书式"的作品。

19世纪30年代，法国浪漫主义文学正在雨果等一干大家的推动下步入高潮，而一批默默无闻的新秀也相继登上文坛，为人们奉献出一本本风格相对平实、批判锋芒却更为尖锐的佳作。法国作家开风气之先，把对当下社会现实的深度描写

---

① [法]巴尔扎克. 巴尔扎克全集（第一卷）[M]. 北京：人民文学出版社，1984，第14页.

率先引进艺术创作。封建势力与资本主义之间的角逐，构成19世纪前40年法国社会生活的基本内容。斯丹达尔、巴尔扎克等，都曾尝试过浪漫主义的写作，但他们却最终选择了直面社会现实，深入揭示社会关系的道路。他们通过对广阔的社会生活的准确描绘，尖锐地批判了封建贵族和大资产阶级，展示了封建统治定将被资本主义所取代的历史规律，从而揭开了文学史新的一页。

普罗斯佩尔·梅里美(1807—1870)的创作，代表着从浪漫主义向现实主义的过渡。他从19世纪20年代末进入文坛，中世纪题材的剧本《雅克团》(1828)和长篇历史小说《查理九世王朝轶事》(1829)，以其强烈的反封建精神引起反响。而真正为他带来赫赫名声的是此后陆续写成的中短篇，这些作品大多取材奇异，构思新颖，形象鲜明，想象丰富，格调独特，充溢着某种野蛮之趣和反叛之力。早期的如《马蒂奥·法尔戈纳》(1829)、《塔曼果》(1830)，后期的如《高龙巴》(1840)、《嘉尔曼》(1845)等，都是脍炙人口的名篇。《嘉尔曼》经著名作曲家比才(1838—1875)改编成歌剧(1874)后(歌剧在中国通译为《卡门》)，更是风靡全球，成为家喻户晓的精品。作品塑造了嘉尔曼这一火辣辣的吉卜赛女郎形象。她敢于挑战世俗、挑战秩序，以狂野的激情追逐个人的绝对自由。她不是道德的榜样，但她的爱情悲剧在物质化、私欲化的现代文明中，却迸发出叛逆的异样光彩。

1856年至1857年，是法国文学的又一个重要年份，主要事件有，刊物《现实主义》创办，福楼拜的《包法利夫人》出版，波德莱尔的《恶之花》成集。在前期文学辉煌的基础上，新一代作家们面对第二帝国的骄奢淫逸、黑暗腐败，开始进行新的探索。现实主义文学的宏观视野和批判锋芒似有所削弱，但却有力地揭示了繁荣表面背后的内在危机，从而更深入地触及现代文明进程中的精神退化。受实证主义哲学的影响，人们相信事实本身更甚于作家的判断性导向，因而客观冷静的叙事风格日渐取代作者的激情投入，启迪了19世纪六七十年代自然主义理论和创作的诞生。波德莱尔对现实的批判同样尖锐，但他另辟蹊径的创作却开了现代诗歌的先河。然而，令人震惊的是，这两位杰出的作家竟先后被当局以"有伤风化"罪送上了法庭。一个伤风败俗的社会，最喜欢以伤风败俗治罪。

英国的现实主义文学产生的背景是英国资本主义的迅速发展。从19世纪30

年代到 70 年代的 40 年间，辉煌的维多利亚时代前期，英国的机械化、工业化和城市化都踏上了快车道，疯狂的海外扩张使它成为雄霸全球的"日不落帝国"。贫富分化，道德沦落，矛盾激化，是早期资本主义经济繁荣的必然产物。有着 18 世纪现实主义小说传统的英国作家们，此时创造了小说的又一次繁荣。狄更斯、萨克雷、勃朗特三姐妹、盖斯凯尔夫人等一批优秀作家，多侧面地反映了这个最具典型性的资本主义社会。例如，劳资矛盾的描写，便最先出现于英国作家的笔下，为欧美文学提供了先例。

威廉·梅克皮斯·萨克雷(1811—1863)是当时与狄更斯齐名的作家，他们先后步入文坛，但身份和阅历却大不相同。他是富家子弟，受过高等教育，熟悉上流社会。家境的突变，迫使他从浪荡公子走向自力更生："当我没有了黄金的时候，我的黄金时代开始了。"他的成名作是讽刺性特写集《势利者集》(1846—1847)，而为他争得巨大声誉的是随之发表的长篇小说《名利场》(1847—1848)。小说以两位少女爱米丽亚和蓓基·夏泼为主人公，通过对她们不同性格和命运的描写，继续着特写集的主题，展开对弥漫全社会的唯利是图法则的无情批判。蓓基·夏泼的形象具有典型意义。孤儿出身的她，备受社会歧视，使她学会用"狠毒"和"心计"来"报复"社会，以谋取自己的最大利益。她损人利己的种种卑劣手段令人发指，但其所作所为也只不过是整个"名利场"上上演的一台戏。蓓基·夏泼的不仁，对应的是社会的不义，在这个男性统治的名利场里，一个没有任何背景的女子的"奋斗"，很无耻，也很实际。萨克雷如实地再现了这个"典型环境"和"典型环境中的典型人物"。

宪章文学是持续十年之久的宪章运动的组成部分。运动期间，全国各地的工人为组织群众、宣传群众，创办了许多刊物，培养出一批工人作家诗人。他们以笔为武器，激情地传达本阶级的声音，与法国的工人诗歌一起，揭开了无产阶级文学的序幕。宪章诗歌的代表诗人有琼斯(1819—1869)和林顿(1812—1897)等。

与西欧相比，俄国落后的农奴制现实赋予了文学以更沉重的使命。优秀的作家们，大多直接间接地参与过不同形式的社会斗争，有的还因此而遭受残酷的迫害。因而俄国文学"文以载道"的特色更为鲜明，废除农奴制进而结束封建专制统治，成为俄国文学的独特主题。文学也以自己的方式投入了"俄国向何处去"的大争论。俄国文学本身，就是植根民族土壤，并大量吸取西欧先进思想的产物。很多作家都到过西欧，甚至移居西欧，与西欧作家交往甚笃。文学批评的蓬勃开展和评论家们的推波助澜，更有力地促进了现实主义文学的强势发展。

尼古拉·华西里耶维奇·果戈理(1809—1852)是俄国现实主义文学的奠基人，也是讽刺艺术最杰出的代表。他步入创作深受普希金的影响：他在普希金的启发下，编写了两本乌克兰民间故事集《狄康卡近乡夜话》(1831—1832)，使他一举成名；他的精彩短篇《外套》和《狂人日记》等，继续着普希金的"小人物"传统；普希金为他提供素材写出的著名讽刺喜剧《钦差大臣》(1836)，更使他名声大噪。由于作品批判的尖锐性，果戈理在舆论压力下被迫出走，定居罗马。1842年，他发表生平最重要的长篇小说《死魂灵》(第一部)，引起强烈反响。小说以乞乞科夫走遍各地收购"死魂灵"(即仍在册的死去的农奴)为基本情节，以绝妙的讽刺手法成功地塑造了几个性格各异的地主老财的丑恶形象，其中守财奴泼留希金最为人们称道。作品对俄罗斯腐败现实的揭露和否定，引发了激烈的争论。争论使作者走向妥协，并在其后 10 年间断断续续地写作"第二部"，企图以正面讴歌来取代"第一部"的批判。但良知使他无法认可谎言，作家在病逝前终于痛苦地烧毁了消耗他大量精力的"第二部"书稿。

在这场论争中，评论家维萨里昂·格里戈里耶维奇·别林斯基(1811—1848)写下了著名的《给果戈理的一封信》(1847)，严肃地批评了果戈理的"背叛"，产生了巨大影响。别林斯基从 19 世纪 30 年代登上文坛，先后为多家进步杂志撰写专稿或主持专栏。他的文章思想敏锐深刻，文笔潇洒泼辣，深受读者特别是青年读者的喜爱。别林斯基和车尔尼雪夫斯基(1828—1889)、杜勃罗留波夫(1836—1861)等批评家一道，展开活跃的文学批评。他们的文学批评，具有鲜明的政治倾向，成为反农奴制运动的重要组成部分，更促成了 40 年代以降俄国现实主义文学的高度繁荣。车尔尼雪夫斯基还以惊人的毅力在狱中创作了长篇小说《怎么办?》(1863)，塑造出新人的形象，宣扬了空想社会主义的革命理想。

果戈理开创的写实风格文学，被保守派贬斥为专写污秽、缺乏美感的"自然派"。别林斯基接过这个称谓，大力赞扬"自然派"在揭露黑暗、表现真实方面所做的贡献。批评家们对新人新作的鼓励评介，更催生了一支为数众多的现实主义作家队伍。

波兰、匈牙利、捷克、斯洛伐克、保加利亚、罗马尼亚等中欧国家，长期受到俄国、普鲁士、奥地利、土耳其等异族的奴役，处于相对落后的状态。在西欧各国接二连三的政治动荡的影响下，民族解放运动时起时伏。与之相呼应的文学，为弘扬民族独立的精神做出了不懈的努力。1848 年欧洲革命浪潮汹涌澎湃，一批战士—作家应运而生，其中最杰出的代表是匈牙利诗人裴多菲·山陀尔(1823—1849)。中国读者是通过那首警句式的小诗认识这位诗人的："生命诚可贵，/爱情价更高；/若为自由故，/二者皆可抛。"(《自由与爱情》，1847)高尚的革命情怀，对自由的执着追求，精道地概括了这一代民族志士的精神风貌，也是他多数诗歌的共同主题。更令人感动的是，他身体力行，积极投身反抗俄奥的起义斗争，并在战场上献出了年轻的生命。在短短 10 年左右的创作生涯中，他写下了 800多首短诗和 8 部长诗，最重要的代表作《使徒》(1848)，塑造了为争取自由而英勇献身的英雄形象。

第二节　巴尔扎克

法国作家奥诺雷·德·巴尔扎克(1799—1850)是 19 世纪上半叶欧洲最杰出的现实主义作家。

巴尔扎克出生在法国中部城市图尔的一个中等家庭里。祖上本是姓"巴尔萨"的农民世家，前面更没有那个体现贵族身份的"德"字，是其父善于应变，出于虚荣，悄悄改变了祖宗的姓氏，同样虚荣的长子也就乐享其成，堂而皇之地将"德·巴尔扎克"沿用一生。

在巴尔扎克的记忆中，少年时代寄宿学校的日子是冰冷而乏味的，所幸的是在一位开明老师的帮助下，他获得了进入图书馆借阅图书的权利。于是，徜徉书海便成了这个不安分的孩子无趣生活中的最大乐趣. 而喜欢胡乱涂鸦，还使他博得了"诗人"的雅号。

1814 年，巴尔扎克全家迁居巴黎。1816 年. 他进入大学学习法律，并先后到律师事务所和公证事务所实习。他不喜欢这个职业. 但这个职业的特殊性却使他有机会目睹许多千奇百怪的社会现象，触摸到经济利益统辖下的复杂人际关系。这段实践，为他日后的创作积累了有益的经验。

1819 年，结束大学学业后，巴尔扎克并未听从父母之命投身律师行业，而是突如其来地提出要去当作家。在与家庭一番讨价还价之后. 他竟获得了两年的"创作试用期"。他搬进一间位于五层楼顶的阁楼，过起了饥寒交迫的"作家"生活。大约一年后，他交出了一出诗体悲剧《克伦威尔》，可惜无人赏识。但他并不气馁，转而找到一位"合作伙伴"，开始以赚钱为目的的流行体小说写作。成名之后，他不再承认这些用笔名发表的作品出于自己之手，而斥之为"真正的文学破烂儿"。

而立之年，巴尔扎克以一部大革命题材的作品《舒昂党人》(1829)正式登上文坛，并迅速进入了第一个创作亢奋期。《苏镇舞会》(1830)、《玄妙的杰作》(1831)、《红房子旅馆》(1831)、《高利贷者》(1831—1835)等一些优秀的中短篇，已显露出作者对转型期社会生活的敏感和对事体原委探讨深究的偏好。而《驴皮记》(1831)、《夏倍上校》(1832)和《欧也妮·葛朗台》(1833)等佳作，更充分展示了作家社会批判的才能，也使他迅速蹿红欧洲大陆，进入了名家行列。

《驴皮记》被作家称为"神秘书"，具有明显的浪漫色彩，表现了丰富的想象力。小说以一张神奇的驴皮贯串，演绎出一部生命与欲望纠结的悲剧。这张古董店里的野驴皮，具有神奇的魔力：它能满足人的一切欲望，但每实现一个愿望，它就缩小一次，表示人的寿命缩短一节。情场与赌场双双失利的贵族青年瓦朗坦，决定结束自己的生命，而绝处逢生就是因为见到了那张驴皮。绝望中他决心以生命为代价豪赌一把，这意味着骄奢淫逸的都市生活又吞噬了一个年轻的灵魂。当他如愿获得巨额财富后，眼见因愿望的实现而使寿命受到威胁，他却步了，转而拒绝一切诱惑以延长生命。放浪形骸的纵欲和行尸走肉般的禁欲，都是人性的扭曲、畸形的存在。通过瓦朗坦这极端的表现，作家对人生的价值取向提出了深究和追问。瓦朗坦交往的两个女性，具有象征意义。妖冶放荡的馥多拉，代表着社会，代表着现实；纯情如水的波利娜，代表着精神，代表着理想。两相强烈对照，巴尔扎克在猛烈抨击物欲横流、人欲横流的社会现实的同时，推崇的是人格的完善、精神的升华。

《驴皮记》堪称巴尔扎克创作的哲理起点。欲望无法实现的生命是悲哀的，它把人推向死亡；弃绝一切欲望的生命是苍白的．它失去了存在的意义；欲望的无限膨胀，则是毁灭一切的力量。欲望与生命的悖论，成为作家一以贯之追问的难题。

最初的成功令作家雄心勃发。他不再满足于绘制一幅幅单独的风俗画，而着意于构建一个全景式的"体系"，以再现当代的社会风貌。1834 年，巴尔扎克为他未来的恢宏大戏拉开了序幕——《高老头》。小说的题旨，很大程度上体现了作家创作的总体意图。在这部作品里，作家还有意识地把过去出现过的人物在这里重现，并为一些人物可能的未来作了适当的铺垫，由此透露出他将其作品用人物再现的方法勾连成一个整体的"预谋"。有论者统计，《人间喜剧》共有人物约 2742 个，重现的竟有 573 人之多，而其中的拉斯蒂涅、皮安训、纽沁根等形象再现的作品高达二三十部。

两个主要场景分别是伏盖公寓和鲍赛昂夫人的客厅。前者是下层社会的缩影，聚集着一群身份各异而命运多舛的人物。他们挣扎在贫困线上，却无时无刻不在各显神通地寻找着发迹的机会。后者则集合着上流社会的各色"精英"，花团锦簇难掩失意者的愁容，温文尔雅背后是尔虞我诈的明争暗斗。上下交集，构成一幅复辟时期巴黎社会的全景图。

两个主要人物分别是高老头和拉斯蒂涅。前者是公寓里仅有的过气"富人"，他与两个不孝女儿的故事，演绎的是法国复辟时期拜金主义日渐成风的社会病态。后者的"成长史"，具有很强的典型性，鲍赛昂夫人、伏脱冷、高老头的"言传身教"，恰似一堂堂生动的人生教育课，深刻震动了他脆弱的灵魂。

年轻单纯的拉斯蒂涅从外省来到巴黎寻梦。横在他面前的这个五光十色的世界．诱使他无以抗拒地一步步陷入泥潭。在鲍赛昂夫人的客厅里，他目睹了这位名媛贵妇的命运转折，认清了贵族头衔不得不让位于金钱力量的历史趋势。在伏盖公寓的餐桌旁，伏脱冷的阴谋令他胆寒，伏脱冷的"开导"更使他如醍醐灌顶，茅塞顿开，而这个强悍的盗匪最终竟也败在了警察用来收买小人的几个小钱上。高老头老无所求，唯愿倾其所有让两个宝贝女儿快乐，女儿的回报却是没完没了地索取，直至将老爹完全榨干，然后抛弃。拉斯蒂涅与高老头关系密切，他不仅成了其女儿的情人，而且一直陪伴老人度过了最后的日子。一桩桩严酷的事实，迫使他选择了"堕落"——涂黑良心，不择手段。一个外省的贵族子弟，变成了资产阶级的纨绔子弟，与鲍赛昂夫人的隐退相呼应，展示了贵族颓败的走势。

高老头有钱时，是两个女儿家的座上客，受到女儿女婿的热情接待。波旁王朝复辟，面粉商的身份不再光彩，钱财也渐渐被他们掏空．高老头再也进不了女儿的家门。为节约开支以满足女儿的挥霍，他不得不搬进了贫民窟式的公寓阁楼。一心向往上流社会的女儿们，不仅没有任何收敛，反而变本加厉，步步紧逼。大有非将"柠檬"彻底"榨干"不可的架势。高老头之死是这出家庭丑剧的高潮：一面是弥留之际的老父亲哭天喊地地召唤着女儿，一面是花他的钱盛装打扮起来的女儿在鲍赛昂夫人的舞会上大出风头。此刻，高老头才悟出了"钱能买到一切，买到女儿"的残酷真理，令人不寒而栗。至于父亲的丧事，女儿们既不肯破财．也不前来送葬，只派来"有爵徽的空车"。老人家生前死后的种种际遇，把赤裸裸的金钱关系展示得淋漓尽致。

伏脱冷是《人间喜剧》中一个很独特的形象。他是个象征性的恶魔，又是活生生的典型。他为法律所不容，是被警方追捕的逃犯，但他深谙世间之道，擅长高谈阔论、妙语连珠地道破最卑鄙的法则，让人瞠目结舌，拍案叫绝，他的存在就是对法律的挑战。他极度仇视这个社会、仇视社会的黑暗和不公，但他信奉弱肉强食、以黑吃黑，并以此开导涉世未深的拉斯蒂涅，扮演着青年人"精神导师"的角色。他既是作家批判的对象，又常以对社会腐朽败德的嬉笑怒骂为作家"代言"。

《高老头》不仅在展示社会历史进程方面体现了《人间喜剧》的基本思想，而且在艺术上也相当程度地体现了巴尔扎克的创作风格。小说出色地反映了转型期人与人之间的关系，精确地描绘了伏盖公寓、鲍赛昂夫人府邸等客观场景，并以此为依托，成功地塑造了一系列性格鲜明而又具有较强概括意义的人物形象。人物与环境形成有机的互动关系。

此后，作家的创作一发而不可收。他常常每天工作 12 到 16 个小时。他还有着与众不同的写作习惯，就是要在校样上修改，一遍、两遍、三遍——精益求精，直到满意为止。因此，我们常说，巴尔扎克总是同时在创作四部作品：一部是正在写的，一部是正在印的，一部是在校样上反复改的，一部是正在脑子里构思的。他常常沉浸于自己的艺术世界，与他笔下的人物共同体验生命的激情。据传，在弥留之际，他曾呼喊着他笔下人物的名字，还要那位善良的名医皮安训赶快来挽救他的生命。

1839 年，巴尔扎克正式启动编纂他的作品总集，受但丁《神曲》（"神的喜剧"）的启发，定名为《人间喜剧》。1841 年，他在为总集所写的"前言"中表示，他是要"将全部作品联系起来，构成一部包罗万象的历史，其中每一章都是一篇小说，每一部小说都标志着一个时代"①。封建贵族的没落衰亡和资产阶级的发迹，构成了法国波旁王朝和七月王朝的主要历史内容。敏于观察和长于思考的巴尔扎克牢牢把握这一时代特征，在《人间喜剧》中以细致入微的笔触、多角度多层面地再现了这一转型期的社会风貌。他设想，《人间喜剧》分为"风俗研究""哲理研究"和"分析研究"三部分，而规模最大的"风俗研究"，又分为"私人生活""外省生活""巴黎生活""政治生活""军旅生活"和"乡村生活"等六个"场景"。从这一构想中人们不难看出作家全面深刻反映时代风貌的刻意自求。

从 1829 年的短篇小说《苏镇舞会》开始，到作家离世时尚未最终完成的长篇《农民》，巴尔扎克始终怀着矛盾复杂的心情关注着贵族的命运。《苏镇舞会》把复辟时期贵族政治上得势、经济上虚弱的尴尬处境描述得十分到位。在此背景

---

① 巴尔扎克.巴尔扎克全集[M].北京：人民文学出版社，1984，第 7 页.

下，贵族少女冥顽不化的门第观念受到了无情的嘲讽。而一个能顺应潮流、既保持高贵品德又擅长经营之道的年轻绅士的形象，代表了作家朴素且带几分天真的社会理想。到《古物陈列室》(1836—1839)里，作家以两个势不两立的沙龙集团之间的明争暗斗，喻示两个阶级的升沉较量。其中的贵族世家虽在道德上处处显得"正直"而"高尚"，但面对阴险狡诈的资产者却只能节节败退，一筹莫展，接受无可挽回的衰落命运。《禁治产》(1836)中的主人公是位"超凡入圣的贵族"，为洗刷家族的罪恶，他倾其所有去偿还祖辈用阴谋手段侵吞的财产。但他的义举却遭到家人的通力反对，直到将他投入精神病院，禁止他管理家族的财产。贵族的美德，不仅未能挽回日下的世风，甚至无法保住个人的尊严和自身的安全。历史的演进常常不得不以道德的沦丧为代价，忠实于现实的巴尔扎克，虽难以掩饰他对贵族的同情和偏爱，但仍能如实地反映出他们每况愈下的历史处境。《农民》(1834)是作家耗时最多而没能最终完成的作品，由其妻在他身后整理发表。这部晚年之作，围绕一座庄园展开贵族、资产者和农民三方的争斗，明枪暗箭，刀光剑影，激烈程度前所未有，最后的失败者仍然是贵族。从巴黎到外省，从城市到乡村，从社会到家庭，从婚姻到外遇，从地位的沉浮到观念的破灭，巴尔扎克广泛而步步深入地描写了贵族社会日趋衰亡的颓势，并从经济上的脆弱和政治上的无能两方面，揭示了这一历史趋势的必然性。

巴尔扎克在为贵族退场鸣奏凄婉哀乐的同时，又为资产者的登台敲响了开场锣。他为贵族形象涂抹上"可笑"和"可怜"的油彩，却在资产阶级的脸谱上勾勒了"可憎"和"可怕"的线条。形形色色的暴发户欲壑难填，气势逼人。他们代表着一个新的时代，创建着一种新的生活形态，同时也给世界制造着新的灾难。

《红房子旅馆》(1831)为我们讲述了一个杀人越货的故事，而主人公在后来的作品中成了富甲一方的大银行家。作家别有深意地指出，他走向成功的原始积累就是"一摊血"，而所有暴发户的生财之道都同样经不起"盘根问底地追问"。《夏倍上校》里但维尔律师开出了一张"罪恶的清单"，历数资本社会中种种扭曲的人际关系，尽显人性的堕落。巴尔扎克并不简单地否定财富的积累，而是愤怒谴责掠夺财富的卑劣手段和对人性的无情戕害，进而深入批判了资产者损人利己、唯利是图的本性。《高布赛克》中的高利贷者嗜金如命，不择手段地搜刮钱财，得意地自称"无人知晓的国王""命运的主宰"。但他越富有越吝啬，拜金主义使他毁灭了别人，也毁灭了自己的灵魂；他以金钱的力量主宰着他人的命运，金钱也将他的灵魂彻底物化。以外省为背景的《欧也妮'葛朗台》(1833)，将这一主题更加扩大和深化。老葛朗台是个土财主，但他的生财之道远胜于高布赛克，经营领域迅速扩张，赚钱手段越发多样，财源也随之滚滚而来。膨胀的财富更激活了膨胀的贪欲，认钱不认人的"节俭"使他把妻子女儿都当成盘剥的对象。"六亲不认"的悭吝人，把一切关系都简化为金钱关系，甚至上帝的镀金十字架也是可攫取的财宝，到天国后还得结清尘世的账目。老葛朗台的形象丰富而深刻，是《人间喜剧》画廊中最令人难忘的人物之一。

金钱，是《人间喜剧》的真正主角。同时代著名的理论家泰纳指出："金钱问题是他最得意的题目……创造了金钱和买卖的史诗。"在巴尔扎克搭建的舞台上，我们似乎无处不遇到金钱这个"人间"的上帝，它牵动着每个人物的神经，左右着每个形象的行为，主宰着每个角色的表演。

关于《人间喜剧》，丹麦著名文艺理论家勃兰兑斯从横向作如是评述："巴尔扎克自己的国度，像一个真正的国度一样，有它的各部大臣，它的法官，它的将军，它的金融家……我们不由自主地想到当时的法国就熙熙攘攘地住满了这些人物。而且这是法国的全部风貌。因为巴尔扎克按照顺序描写了法国每一部分的城镇和地区。"恩格斯从纵向做出如是判断："他在《人间喜剧》里给我们提供了一部法国'社会，特别是巴黎的上流社会'的卓越的现实主义历史，他用编年史的方式几乎逐年地把上升的资产阶级在 1816—1848 年这一时期对贵族社会日甚一日的冲击描写出来……他汇集了法国社会的全部历史。"

巴尔扎克的现实主义，不以正面描写政治风云、重大历史事件见长，而是专注于在日常生活场景中融入阶级的变迁、时代的信息，在平凡中寻求不平凡的内涵。高屋建瓴的历史感和精细入微的现实感相结合，构成《人间喜剧》的鲜明特色。作家对转型期的社会环境，从政治层面到经济利害，把握准确，开掘深入，对客观环境观察细致，描摹极富质感。环境的典型性为人物的活动提供了真实可信的背景，也成为促使人物性格发展的依据。

《人间喜剧》的世界既是现实的世界，也是想象的世界。巴尔扎克不仅擅长观察分析，而且具有丰富的想象力，并常以疯狂的激情投入作品、注入人物。如波德莱尔所言："他的所有人物都具有那种激励着他本人的生命活力，他的所有故事都深深地染上了梦幻的色彩。"因而，作家对法国社会历史的独特读解，绝非平面的复写，而是极具穿透力的"洞观"。

"艺术家的精神是远视的，世人看得很重的琐事，他视而不见。然而他与未来对话。"巴尔扎克的创作超越时空，仍以其生动的形象和哲理的思考启迪着今人的思维。而他在小说艺术中的创新，连新小说派的主将之一布托尔也不得不承认，它们"是在 20 世纪最富独创性的作品中才产生了回响，而这种丰富的创造力还远远没有穷尽"。

第三节 福楼拜

居斯塔夫·福楼拜(1821—1880)，文学史家公认的法国最典型的现实主义作家，也有人把他视为自然主义的先驱。他不是多产作家，精雕细刻而又不留痕迹是他的执着追求。

他的故乡是法国北部的卢昂市，塞纳河从它身旁流过。其父是当地著名的外科医生，曾任卢昂市医院院长；子承父业，他哥哥继任了这一职位。人们认为，没有成为医生的居斯塔夫·福楼拜，却在观察生活和描摹现实时，继承了父兄精致入微的"手术刀"精神。

福楼拜中学毕业后遵从父命，到巴黎学习法律，但他对此毫无兴趣。借着一次突然的晕厥，他回到卢昂家中养病，并以此为契机，征得父亲无奈的同意，开始转向他自幼喜爱的文学。1846 年，父亲去世，他和母亲住进卢昂郊区的克瓦塞——塞纳河畔的一座简朴的别墅。从此，这里就成了他终身的栖息地，除了短暂的外出旅行外，福楼拜孜孜不倦地埋头写作，不舍昼夜。据传，屋里通宵达旦的灯光，常被塞纳河上过往的船只视为引航的灯塔。

《狂人之忆》(1838)、《斯玛尔，古老的秘密》(1839)等福楼拜的早期习作，与多数作家起步时一样具有浪漫色彩。雨果是这一代人少年时代的偶像。但是，当他沉静下来投身创作时，当他独自品味人生、思考社会时，他却作了逆向的选择。他不那么关注社会的动荡，他不那么关心个人的名利，他不急于发表作品，他不喜欢在作品中表现自己的倾向——福楼拜，走着自己的路。

1843 年，他开始构思写作《情感教育》，但未能完成，更准确地说，是写得很不理想，仍未摆脱浪漫抒情的影响。朋友们建议他从现实中吸取素材，并向他推荐当时闹得沸沸扬扬的德拉玛尔事件。这是 1848 年登载在《卢昂日报》上的一则轶闻，老实憨厚的乡村医生德拉玛尔娶了位崇尚浮华的地主小姐，她不满婚后的平庸生活，先后有了两个情人。但情人们都只是和她逢场作戏，她却因此而债台高筑、无力偿还，最终服毒自尽。福楼拜接受友人的建议，以此为框架，并走访了一位有过类似经历的女士，花费将近五年(1851—1856)时间埋头写作，完成了一部惊世骇俗的长篇——《包法利夫人》。从 1856 年 10 月 1 日到 12 月 15 日，小说在友人杜刚主办的《巴黎评论》上分期连载。副题《外省风俗》，显然受到作者崇拜的巴尔扎克《人间喜剧》的影响。谁也没有想到，填补六年来巴尔扎克留下的空白的，竟是外省一个不知名的作家。他的首部长篇不仅宣告了继承者的到来，而且还标志着现实主义新阶段的开始。

在社会新闻里，有关德拉玛尔的报道只能算是一则很普通的绯闻轶事。但是，福楼拜借此为人们提供的却是一部催人泪下、发人深省的厚重之作。"包法利夫人就是我。"作家和爱玛一起走过了痛苦的一生，他把自己的生命体验全部倾注于人物形象身上。据传，有一次友人来访，见福楼拜正痛哭流涕，原因竟是"包法利夫人死了"，可见作家对女主人公用情之深。小说里，离世前的爱玛泪流满面地对着镜子照了许久。她是在叹息不幸的命运，还是在努力再认识自己?最终以一声"瞎子"的呐喊结束了悲剧人生，也许这就是她幻想破灭后悟出的答案。她"盲目"地、跌跌撞撞地走完了自己的一生，她说她不"怪罪"任何人。但是，她真就没人可怪罪吗?作家给读者留下了联想的空间。

她曾有过清纯的年代,也曾有过不切实际的幻想。所受教育制造了她的幻想,所处现实粉碎了她的幻想。从幻想的产生到幻想的破灭,人生的每一步都仿佛曾出现过希望,但旋即便是更大的失望,直至最后的绝望。她力图寻找属于自己的幸福,但在一个气氛沉闷、道德沦丧、金钱至上的社会里,她找到的只能是如子爵形象般的幻影(这个幻影竟陪伴她终生),或是一个个充满诱惑的陷阱。包法利的平庸,隐喻的是像蛛网一样无所不在的无聊;侯爵的舞会,点燃了她对浮华奢靡潜在的强烈欲望;罗道尔弗的狡诈,把她引入歧途;赖昂的圆滑,令她无力自拔;外省奸商勒乐,不动声色地一步步把她逼入绝境;被爱玛视为救命稻草的公证人,毫无"公正"可言;罗道尔弗的虚伪无耻,给了她最后致命一击——爱玛在令人窒息的氛围中走向死亡。"此时此刻,我可怜的包法利夫人正在法国二十个村庄里———一同在受苦,在哭泣。"作家强调人物的真实性、典型性,这是他创作的底线,也是最高的追求。

《包法利夫人》引起的"轰动"效应超乎人们的想象。小说刚刚结束连载,作者就被告上了法庭,证明其确实触痛了社会的神经。1857年1月29日,连载结束才一个多月,福楼拜便和出版者、印刷者一道不得不坐到了"第六轻罪法庭"的被告席上。小说被控伤风败俗,诽谤宗教,诉状要求对作者严加惩办,判处两年监禁。法兰西第二帝国专制政权在1852年恢复对新闻出版的审查和控制制度后,这已不是第一次对作家作品提出公诉。但是,这次他们未能如愿。作品的成就和舆论的力量,使福楼拜在这场博弈中成为赢家。雄辩的律师塞纳尔在辩护时引用了当时在政坛和文坛上都极有影响力的诗人拉马丁给作者的信:"人们蔑视您的著作所具有的特点,而且下令进行起诉,这已经令人遗憾。但是,为了我们国家和时代的荣誉,不可能找到一个法庭来审判您。"这桩诉讼案,不仅以法庭宣判无罪告终,而且适得其反地使默默无闻的福楼拜名声大振。对作品持续的毁誉之争,相当于无形广告,促使小说不胫而走,这是愚蠢的当权者始料不及的。

初出茅庐,就招来铺天盖地的谩骂、围攻,直至被送上公堂,这自然是任何一个青年作者都难以承受的压力。福楼拜虽然为最后的胜利而感到欣慰,但这段经历毕竟是刻骨铭心的。可能是为避锋芒，也可能是他自称的厌倦了"丑恶的事物"和"肮脏的环境"，他的笔触暂时离开了当下的现实。他花费约五年时间，进行实地调查、翻阅史料、酝酿构思，创作了一部公元前 3 世纪迦太基时期的历史小说——《萨朗波》(1862)。

1869 年，20 多年前的一部旧作翻新出版：《情感教育》，副题是《一个青年人的故事》。这是 40 年代作家草拟的作品，因被朋友们认为不成功而暂且被搁置起来。经过长时间的沉淀，作家重新提笔，完成了这部堪称《包法利夫人》姐妹篇的当代生活画卷，再一次揭示了资本主义上升期青年人追求与现实之间的矛盾。

《情感教育》的主人公，是从外省来到巴黎寻梦的青年莫罗。他带着几分才情，几分幻想，拽着女人的衣裙，在充满诱惑的首都闯荡。但是，公子哥儿的懒散和意志的缺失，使他一事无成。对女性的追逐，既没给他带来渴望的爱情，也没给他带来渴望的名利。与其相对应的是他的朋友戴洛立叶。此君缺少的不是意志，而是"原则"。他在纷乱的政治斗争中投机钻营，处心积虑出人头地，结果是哪头都不讨好，被社会彻底唾弃。"一个梦想爱情，一个梦想权势"，最终皆成泡影。在回顾往事、反思人生时，"他们责怪机缘、环境以及自己出生的时代"。他们比包法利夫人似乎多了些理性的见地，但却同样难免失败的命运。作家不相信现实会为年轻人提供更好的结局。

福楼拜素以淡漠政治甚至厌恶政治著称，对巴黎公社起义的不满更多为后人所诟病。但在《情感教育》里，作家却引人注目地在认真研究史料的基础上描绘了 1848 年二月革命和六月革命的有关画面，把个人命运与历史风云相联系，使小说具有更浓烈的时代色彩和历史的纵深感。这正是作家坚持"真实""客观"原则的又一重要胜利。

19 世纪 70 年代，作家相继创作了《圣安东的诱惑》(1874)和短篇集《三故事》(1877)，其中《一颗简单的心》最为脍炙人口。它以朴实的笔法讲述了一个平凡女佣的平凡故事。她有过痛苦的经历、不幸的爱情，但她没有被生活压垮，而是以一颗简单淳扑的心，呵护着需要她呵护的所有人，甚至一只鹦鹉。作家一方面深沉地表达了这位下层女性的善良心地和纯情大爱，另一方面又以她不谙世事的麻木表现了乡间生活的闭塞停滞。小说并无跌宕起伏的故事，却在娓娓道来中焕发出动人心弦的魅力。

《包法利夫人》一出现，就形成了整个一种文学进展。近代小说的公式，散乱在巴尔扎克的巨著中，似乎经过收缩，清清楚楚表达在一本四百页的书里。新的艺术法典写出来了。《包法利夫人》的清澈与完美，让这部小说变成同类的标准、确而无疑的典范。在文学进程中，《包法利夫人》扮演了承前启后的重要角色。历史资料的考据，现实生活的观察，谋篇布局的严谨，语言文字的考究，使福楼拜的文风被公认为法国近代文学的"标准"和"典范"；特别是他力主"不暴露自己"的冷静客观写作，不仅把对"真实性"的追求提高到了新的境地，为自然主义铺展了道路，而且，启迪了20世纪文学的"现代性"。

第四节　托尔斯泰

列夫·尼古拉耶维奇·托尔斯泰(1828—1910)，俄国巨人式的作家，长寿，多产，深邃，影响之深广难有人能与之比肩。

托尔斯泰，人称伯爵，出身于贵族世家，拥有一片不小的庄园，过着无忧的富裕生活——这一社会身份。和睦温馨的童年，慵懒闲适地博览群书，对文学的偏爱，与大自然的亲近，上层的社交生活……都是他作为贵族所独享的"特权"，也是他得以成为作家的先行条件。但是，他却一直在凭一己之力与他依附的这个阶级抗争，憎恨其生活方式，努力摆脱其束缚，不断忏悔，不断挣扎，直至发生所谓"阿尔扎马斯的恐怖"，即在该地突然产生对人生的极度焦虑和恐惧。为寻找答案，他深入研读哲学神学著作，走访神职人员。他对人生意义、人生终极目标的追问似乎过于执着了，紧张到要把绳子、猎枪之类的"凶器"藏起来，以防自己会走火入魔选择自尽。他主动参与人口调查，到监狱、贫民窟等地进行考察，亲自组织赈灾活动等，从而了解到贫富悬殊的严重，更感觉贵族寄生生活的可耻。19世纪七八十年代之交，他终于完成了从贵族立场向宗法制农民立场的转变。他不仅反对农奴制、反对沙皇政权，而且把矛头指向官方教会，认为基督教的真谛应当是博爱、温顺、律己、非暴力等。他把宗教和道德的力量视为改造社会的根本动力。连陀思妥耶夫斯基这样的信徒，也不理解托翁一度对宗教的狂热痴迷，以为他简直是"疯了"。他没有疯，他太真诚了，他要告别贵族阶级腐朽生活的努力，不是停留在口头上、思想上，而是切实地付诸实际行动。他早年就想过以代役租的方法解放农民，但得不到农民的信任而未能实施。作为地主和农民纠纷的调解人，他总是偏向农民而引起地主的不满，终被解聘，甚至遭到抄家。为从根本上改变农民的命运，他有意从教育入手，先后为农民子弟建了20多所学校，但均半途而废。在决心弃绝贵族生活后，他身体力行，戒酒吃斋，下地耕种，担水劈柴，还帮助村民盖房、救火——这位世界级的大作家，完全成了一个地道的老农民，而且是自觉自愿的。雅斯纳雅·波良纳庄园，这块他如此依恋的土地，滋润了他的敦厚情怀，记载了他多少改革的梦想，但他却一次次想要离去，为的是与"旧我"诀别。他的执拗，已引起家人的不满，他仍"执迷不悟"。直至最后一次，他离开了庄园，也彻底离开了这个世界。最后，他还是回到了这里，静静地躺在白杨树下，没有墓碑，没有十字架。一个作家，与自己的身份长期作如此壮烈的抗争，甚至不惜以生命为代价，在世界文学史上，这绝对是绝无仅有的特例。

托尔斯泰是位思想者，他的创作，是他精神探索的艺术结晶，尤其是他最著名的三部经典。

《战争与和平》，托尔斯泰的第一部长篇，却一举获得了"世界最伟大小说"的美誉，这不能不说是个奇迹。

小说以19世纪前20余年这一动荡的历史时期为背景，通过四大家族的生活变迁，特别是安德烈和皮埃尔两位年轻一代主要人物的人生经历和精神求索，展开对"战争"与"和平"中的俄国的全景式描写，深入思考了祖国的历史命运和人生的终极意义，从而被公认为具有史诗规模和史诗气韵的辉煌巨著。

小说书写了许多重大历史事件，重点是1812年抵御法军入侵的战事。在作家笔下，这场关系民族存亡的战争，既暴露了俄国农奴制社会和官僚体制的腐败衰弱，也表现了俄罗斯民族蕴藏着的不可战胜的精神力量。据专家统计，小说中的真"假"人物共有559人之多。帝王将相，战士农民，前线后方的各色人等，敌我双方的各路好汉，可谓应有尽有，覆盖了整个社会，而其中着墨最多的是作家熟悉的上层贵族。他把贵族分为两种类型，形成对比。以库拉金一家为代表的宫廷贵族，对祖国的安危漠不关心，却醉心于奢侈豪华的生活，一如既往地钩心斗角、争名夺利、放荡不羁，是社会的败类和蛀虫。而保尔康斯基和罗斯托夫两家，则真诚、厚道、平实、爱国，且道德高尚，富于牺牲精神，他们代表着与人民大众相通的健康力量，是拯救祖国于危难之中的精英。

安德烈和皮埃尔，从外貌到性格都截然不同，但却成了一对生死之交。安德烈英俊潇洒，豪放干练。他两赴战场，冲锋在第一线，两度身负重伤，直至光荣牺牲，是位充满英雄主义色彩的斗士。皮埃尔憨厚木讷，淳朴善良。他曾虚度年华，还意外地继承了巨额遗产，娶了库拉金家放荡的女儿爱仑。但他在和平的后方，却能顺应时代潮流，在自己的领地上进行解放农奴的改革。在战争的关键时刻，他不畏风险，身藏匕首，要在莫斯科刺杀入侵的拿破仑。最后，他参与了十二月党人式的秘密团体活动。他们都受过伤害、挫折，有过痛苦、彷徨，但是他们都能自觉地把自己的命运和祖国的命运紧密相连，自觉地执着追求真理和人生价值。

《战争与和平》是巨幅历史画卷。真实的历史与艺术的虚构浑然一体，真实的人物与创造的形象相互交错，丰富多彩的场景描述与细腻深入的心理刻画相得益彰，叙事与哲思巧妙结合，使其成为小说史上一座难以企及的高峰。

"幸福的家庭都是相似的，不幸的家庭各有各的不幸。"一句"格言"，引出一个凄婉的悲剧故事，一部"尽善尽美的艺术作品"(陀思妥耶夫斯基语)。《安娜·卡列尼娜》，看似一部家庭小说，但绝不仅仅是家庭小说。

安娜—卡列宁—渥伦斯基，列文—吉蒂，两个平行而又交叉的家庭故事。前者描写的是俄国两大城市(彼得堡和莫斯科)的上层贵族生活；后者向农村延伸，触及农奴制改革，更体现了作家的精神探索。前者以安娜的卧轨自尽作结，是对虚伪的道德社会的愤怒控诉；后者以列文向上帝的靠拢结尾，旨在用博爱的基督精神疗救社会的创伤。

如书名所示，安娜的形象居于作品的中心。主人公美丽的外貌，源自普希金的女儿玛丽娅·普希金娜；安娜的悲惨结局，取自邻近庄园主情人的悲剧。但作家塑造的却是一个全新的人物，一个与自己的命运、与整个上流社会抗争的女性形象。美丽绝伦、气质高雅的安娜，不幸嫁给了比她大20多岁的"官僚机器"卡列宁，成为没有爱情的婚姻的牺牲品。年轻英俊的军官渥伦斯基的出现，燃起了她对美好爱情的向往，身不由己地陷入了激情的漩涡，同时也就成了众矢之的，招来了道貌岸然的上流社会的责难和辱骂。面对种种压力，安娜有过痛苦，有过妥协，但最终还是勇敢地迎接挑战，公开与渥伦斯基走到一起，表现出对既存秩序的高度蔑视。真诚地追求爱情、幸福和自由，坦荡地追求本应属于自己的完美人性，是这个人物最具魅力之处。她是坚强的，也是脆弱的。她痛感整个社会"全是虚伪的，全是谎话，全是欺骗，全是罪恶!"对"完美"的执着，使她终于"理智"地"摆脱""苦难"，告别了这个令人无法容忍的世界(世界也同样无法容忍她)。

列文也曾想到过自杀，那是因为他的"不流血革命"的失败，是因为对人生意义探索的绝望。托尔斯泰喜欢写这样的形象，因为这里面有他的身影。列文厌倦大城市的奢华生活，热衷庄园的农耕生活和农事改革，试图让农民以股东身份与地主合作经营(这也正是作家自己做过的试验)，但由于得不到农民的信任和理解而未能实现。善良的列文，没能在事业上获得成功，却赢得了纯真的吉蒂的爱情，建立了幸福的小家庭。这是对列文精神的补偿，也是与安娜悲剧的对照，托尔斯泰总愿意给作品留下能使人宽慰的亮色。列文的人生探索，最终找到的只是并无多少新意的"照上帝的指示办"这一灵丹妙药，但其求索的紧张痛苦过程，却体现了作家令人感佩的严肃的人生态度。

完成于19世纪最后10年的《复活》，是以一件真实的司法案情为蓝本创作的。经过作家的拓展和开掘，小说完全超越了刑事案件的内涵，成了一部全面批判俄国社会、深入探索人生意义的巅峰之作，为托尔斯泰半个世纪的创作画上了完满的句号。

19 世纪俄国文学提出过的问题，如谁之罪、何为罪、何为罚、怎么办，等等，托尔斯泰在这部小说里仿佛想要一一作答。

法庭上的被告玛斯洛娃的身份是妓女，莫须有的罪名是毒害了一个嫖客。法官判她有罪，她却大喊冤枉。那么，究竟谁是这个社会里真正的罪人呢?是谁逼良为娼、把玛斯洛娃推向了痛苦深渊?又是谁以法律的名义制造冤案把她送去西伯利亚服刑? ——围绕这个被欺凌与被侮辱的底层女性的悲惨命运，围绕聂赫留朵夫的四处奔走游说，托尔斯泰对俄国社会展开了全方位无情的批判。贵族纨绔子弟聂赫留朵夫的"一夜情"，是她悲剧命运的开始。怀孕后的玛斯洛娃被姑妈扫地出门，为求生计，她受尽屈辱和折磨，最后不得不沦为妓女：富人的凌辱，生活的重压，歧视的目光，摧残了如花的姑娘，扭曲了纯洁的灵魂。更有甚者，本应维护公正的法律，也加入了对受难者的迫害。小说开篇审判玛斯洛娃的一幕，极具讽刺意味。法庭上麇集着一群色眯眯而又各怀鬼胎的判官．他们根本不关心案情，只想尽快结束庭审以去寻欢作乐。这些宣判玛斯洛娃为罪人的无耻之徒，终日浑浑噩噩、荒淫无度，随意草菅人命，运用手中权力不断制造冤假错案，他们才是真正的罪人。最初的"肇事者"聂赫留朵夫便在其中，所幸的是，他良心未泯，在认出玛斯洛娃后就开始意识到自己所犯下的罪过。随着聂赫留朵夫奔波的足迹，作家给我们"引见"了从律师、典狱长、看守长，到将军、省长、大法官、国务大臣等各色人物，几乎代表着整个国家机器。正是这整部机器、整个制度，制造着玛斯洛娃式的无数冤案。

聂赫留朵夫是个忏悔者的形象。被判刑的是玛斯洛娃，但受到良心强烈责罚的却是聂赫留朵夫。面对自己酿造的恶果(玛斯洛娃的悲惨状况)，他也曾产生过侥幸心理，希望她被流放后即与他毫无瓜葛;但他最终无法摆脱心灵的重负，决心负起应负的责任。他的忏悔反思，逐步深化，不是停止在思想上，还要落实于行动中，这就使它产生了双向的效果。对客观世界而言，奔走呼号的过程，使他越来越深入地接触到社会各个角落的黑暗、越来越清楚地认识到贵族阶级以及司法官僚机构的腐败和残忍。因此，他不仅尽力为玛斯洛娃和其他罪犯们申诉，还要在自己的庄园里进行农事改革，企图以一己之力改造社会。主观方面，他一直在寻求自我救赎之路。从在法庭上认出玛斯洛娃开始，他就陷入了痛苦和自责。他提出要和玛斯洛娃结婚，自以为是为了拯救对方，而玛斯洛娃却尖锐地指出，"你打算用我来拯救你自己"。确实如此，他是在为拯救自己的灵魂进行着艰苦的斗争。遭到玛斯洛娃一再拒绝后，他决定陪同她前往西伯利亚，并想方设法改善她的处境，减轻她的刑罚。这既是在帮助玛斯洛娃，希望补偿自己的过失，也是在寻找慰藉，平复心灵的愧疚。同时，他还以放弃贵族的财产、特权和生活方式等举动，表示与本阶级彻底决裂的决心。忏悔已不仅仅针对一个人、一件事，而是触及他的人生态度。深入他的处世哲学。最后，他终于得到了玛斯洛娃的原谅，作为忏悔者的归宿，则是在《福音书》的启示下开始了"全新的生活"。"全新的生活"是精神的"复活"。作家让我们相信，聂赫留朵夫不再是原来的那个聂赫留朵夫了。而玛斯洛娃"复活"后选择与政治犯"好人"西蒙松一起生活，也许可以理解为托尔斯泰对俄罗斯未来的一点并不清晰的暗示。

托尔斯泰的创作以视野开阔和内涵丰富著称于世。这三部经典的素材，或经过历史的考察，或取自具体的事件，但作家都依据自己的生活积累，大大扩展了所反映的社会面，融入了作家的哲理思考，使作品具有历史的规模和现实的纵深感。在形象塑造上，作家则擅长深入内心，结合外在事件的发展，细致揭示人物复杂的心理变化。在《复活》里，聂赫留朵夫对玛斯洛娃的悔过与赎罪，环环相扣，又都清晰可辨，心理刻画准确细腻。

第五节　契诃夫

安东·巴甫洛维奇·契诃夫(1860—1904)，俄国著名的"短篇小说之王"，杰出的剧作家。在这两个迥然不同的领域里，他都达到了难以企及的高度，令人叹为观止。

在俄罗斯长长的作家队伍中，契诃夫不是一个政治倾向性很强烈的作家，但却是一个触觉敏锐、感情细腻的作家。由 470 多个中短篇小说组成的艺术世界，五彩缤纷，众生芸芸，令人目不暇接。他对人性善恶的揭示，入木三分。无论是习作时期的幽默小品，还是早期的优秀短篇，都显示了他嘲讽恶劣人性的高超才能。《小公务员之死》中的小公务员竟为一个喷嚏的唾沫星溅到将军的秃顶而诚惶诚恐，直至一命呜呼；《胖子和瘦子》中的童年玩伴瘦子与胖子重逢，瘦子竟在得知胖子升迁的消息后，不由自主地尽显谄媚的丑态。卑微的奴性，附着在灵魂的深处。《变色龙》的精彩"表演"，是喜剧，更是悲剧。狗咬人，这是个并不难判的案子。但是，"变色龙"警官在做判断时，却非要让"狗仗人势"。当他认为这是野狗时，他要严惩主人；当被告知可能狗主是将军时，被咬者就受到了训斥；在听说狗主不是将军时，他喊着要打死它；话音未落，又有消息说狗的主人是"将军的哥哥"，于是，一副献媚嘴脸转向了小狗——可笑的"变脸"后面，是"人仗狗势"的劣根性。《普里希别叶夫中士》则把这种奴性引向"暴力"。这位军士本已不在其位，大可不谋其政，但惯性使然，他仍视村人为敌，横眉冷对，不准聚众，动辄挥拳，即便在自己被拘禁放出后，还要对聚在一起谈笑的百姓狂呼"散开"。暴政猛于虎，暴政使人性之恶膨胀发酵。无限忠于专制制度的"普里希别叶夫"，通行于一切专政时代，它已成为暴虐蛮横的代名词。而《哀伤》《苦恼》《万卡》等作品继续着俄国文学"小人物"的传统，把弱者痛苦的生活和忧郁的善性表现得催人泪下。

《第六病室》是一篇可以让人发狂的作品。一座脏乱差的医院，一间乌烟瘴气的病室，一派令人窒息的氛围；而维护"疯子"们秩序的，是莽夫尼基塔的拳头，他可以随意殴打病人。无疑，这是一个象征，是俄罗斯现实的缩影。小人物格罗莫夫在物质生活与精神生活的双重重压下，无法摆脱恐惧感的缠绕，被关进了第六病室。拉京是医院的负责人，有责任改变医院的现状，但善良和懦弱使他安于现状、无所作为。可他却在第六病室里发现了很有思想的格罗莫夫，于是便经常来找他聊天、争论处世哲学。不料，这竟成了觊觎他位置的对手的口实，对手卑鄙地把他作为疯子也投进了病室，拉京最后被尼基塔毒打中风致死。一对难兄难弟"疯子"，承受着非人的屈辱和虐待，态度圭圯全然不同。拉京不断用"蔑视痛苦"以求"内心平静"的哲学来说服格罗莫夫接受现实，结局却是对他有力的嘲讽和无情的打击。格罗莫夫与他针锋相对，不断咒骂这牢房，也不断呼唤"好日子"的到来。小说是作家库页岛之旅后的产物，据说在那里他走访了近万名囚徒和移民，目睹了流放犯所受的非人待遇和残酷折磨。《第六病室》里将正常人关进疯人病室、遭受肉体特别是精神强力压迫的构思，具有巨大的象征意义。人们从中感受到的正是整个俄罗斯黑暗现实对广大民众的迫害和摧残。

契诃夫的短篇题材多样，几乎覆盖社会生活的一切方面。而对小市民自私、庸俗、保守、疏懒、虚荣、伪善、愚昧等陋习的批判，则是他最擅长的领域。《姚尼奇》写一个奋发有为的年轻医生，如何在一座小城慵懒的氛围熏染下一步步变成了脑满肠肥、气喘吁吁、不求进取的市侩。《醋栗》的主人公，人生的目的就是发财致富，购买一片庄园种植栗树。过着有醋栗可吃的幸福生活。最具批判精神、也最为著名的作品是《装在套子里的人》。主人公别里科夫是中学教师。他的封闭保守如同他教授的古希腊语。他总不忘用雨鞋、雨伞、大衣、墨镜、幔帐、被子等物品把自己包裹起来。他的座右铭是"但愿不要惹出什么事端"。他害怕甚至仇视一切新鲜事物。更让人厌恶和畏惧的是，他还有"告密"的恶习，由此而成为自觉的卫道士。他的意外死亡，被写成了喜剧性事件。他躺进了棺材，带着"几分喜色，仿佛很高兴他终于被装进套子，从此再也不必出来了"；而他的同事们也感到他的死亡"是一件令人高兴的事"，但大家又都不愿"流露出这份喜悦的心情"。同事们为此松了一口气，但很快就担心起来："我们埋葬了别里科夫，可是还有多少这类套中人留在世上，而且将来还会有多少套中人啊!"这个短篇超越了作家惯用的写实笔法，以极度的夸张，塑造了这个既自绝于外在世界又对外在世界构成极大威胁的阴暗形象。他并非专制工具，却更甚于专制工具。人们不仅害怕"这一个"，而且要为现在和未来的许许多多别里科夫担惊受怕。一个充斥着别里科夫们的社会，是多么可怕的现实。从《第六病室》到《装在套子里的人》，契诃夫的创作已开始渗透荒诞意识。

短篇小说作家写剧本，按常理会很重视戏剧冲突的尖锐和解决矛盾的突兀，以求得浓烈的戏剧性效果。但契诃夫却大反其道，走了一条淡化情节因素、铺陈生活、寻求内在戏剧性的新路，并取得了巨大成功。他以他为数不多的几个剧本，与1898年才建立的莫斯科艺术剧院合作，创造了影响世界剧坛的斯坦尼斯拉夫斯基"体验派"表演体系。一位剧作家的创作，催生了一个表演艺术体系，可谓戏剧艺术史上辉煌的一页。

《海鸥》情节平淡，节奏舒缓，似一杯香而不烈的醇酒。年轻作家特里勃列夫写了个自以为创新的剧本在乡间别墅的舞台上演出，他的女友宁娜担任主演。演出遭到他母亲和她的情人的否定，他们分别是当时著名的女演员和剧作家。剧作家不仅批评了他的创作，还拐走了他的女友，这使他深受伤害。宁娜被剧作家抛弃后，继续在演艺事业上奋斗，并取得了成就。两年后，她路过故乡，与特里勃列夫叙旧，又燃起了他的热情，但被宁娜拒绝。特里勃列夫绝望自杀。

这里没有正面人物与反面人物的对立，没有尖锐而完整的戏剧冲突，没有明确的开始和结束。人物在舞台上自在地生活着，"生活"在舞台上缓缓流动。剧中一只被特里勃列夫不经意打死的海鸥，是个多意的象征物。它是高傲的、自由的、满怀希望的，又是孤独的、脆弱的、会被无缘无故杀害的无辜生命。宁娜写信时署名"海鸥"，特里勃列夫曾暗示会像杀死海鸥一样杀死自己——但它似乎更象征着不可知的命运。作品以主人公的死作结，而特里勃列夫自杀的缘由却并不清晰。是失恋，是事业无成，还是生活无聊?都是，又都不是，给读者留下了足够想象的空间。

《樱桃园》是契诃夫生命最后的"绝唱"。难能可贵的是，创作剧本时，作家已病入膏肓，但他不仅艰难地完成了这部杰作，而且在剧中乐观地发出了"新生活万岁"的呼唤，显示了作家坚定的信念和顽强的意志。

"樱桃园"是祖辈留下的一处美丽的贵族庄园，但主人加耶夫、柳苞夫兄妹两人挥霍无度，坐吃山空，又不善经营，不得不拍卖给新贵商人罗伯兴，而罗伯兴就是他们家农奴的后代。因此，樱桃园的易主，不仅仅是一次商业交易，更意味着是新旧时代的历史更迭。罗伯兴也很欣赏庄园的美景，但他从实利出发果断地决定砍伐樱桃树，建造别墅，招徕游客。这一破坏性的建设，这一声声砍伐树木的声响，结束了封建主的统治，也结束了旧时温情脉脉的生活方式。柳苞夫百感交集地喊道："别了，我的生活，我的青春，我的幸福!"而大学生特罗菲莫夫则热情洋溢地欢呼："新生活，你好!"

契诃夫在此前的多篇作品中通过身份各异的人物都喊出过对新生活的期盼，这是作家积极的生活态度所使然。但不容讳言，"新生活"的内涵于他是相对空泛的。这是世纪之交俄罗斯的迷茫。契诃夫剧作不同程度地弥漫着这种诗意的茫然和淡淡的哀愁。这也正与他不刻意强调外在激烈的戏剧动作、转而追求在常态的生活状况中揭示深藏于人物命运的内在戏剧性相一致。

第六节　马克·吐温

马克·吐温(1835—1910)，跨世纪的美国现实主义作家。他的笔名太显赫了，以致少有人知道其原名塞缪尔·朗赫恩·克莱门斯。

他在自传里说："我于 1835 年 11 月 30 日出生于密苏里州门罗县非常偏僻的村落佛罗里达。"这是继惠特曼之后，又一个来自下层的成功作家。4 岁时，全家搬到密西西比河畔的汉尼泊尔镇，从此他就和这条著名的大河结下了不解之缘。他的家境并不富裕，父亲去世(1847)后更陷入困境，迫使 12 岁的他开始了打工生活。在印刷厂当学徒、排字工，使他这个刚刚离开课堂的孩子又有了接触"文化"的机会，据说，他常在印刷厂的图书馆里阅读，并开始试笔。1857 年，他结识了一位领航员，拜他为师，一年后便成为密西西比河上的领航员。他喜欢这个有点浪漫也有点冒险的职业。"水深两噚"(音译为马克·吐温)，是这一行常用的行话，所示信息为"船只可以通过"。日后，作家以此为笔名，可见他对这段生活的喜爱，也表明他特有的幽默感。

船就是一个社会，一次航行就能见识一批人物，在密西西比河上航行的日子使马克·吐温大开眼界，积累了丰富的阅历。1862 年，他任《企业报》记者，开始笔耕生涯，并有机会更广泛地接触社会。次年，他以"马克·吐温"为笔名发表幽默小品。1865 年，他发表第一个短篇《卡拉维拉斯镇著名的跳蛙》，引起注意。1867 年，他受报社派遣出访欧洲、中东，所撰文稿 50 余篇，后编入 1869 年出版的《傻子国外旅行记》。此时他已小有名气。

1870 年，《竞选州长》《哥尔斯密的朋友再度出洋》《百万英镑》等几个优秀短篇的相继问世，显示了作家幽默讽刺的才能，令他名声大噪。其后，他与为邻的作家查理·华纳合作，共同创作了第一部长篇小说《镀金时代》(1873)。这是一部"正剧"风格的"暴露小说""黑幕小说"，它以两个友人发财梦破灭的过程，表现了政客们是如何利用南北战争后美国经济大发展的时机，投机取巧、营私舞弊、贪污受贿、大发横财的。19 世纪七八十年代被称为美国的"黄金时代"，而小说却毫不留情地揭露了表面繁荣掩盖下的腐败风气，尖锐地刺破了一个时代的美国梦。"镀金时代"，后来成为历史学家对这一特定时代的概括。

《王子与贫儿》(1881)是一部更能体现马克·吐温幽默风格的作品。贫富悬殊和社会不公，是普遍存在的社会问题，作为底层作家，他对此自然十分敏感。小说假借 16 世纪的英国为背景，创作了一个童话般的故事。王子爱德华和贫儿汤姆都对自己的生活状况很不满意。前者厌倦了宫廷的种种约束，想尝试过普通孩子无忧无虑、自由自在的日子；后者渴望摆脱饥寒交迫的穷困，梦想当国王享受荣华富贵。为此两个同年同月同日生却命运大不相同的孩子，决定互换角色，体验新生活。此前，爱德华的宫廷与汤姆的"垃圾大院"是两个完全不同的世界，生活方式与思维方式都格格不入，王子不明白贫儿的姐姐怎么会没仆人伺候，晚上睡觉前谁帮她脱衣服；贫儿不明白睡觉为什么要脱衣服，而不像野兽那样"光着身子"；王子不明白为什么洗衣服就会光着身子，难道她们只有一件衣服；贫儿不明白人又没有两个身体，要那么多衣服有什么用——生活在社会两端的人无法找到共同语言。作家以幽默的笔法，表现了这种尖锐的对立。

换位后的汤姆，首先感到的不是享受的快乐，而是繁文缛节下的手足无措。一切都有人伺候，一切都有特定的规矩，穿一件衣服要经过几十人的手，吃饭时鼻子痒痒该怎么办因没有既定条文，竟引得满朝文武惶恐万分——宫廷生活使他窒息难忍。爱德华穿上破衣烂衫后便遭到王宫门口卫士们的殴打，在大街上更是被狗咬、被孩子们欺辱，吃尽苦头。他越是声称自己是王子，人们就越把他当作傻子疯子加以嘲弄。作家借古讽今，通过这些喜剧性的情节，对贫富悬殊、社会平等与公正的缺失等荒诞现实进行了妙趣横生的批判。

《哈克贝利·费恩历险记》(1884)是马克·吐温最受欢迎的长篇。主人公哈克贝利·费恩曾是《汤姆·索亚历险记》(1876)的主角之一，两部小说有一定的连续性。但相比而言，《哈克贝利·费恩历险记》内容要丰富深刻得多，艺术上也更加成熟完美。

两个主人公分属不同种族、不同阶级、不同年龄. 他们因不同的原因走到了一起，在不断的"历险"中结下深情厚谊，患难与共地寻找向往的自由。哈克是白人孩子，养母家庭生活富足，但对他管教严格苛刻. 令他十分厌烦，决定离家出走。吉姆是华森小姐(哈克养母的姐妹)家的黑奴，听说要被卖到南方而出逃。他们二人，一白一黑，处于不平等地位；在身份上，哈克与吉姆又算是主仆关系。他们对"自由"的理解、对"自由"的需要完全不同。前者要摆脱的是所谓"现代文明"对个性的束缚，而后者则要求的是最基本的生存权。对哈克而言，出走是淘气孩子的叛逆；对吉姆而言，逃跑可是性命攸关的逃亡。二者的动机与性质大相径庭，但不期而遇，落入了同一个处境。他们来到荒无人烟的小岛上，共同面对大自然的威胁。

在这样特殊的环境、特殊的关系中，吉姆对哈克的关爱帮助、真诚无私，表现了他善良淳朴的本性。而哈克却曾产生过"出卖"吉姆的卑劣想法，这是他所受"文明教育"的结果，对白人来说，"告发"逃跑的黑奴是天经地义的，帮助黑奴逃跑可是要"下地狱"的。两相对照，让我们看清了一个"黑白颠倒"的世界。为吉姆的人格和真情所感动，哈克经过激烈的思想斗争，最终打消了这个念头. 和吉姆一同继续逃跑。宽广的密西西比河，是自由的象征，成了他们理想的"家园"，两岸的现实却布满了阴谋诡计。他们乘着木筏在大河上漂流，感到"挺自由，挺痛快，挺舒服"。他们的幸福感，来自他们经过努力奋斗挣脱外在的羁绊、恢复了人的本来面目，来自他们推倒种族和阶级的藩篱、赢得了平等和真情的共处。小说透过对种族歧视的批判，肯定了纯真的人性，讴歌了自由、平等、博爱精神。令人不解的是，以结束蓄奴制为目的的南北战争过去已有 20 年之久．小说出版后却仍然受到舆论的围剿，认为它"败坏道德"，应当禁止青少年阅读。现实总喜欢站在理想的对立面。

《败坏了赫德莱堡的人》(1899)是一部让人忍俊不禁的精彩中篇。号称"不可败坏"的赫德莱堡，经不住一袋假金币的诱惑，使 19 位头面人物竞相表演，出尽洋相，自己撕下了"不可败坏"的假面具，露出了贪婪虚伪的本来面目。20 年前的一张"百万英镑"和 20 年后的一袋"镀金铅饼"，前后呼应，把美国社会的拜金主义揭露得淋漓尽致，后者更无情地挑破了上流社会虚伪的道德面纱。

马克·吐温的创作，代表着美国文学的成熟。他以敏锐的观察和犀利的笔锋，一个个戳穿了虚幻的"美国梦"，真诚地呼唤自由平等的时代。无论历史题材，还是现实题材；无论写儿童，还是写成人；无论童话体，还是写实体　美国式的幽默中，总是蕴涵着耐人寻味的思想力量。

第八章　20世纪文学

19世纪至20世纪之交，欧美文坛已开始呈现多元且多变的态势。一批跨世纪的大作家继续以他们的丰富创作产生着巨大的影响，而一批年轻后生已迫不及待地发起了冲击，对传统提出了毫不留情的挑战。以再现论为指导思想的现实主义，自有其悠久的传统和深厚的底蕴，19世纪的巨匠们更将它推向了高端。而以对理性主义的质疑为起点的现代主义，却以其对创新意识的强烈追求冲击着旧有的秩序(社会的和文学的)。进入20世纪，现实主义和现代主义，从相互拒斥、相互撞击，到相互影响、相互渗透，共同建构了千姿百态的新世纪文坛。20世纪的前30年，政治风云变幻激烈，还经历了制造巨大混乱的第一次世界大战. 但文学艺术却空前繁荣，流派纷呈，且各有建树，堪称奇观。

第一节　现实主义的发展和现代主义的崛起

一、现实主义文学的新发展

现实主义的作家们，依然保持着强烈的社会责任感和使命感，把对现实的深刻反映视为己任，深入揭示错综复杂的社会矛盾和民族矛盾，特别是在反对帝国主义战争方面，发挥了积极的作用。

为了充分全面反映社会生活的丰富复杂，作家们不约而同地创造了一批多卷本的鸿篇巨制(有的是多部曲形式)，成为世纪初叶一个独特的景观。这应当不是偶然的巧合。人们把这些作品称为"长河小说"，不仅说明其篇幅超长为过去所罕见，更表明作家们力图描绘的是历史的长河，意在赋予 19 世纪"百科全书"式的小说以更大的历史容量。世纪之交，总是人类思考的兴奋点。社会的沧桑变化，促使人们以更开阔的视野反思过去、探索未来。他们或以个人命运为主轴，或以家族兴衰为线索，纵横捭阖，上下勾连，为人们展开一幅幅大跨度的现实主义长卷。

亨利希·曼(1871—1950)和托马斯·曼(1875—1955)兄弟是 20 世纪最具代表性的德国现实主义作家。他们都是跨世纪的大作家，著作甚丰，而且都长期生活在国外，特别是为反对法西斯上台而彻底离开了德国，因此较早就成了国际性人物；二战前，他们开始先后在美国等地积极投身反战活动，产生了更加广泛的影响。亨利希最成功的作品是《帝国三部曲》中的《臣仆》，它以尖锐的批判性著称。作家精心塑造了一个欺弱怕强、投机钻营的政客形象，并围绕他的发迹，展示了德国社会日益走向反动专制的黑暗现实。托马斯的《布登勃洛克一家》的副题是"一个家庭的没落"，描写了一个殷实的富商之家如何在内忧外困中逐渐走向衰落的过程。小说通过对四代人不同性格和不同命运的刻画，揭示了 19 世纪德国从自由资本主义向垄断资本主义过渡进程—资产者的心路巧程，具有相当的普遍意义。

约翰·高尔斯华绥(1869—1933)是 20 世纪初叶英国最负盛名的小说家、剧作家。他最重要也是这一时期英国最重要的长篇小说是《福赛蒂世家》三部曲。作品通过两代人复杂的婚恋纠葛和这个大家族最终的崩溃，展现了 19 世纪末 20 世纪初英国资产者利己主义的恶性膨胀和精神世界的滑坡。该作品使他获得了 1932 年的诺贝尔文学奖。

法国的纪德、英国的劳伦斯和奥地利的茨威格，都是创作颇丰且极富独创性的著名小说家。他们基本运用传统小说的模式，却大胆吸纳新世纪的现代意识，更多关注人的内心世界，熔铸出与现实主义、现代主义均不尽相同的作品，令人耳目一新。

安德烈·纪德(1869—1951)，就个体而论，是 20 世纪上半叶法国最举足轻重的作家之一。他一度主持的《新法兰西评论》，对法国文坛产生过重要影响。而他为人瞩目之处是他对社会传统规范的叛逆精神、所谓非道德倾向的"纪德主义"。

他反对一切束缚，崇尚个性自由，受到年轻一代的推崇。他创作主题的多样性和叙述方式的多样性，令他卓尔不群。尽管从世纪之交开始，他已陆续出版了《地粮》(1897)、《背德者》(1902)、《窄门》(1909)、《梵蒂冈的地窖》(1914)和《田园交响曲》(1919)等多部不同风格的作品。但在1926年发表《伪币制造者》时，却称之为自己的"第一部小说"和"唯一的小说"，可见该作品在他心目中的地位。小说的最大特点是其不确定性、开放性，它以不确定的叙事表现了不确定的主题，以至于史家把它视为"新小说"的先声。拆"伪"，也许可以看作小说的中心题旨，货币之伪，父子关系之伪，夫妻关系之伪，乃至小说与现实关系之伪，等等，而作家向往的是真实与真诚。

大卫·赫伯特·劳伦斯(1885—1930)是位长期引发争议的作家。他继承了英国浪漫主义的传统，认为现代工业文明的发展是对人性的摧残；他大胆地从两性关系切入，探讨完美人性的建立，从而屡屡遭到抨击甚至查禁。《虹》(1915)和《恋爱中的女人》(1921)是作家最重要的姊妹篇，它们先后以四代人的婚恋关系展开探讨。有传统的田园牧歌，有以自我为中心的争斗，有工业文明所制造的异化，也有彼此克制共同寻找理想家园的向往。劳伦斯似乎是在通过不同类型的婚恋探索人类文明的进程。后期的力作《查泰莱夫人的情人》(1928)曾因其过分直露的性描写而被禁30余年，它也是作家最负盛名的作品。小说以性能力的缺失喻指精神的衰颓，而把以大自然为背景的激情性爱看作对虚伪现代文明的抗争和理想人性的复归。

斯蒂芬·茨威格(1881—1942)被称为心理现实主义作家，以中短篇小说见长，他以撰写文学化的名人传记著称。在他的笔下，既有著名的前辈作家，如巴尔扎克、狄更斯、陀思妥耶夫斯基、斯丹达尔、托尔斯泰、尼采等，也有同辈友人罗曼·罗兰、弗洛伊德等。他的传记着重于探析传主的精神世界，从心理层面揭示其个性特征。为读者理解这些大师提供了新的视角。他也在深入探索中传达了自己的追求。《一个陌生女人的来信》(1922)、《一个女人一生中的24小时》(1922)等脍炙人口的中篇小说，以细腻的心理描写表达了对女性命运的深切关注，引起人们强烈共鸣。《象棋的故事》(1941)是他最杰出的短篇，小说把战争和奴役(囚禁)

对人的残酷精神折磨表现得令人不寒而栗，艺术地表明绝对的孤独和空虚与疯狂的杀戮同样具有无比的杀伤力。作品创作发表在二战期间，作家以精巧的构思控诉了法西斯主义对人类心灵的戕害。

现实主义戏剧最杰出的代表是跨世纪的英国作家萧伯纳(伯纳·萧，1856—1950)。他是一位深受易卜生影响、具有强烈社会责任感的多产作家，共创作了51个剧本，题材涉猎广泛，对资本主义社会的诸多重大问题进行了严正的批判或辛辣的嘲讽。他初入剧坛的两部作品《鳏夫的房产》(1892)和《华伦夫人的职业》(1894)，就对资产者光鲜外表后面的肮脏财富积累进行了无情的揭露。进入20世纪，他的《巴巴拉少校》(1905)把批判矛头指向了不惜一切手段疯狂敛财的大军火商，巧妙地指出正是这类寡头控制左右着包括慈善事业在内的整个社会．并令年轻一代的反对者最终也不得不归顺。创作于一战前夕、发表于一战后的《伤心之家》(1919)，则着意描写了人们看不到前景的颓唐情绪，表现了深重的社会危机和精神危机。萧伯纳的戏剧政论性极强，又兼以机智幽默的讽刺，似是而非、似非而是的台词更具张力，形成了独特的艺术风格。

20世纪30年代，经济危机在资本主义世界蔓延，法西斯势力的日益扩张使战争危险日益临近，许多作家纷纷投身于反对战争、争取和平的运动，许多国家相继组建了左翼团体、创办左派刊物，及时创作出了一批以反战或反映劳资矛盾为题材的优秀作品，遂有"红色三十年代"之称。"红色"自然是以苏维埃国家的存在和苏联文学的榜样为背景的。而在西方文坛上，法、德、美等国的左翼作家十分活跃，也深受苏联文学的理论主张和创作实践的影响。

以第一次世界大战为题材的作品中最引人注目的是法国亨利·巴比塞(1873—1935)的《火线》(1916)、《光明》(1919)和德国埃里希·保尔·雷马克(1898—1970)的《西线无战事》(1927)，以及美国海明威的《永别了，武器》等。如《火线》的副题所示，该小说是"一个步兵班的日记"，朴实地记录了这个由下层劳动者组成的."步兵班"从浑浑噩噩被送上战场到无情地葬身于火线的经历，提出了对战争的质疑和控诉，表达了"从今以后，再也不应该有战争了"的强烈愿望。《西线无战事》以与《火线》相似的白描手法表现了一群普通德国士兵的"战壕生活"，但其惨烈血腥的程度却更有甚之。小说有力地揭露了这场帝国主义战争对无辜生灵的愚弄和残杀。作为战争发动者、且又在准备新一轮战争的德国，当然不能容忍被自己的作家如此抹黑。雷马克不得不远走他乡，从此再也没有回国。而这部小说却风靡德国，也风靡全球，成为反映第一次世界大战的最有影响的作品。

美国跨世纪的大作家是西奥图·德莱塞(1871—1945)。他出生在一个德国移民家庭，因家境困难，曾两度辍学。1892 年他人行做记者，开始广泛接触社会生活，1900 年发表第一部长篇小说《嘉丽妹妹》，描写乡下姑娘进城谋生的故事，获得成功。从此，他的创作源源不断，甚为丰富。《欲望三部曲》以开阔的视野描写了金融巨头的发迹史，表现了美国进入帝国主义阶段的历史进程。德莱塞最负盛名的作品是长篇小说《美国的悲剧》(1925)。小说描写了来自下层的青年克莱德，在腐败的社会风气熏陶下追求财富、地位和享乐，以致残忍地杀害了女友，被判处死刑。小说下半部写政界和司法界如何把这一刑事案件的审理演变成政治权力的博弈，深刻揭露了所谓民主政治的虚伪。克莱德的堕落和对克莱德的审判，都是典型"美国式"的现象，因而被认为是一部现实主义的美国杰作。在一战中没有遭受战争直接损害的美国，在 30 年代却经历了一场严重的经济大萧条。约翰·斯坦贝克(1902—1968)的《愤怒的葡萄》(1939)以这次大萧条为背景，描写了约德一家因土地被剥夺而被迫向西部迁徙谋生的悲惨经历，表现了穷富之间的尖锐矛盾，以及受压迫者的愤怒情绪和反抗意识。

苏联文学，正如苏联这个国家，给世界带来了一股新风。社会主义作为一面鲜红的旗帜，不仅在政治版图上十分耀眼醒目，而且也引领文学走上了一条新路。新时代需要新文学、呼唤新文学。苏维埃文学继承早期无产阶级文学的武器论、工具论，强调要用社会主义思想去教育群众、武装群众；强调塑造英雄人物，颂扬高昂的英雄主义；强调理想主义，要求文学要为人们指出光明的前景，等等。这使它明显地区别于以揭露批判黑暗现实为特长的 19 世纪现实主义，更区别于西方的各种新思潮。以高尔基为首的一批新老作家，满怀激情迎接新生活，努力创作出体现新时代精神的作品，打开了文学史的新篇章。老作家绥拉菲莫维奇(1863—1949)的《铁流》(1924)、青年作家亚历山大·法捷耶夫(1901—1956)的《毁灭》

(1927)等，在正面表现艰苦卓绝的革命斗争中书写人的觉醒，展示人的力量，引起了世人的注目。革命初期最有影响的诗人是符拉基米尔·马雅可夫斯基(1893—1930)。他带着未来主义的激进情绪投身革命大潮，以奔放的热情和独创的阶梯式诗句鼓动群众、讴歌革命、嘲讽丑恶，深受广大人民群众的喜爱。三首长诗《列宁》(1925)、《好!》和《放声歌唱》(1930)，把他最擅长的政治抒情诗推向了高峰，真诚地唱出了乌托邦的强音。1934年，苏联第一次作家代表大会通过的作协章程草案，正式将"社会主义现实主义"定为苏联文学创作和批评的基本方法。这一倡导社会主义意识形态主导作用的创作方法，历史地看，也许在建设社会主义文化尚缺乏经验的条件下无可厚非，但其先天的排他性、追求同一性的原则，经过日后的"丰富"和"发展"，逐渐演变成束缚创造力的教条，甚至成为某些人手中的棍子，从而走向了反面。当局的行政性强力干预，更导致文坛迅速由多元向单一归拢，甚至成为实施文化暴力的理论依据。

二、现代主义文学的冲击波

现代主义是一个相对于传统的浪漫主义和现实主义而言的、具有较大包容性的泛概念，是诸多以非理性主义哲学为依托的反传统文学流派的统称。20世纪上半叶相继出现的重要流派有：未来主义、超现实主义、后期象征主义、表现主义、意识流小说等。这些流派产生于不同的国家、不同的背景，理论主张各异，创作风格相左，寿命长短不一，但它们的共同特点是求新求变，甚至不惜极端地标新立异。它们的出现每每会引起轰动，制造"混乱"，犹如一石激水，掀起层层波澜。

最早的冲击波，带有鲜明的"革命"色彩。20世纪初发源于意大利的未来主义，气势汹汹地登台亮相："我们昂首屹立于世界之巅，我们再次向宇宙间一切星球发出我们的挑战!"① "离开斗争，就不存在美。任何作品，如果不具备进攻

---

① 张秉真，黄晋凯. 未来主义·超现实主义[M]. 北京：中国人民大学出版社，1994，第6页.

性，就不是好作品。"①一场"彻底革命"的旋风，象征性地掀开了 20 世纪文坛变革的帷幕。肇始于瑞士的达达主义，提出的是怀疑一切、否定一切的虚无主张。紧随其后出现在法国的超现实主义，则抛出了《首先是革命，永远是革命》(宣言)的激进口号。政治性的诉求与艺术上的探险融为一体，颇有咄咄逼人之势。

未来主义发端于具有古老文化传统的意大利。意大利诗人、剧作家、理论家托马佐·马里内蒂(1876—1944)在 1909 年 2 月 20 日法国的《费加罗报》上发表惊世骇俗的《未来主义的创立和宣言》，宣告了这一运动的诞生。随后，各种各样的宣言相继问世："政治宣言""画家宣言""音乐宣言""雕塑宣言""建筑宣言""戏剧宣言""电影宣言""舞蹈宣言""服饰宣言"……一时间，"未来"不仅渗入了几乎所有的艺术领域，而且进入社会生活成了时髦用语、"行为艺术"——集会、游行、演讲、演出、展览，直至激烈辩论、打架斗殴。如此轰轰烈烈的"文艺流派"，当属史无前例。一年后，东方的俄国就做出了呼应。这支队伍中最著名的诗人是马雅可夫斯基。

未来主义是政治上的激进派。它把斗争的矛头直指王权、教权和资产阶级的国家机器，主张创建充分自由的"未来"王国。而在文化上，未来主义者则是彻底的虚无主义者，扬言要"摧毁一切博物馆、图书馆和科学院"，要"把普希金、陀思妥耶夫斯基、托尔斯泰等等，从现代生活的轮船上扔出去"。他们坦言，未来主义就是"仇恨过去"。

有趣的是，未来主义对文化积淀的否定竟是和对科学主义、物质主义的崇拜联系在一起的。他们不仅对 19 世纪的科技成就推崇备至，而且从中引申出新的美学原则：集力量、速度、音响、色彩于一体的"现代感觉"。以工业化、城市化为特征的现代化进程，创造出了喧嚣繁华的盛景。深为此而激动的艺术家们，认为着眼于"未来"的艺术，不仅不应沉溺于对往事的追忆，也不应停留在对现在的简单描述，而要以表现"运动"为核心，在高速运动中展示物质世界的多色彩、多声部、多形态。"我们赞美进取性的运动、焦虑不安的失眠、奔跑的步伐，翻跟斗、打耳光和挥拳头。……宏伟的世界获得了一种新的美速度之美，从而显得

---

① 张秉真，黄晋凯. 未来主义·超现实主义[M]. 北京：中国人民大学出版社，1994，第 9 页.

丰富多姿。"于是，便有了诸如《致疾驶的汽车》《飞机》《电子》《摩托之歌》《抒情机器》《飞跃的都市》等十分"现代化""机械化"的诗作问世。他们还把相对论引进了文学领域，认为"时间和空间已于昨天死亡"。因此，无论是对飞速运动着的客体的把握，还是对神秘未知的求索，都不能再依靠传统的理性思维，而只能凭借直觉和潜意识、凭借非理性的体验和想象。这就使他们的作品成为速度的展示、力量的集聚(包括对暴力和战争的讴歌)，具有摧毁一切的冲击力。而无规则的联想、无视规范的语句、无意义的拟声等，都是为了制造突兀奇异的效果。

　　未来主义是一场浮躁的运动。它取得了轰动性效应，却未能获得长久的生命力。在第一次世界大战前后，队伍就开始向左中右等不同方向分化。马里内蒂成为军国主义战争的狂热支持者；意大利的帕拉迪尼、俄国的马雅可夫斯基向往的是共产主义；意大利的卢齐尼(1867—1914)、帕拉采斯基(1885—1974)和帕皮尼(1881—1956)，法国的阿波里奈尔(1880—1918)等追求的是摆脱一切羁绊，实现艺术个性的绝对自由。因此，随着十月革命的爆发和一战的结束，未来主义组织已然解体，创作也成强弩之末。短短十年，未来主义呼风唤雨，兴风作浪，给文坛以强烈震撼。这场略显稚嫩的"造反"运动，掀开了 20 世纪文学史的第一页。它的叛逆精神、美学追求、非理性思维，都为 20 世纪的文学创新提供了启示。

　　继之而起的是发轫于法国的超现实主义。一战后，1919 年，超现实主义的主帅布勒东和菲利普·苏波(1897—1990)运用"自动写作法"合作写出了第一部实验小说《磁场》、与阿拉贡等创办杂志《文学》，开始为流派的创立铺路。1924 年，超现实主义团体成立，布勒东发表《超现实主义宣言》，标志这一运动正式发端。与未来主义不同的是，这群年轻人是从对精神解放和艺术创新的追求开始、从而转向政治革命的诉求的。布勒东和阿拉贡都是弗洛伊德的信徒，这一派作家执着于对梦境和潜意识的开掘，倡导不受理性干预的"纯粹的精神学自发现象"。

　　布勒东等人一度接受了马克思主义"改造社会"的观点，与法共密切合作，积极投身政治斗争。在 1925 年 1 月 27 日的声明中，他们明确宣布"我们下定决心进行一场革命"，声称"必要时将借助物质手段"，这被看作他们转向社会斗争的信号。但实际上，他们在政治舞台上的影响要远逊于艺术方面的探索。相对未来主义而言，超现实主义持续的时间要长得多，波及的范围也大得多。20 世纪四五十年代，其影响已先后及于欧、美、非、亚等几大洲。至 1969 年，《第四章》发表，正式宣告超现实主义运动的终结。

安德烈·布勒东(1896—1966)是超现实主义运动名副其实的领袖，也是始终如一的身体力行者。他最早写出了实验性作品，发起创办杂志《文学》和《超现实主义革命》，并建立起组织；他先后写过三篇《超现实主义宣言》(1924，1930，1942)及许多理论文字，积极宣扬他们的主张，深入阐释他们的见解，使他被公认为这一流派的权威理论家。他的创作以诗歌和散文为主，诗集有《地球之光》(1923)、《疯狂的爱情》(1937)、《诗钞》(1948)和与艾吕雅合作的《无瑕的观念》(1930)等，他的诗歌诡异、神秘，似梦非梦，别有一番韵味，但也有晦涩难解之虞。

路易·阿拉贡(1897—1982)是超现实主义运动的创始人之一，但他的活动和成就远远超出了超现实主义的范围，成为贯穿 20 世纪各个时期的重要作家。他著述甚丰，还是文学领域的多面手，诗歌、散文、小说、政论、文论等各方面都颇有建树。早期的诗集《节日之火》(1919)、《永动集》(1926)和小说《阿尼塞》(1921)等属超现实主义之作，其中长篇散文《巴黎的土包子》(1926)尤为引人注目。30年代，他作为法国共产党员作家两度访苏，接受了苏联奉为至尊的社会主义现实主义创作方法。二战期间，他参加了法共领导的地下斗争，并写出了诗风明快深情的《断肠集》(1941)、《爱尔莎的眼睛》(1942)和《法兰西晨号》(1945)等多部深受读者喜爱的诗集。战后的多卷本长篇小说《共产党员》(1947—1951)力图全面表现法国的抵抗运动，但反应平平。1964 年，他正式宣布放弃社会主义现实主义，其后期创作《假假真真》(1964)、《处死》(1965)等，风格接近"新小说"。阿拉贡是法共引以为荣的杰出作家，他历经世纪风云，运用多种创作方法，因而被赞许他的人称为"20 世纪的雨果"。

未来主义和超现实主义的主要成就都在诗歌方面，但它们的基本理念和创作技巧，却全方位地向绘画、雕塑、音乐、舞蹈、戏剧、电影等各艺术门类扩散，特别是对造型艺术影响更甚；超现实主义对电影艺术的发展也做出了重要贡献。它们还纵向或隐或显地影响到意象派、意识流、表现主义、荒诞派、存在主义文学、黑色幽默乃至魔幻现实主义等诸多流派的发生与发展。

当然，现代主义各流派的主将们，并不都是政治上的"革命者"，却都是艺术上的革新派。他们的叛逆意识聚焦于颠覆固有的创作模式，探寻新的创作道路。他们创作主张的主要共同之处在于，内向化、非英雄化、对形式的执着。

第二节　罗曼·罗兰

罗曼·罗兰(1866—1944)，法国跨世纪的大作家。在 20 世纪，他见证了两次世界大战，是全球著名的反战活动家。

21 岁的法国大学生，大胆投书俄罗斯文学巨匠托尔斯泰请教"我想知道怎样生活"，足见其对人生意义的执着追求；托尔斯泰热情回复，洋洋洒洒，足见其对年轻人的关爱，以及救世心之迫切。托翁教诲归之于一条法则，爱人胜于爱己。罗兰感动不已，该法则遂成为他精神求索的起点和归宿。

"我们周围的空气多么沉重。"从世纪初开始，罗兰逐渐放弃了对"人民戏剧"的探索之路，在沉闷的社会氛围和个人的精神苦闷中转向"英雄系列"的写作。贝多芬—米开朗琪罗—托尔斯泰，三位不同历史时期的文化巨人的生平，承载了作家对时代的思考，寄托了作家对"伟大灵魂"和"伟大品格"的理想。他对人物的描写，突出强调的是他们与苦难抗争所显示的强大精神力量。

与此同时，他进入"长河小说"《约翰·克利斯朵夫》的创作。小说讲述了一个德国天才音乐家在德法瑞等国度过的一生。深谙音乐的罗兰充分展示其学识和才华，用近乎交响乐的结构，以百万言的篇幅，将主人公的精神求索在世纪初的杂色背景下逐渐展开，气势宏大，情感跌宕。

童年少年时代，恰如人生的序曲。约翰其貌不扬却天赋超群，使他在开篇就与众不同，仿佛注定是个会有故事的人，但作者并无意为他编织故事，而是着力揭示其精神世界。他接受的影响是多重的。身为宫廷乐师的祖父和父亲，把自己未能实现的出人头地的梦想寄托于这个神童；身份低下的母亲，要求他见人矮三分地屈辱苟且；游商舅舅虽为穷人，却活得自由潇洒，引导他真诚做人、真诚作曲。音乐天赋助他随父辈进入宫廷演奏，前途似锦，但倔强的个性使他成为这个莱茵河畔小城的不谐和音。与富家孩子打架，顶撞公爵大人，门第不当的早恋，以致路见不平造成命案——为此他付出了代价，失宠于上流社会，断绝了成功之路，甚至不得不亡命天涯。音乐奇才叩开了命运之门，等待他的是苦难和对苦难的抗争。来到巴黎这块艺术圣地，目睹的现实与他曾经的理想大相径庭，这个接受过大革命洗礼的国度，并没有多少自由民主的空气，倒是与德国无异，同样处处充满铜臭气。于是，他奏响了"反抗"的主旋律。约翰·克利斯朵夫横枪立马，左奔右突，对法国这个"混乱的社会"，特别是它的精神领域展开了堂吉诃德式的批判。大批判引来的是大仇恨，尽管人们承认约翰·克利斯朵夫是个了不起的音乐家·但却不断阻挠他的成功，艺术的商品化风气也在威胁着他的创作。反抗是孤独的，反抗又是决绝的。即使生活都难以为继，他也没有放弃抨击。反抗的最强音是他与好友奥维德被群众的热情卷进了"五一"游行队伍，在混乱中奥维德被踏伤致死，他则因打死一警察而不得不逃往瑞士。较之此前的批判，这一举动明显带有盲目性，但却是一次叛逆情绪的爆发，其结果又在很大程度上挫伤了他的锐气。乐曲转入舒缓的慢板。主人公的几次爱情都以失败告终，但又从不同的角度表现了他的激情和理智，似一曲曲哀婉的咏叹词。瑞士山中十年的隐居生活，使他的人生态度归于宁静。终曲被作家称为"清明高远之境"。约翰成了著名的音乐家，作品在欧洲各地演奏，他在巴黎指挥演出受到热烈欢迎；他与宿敌捐弃前嫌，达成和解；他给两位挚友的后代教授音乐，并撮合他们结为夫妻；他继续从事创作，心底流出的音乐，如"夏日的白云，积雪的山峰"，恬静而辽阔。

约翰·克利斯朵夫是世纪之交一心追求自由的艺术家，知识分子的形象，既实在又空灵。他在现实的环境中成长、生活、反叛、碰壁、恋爱、思索、安息一而他对人生、艺术、大爱的向往却显得那么超然、那么灵动。这是用诗和音乐构成的奋斗史，是对一个躁动的灵魂不断挣脱羁绊的记录。目标虽不明确，行动却从未停止。他最后的归宿，始终与深爱的音乐纠缠在一起，仍不时用音符记下所思所感。他孤独地走向人生的终点，正如他孤独地走过他的一生。但是，此时的他心境平和，与世无争，宽大为怀，期待再生，可以理解为对世界的妥协，也可理解为精神的升华。这是一场没有答案的追求，罗曼·罗兰和约翰·克利斯朵夫同样困惑。与塑造这一特殊的艺术形象相联系，小说突出的是人物的内心世界和生命体验，大量采用抒情表意的手法，淡化了故事情节，在长篇小说领域里最早体现了现实主义和现代主义的交融。

在战争阴霾笼罩欧洲的日子里，罗兰通过约翰的形象发出对"生与爱"的呼唤，无疑具有重大意义。第一次世界大战爆发后不久，罗曼·罗兰即发表《在混乱之上》(1915)等政论文章，不顾民族主义者的攻击，鲜明地表达反战立场，号召各国人民奋起反抗本国的统治者以制止战争。这一立场使瑞典皇家学院有意把1915年的诺贝尔文学奖授予罗曼·罗兰. 但却受到法国政府的强烈反对。不料瑞典人也来了"牛"劲，在1916年年末仍宣布将去年的奖项颁给这个"伟大的人道主义作家"。罗兰把奖金全部分赠给了几个慈善机构。1933年，希特勒上台，新的战争阴谋正在酝酿，纳粹政权竟下令授予罗曼·罗兰歌德勋章，遭到作家严词拒绝。

罗兰在一战之后，花费十余年时间完成了他的第二部"长河小说"《欣悦的灵魂》。这仍是一部精神探索的作品，而社会背景却更加具体、更加严酷。安乃德自尊自立，个性偏强，不畏生活的艰辛，不畏感情的挫折，也不畏世俗的眼光，把非婚生儿子玛克培养成人，坚守着对自由的执着，甚至不惜承受儿子的怀疑。较之《约翰·克利斯朵夫》，作品有了更明显的社会内涵和政治倾向。玛克走过苦闷期后，勇敢地选择了反战的正义之路，成了反法西斯的斗士，最后竟被黑衫党暴徒粗暴杀害。安乃德悲痛之余，继续投身反战伟业，把对正义和自由的追求融入了社会的广阔斗争。

罗曼·罗兰在去世半个多世纪后，再一次以他的"新作"搅动了世界。我们说的是被他自己封杀了50年之久的《莫斯科日记》。罗兰夫妇应高尔基的邀请，于1935年6月23日至7月21日在莫斯科访问了近一个月，受到顶级高规格的接待。他住在高尔基豪华的别墅里，两次会见斯大林，在列宁墓上与所有领导人一起检阅游行队伍，所到之处都英雄般受到群众热烈的欢呼。所有这些都没让罗兰"冲昏头脑"，他逐日写下日记，真实记录他的所见所闻所思所想，回到瑞士后又在 8 月至 9 月间作了修改和重要的补充，题名为《我和妻子的苏联之行》。作者特别注明："未经我特别允许，在自 1935 年 10 月 1 日起的 50 年期限满期之前，不能发表这个本子。"他的妻子 1985 年去世前将书稿送给苏联世界文学研究所，书稿到 1989 年才以《莫斯科日记》为名面世，此时已是苏联解体前夕。罗兰尘封日记半个世纪的原因我们无从得知，也无须深究。我们感兴趣的是，日记不仅记录了他所见到的成就，更记录了他深深的忧思和焦虑。苏联社会的种种弊端，特别是领导人的特权(包括高尔基的特权)、由特权而造成的不平等、对斯大林的个人崇拜、群众自由民主的不充分、出身决定论的危害，等等，都受到了他的批评。他甚至忧心忡忡地预测了"产生动荡"的可能。事实证实了他的预言，罗曼·罗兰不愧是清醒的理想主义者。

第三节　高尔基

　　阿列克赛·马克西莫维奇·彼什科夫(1868—1936)，苏联文学标杆式的人物，只读过两年小学的大作家，开始写作时就给自己起了一个准确概括他一生的笔名——马克西姆·高尔基(意为最大的痛苦)。不仅在贫困的青少年时代他是痛苦的，就是在他登上荣誉顶峰的人生中后期，他也难说真正快乐过。命运多舛，这是对他一生最贴切的概括。而且，他的生平，还给后人留下了不少难解之谜。

　　高尔基来自底层，却登上了社会的顶层。穷困的童年和奢侈的晚年，形成巨大反差，但并没有改变他率真的本性。他也许不能算是坚定的革命斗士，甚至不得不接受来自不同方向的质疑、批评和责难，但他肯定是值得全世界敬重的伟大作家。

　　一个几乎没上过学的穷孩子，也从来没人说过这是个天资过人的"神童"，他发表处女作《马卡尔·楚德拉》(1892)时，也已二十有四，称不上天才少年。但高尔基硬是依靠他的顽强毅力，依靠他在俄罗斯大地上摸爬滚打的丰富生活积累，依靠他始终如一的对自由的渴望和信念，依靠他数十年夜以继日的勤奋，成就了他的文学辉煌。

背着背包，独自沿着伏尔加河行走——这是高尔基最早认识生活、认识社会的图像。他于19世纪90年代创作的《伊则吉尔老婆子》(1895)等许多短篇小说，大多取自两次俄罗斯漫游时的所见所闻，下层百姓的苦难为他提供了丰富的素材，他以令人难以置信的速度进行创作。高尔基的文学生涯起步不算早，但到而立之年，第一个两卷集出版后，他声名鹊起，已成文坛耀眼新星。

19世纪90年代，高尔基无可争辩地赢得了作家的地位。他最初受柯罗连科指引，后又结识了托尔斯泰、契诃夫等名家。进入20世纪，他逐渐介入革命运动；以1901年的《海燕》为标志，他的创作也进入了新阶段。《海燕》继续着作家早期浪漫主义的激情和对自由的向往，以更为丰富的象征手段描绘了山雨欲来的革命形势，热切发出了"让暴风雨来得更猛烈些吧！"的呼唤。《海燕》的发表，当即受到广大读者的热烈欢迎，人们赞誉作家为"革命的海燕"，同时也引起了统治者的恐慌，封闭刊物，囚禁作者，直至引发了支持作家的政治性示威游行。由此，高尔基作为"革命作家"的身份日益凸显。他积极投身1905年的革命活动。起义失败后，为避难和治疗疾病，他经德法等国到达美国，最后落脚于意大利的卡布里。

意大利、那不勒斯海湾、卡布里和索莲托，这是令高尔基沉醉痴迷的圣地。这里有蔚蓝的大海、纯净的空气，更有广阔的自由，在这里他潜心写作，也可以静心思考，还接待了无数来自俄罗斯和世界各地的作家。他一生曾两度在此长期滞留，每次都有7年之久，短暂来往不计其数，不似故乡胜似故乡，1906年他第一次来到美丽的小岛卡布里，在这7年里，他先后完成一部长篇、6部中篇、3本短篇集、5个剧本，经历了丰收的季节。作家的名著《母亲》，就完稿于此。

产生于20世纪初的《母亲》，以新题材、新思想、新形象、新风格而令人耳目一新。这可以看作一部广义的"成长小说"，与传统相反，它写的是儿子带动母亲的"成长"，其背景和内涵都极大地丰富了。母亲从沉睡到觉醒，从茫然混沌到具有自我尊严的意识，从在家里都要"侧着身子"走路到在警察面前散发儿子演讲的传单——一个大写的人越来越清晰地向我们走来。母亲人格的日渐成熟，是在社会历史的框架中完成的。工人运动的开展，造就了母与子的革命者形象；母与子的积极行动，又丰富了典型环境的历史内容。母亲对儿子的担心关切与儿子对母亲的教育启蒙形成互动，互为因果，使形象生动丰满，令人信服。而对平等、公正、消灭剥削等社会主义理想的信念和对斗争必然胜利的信心，正是当时时代精神的体现。有论者认为，小说标志着不同以往的"新现实主义"的诞生，其影响尚待深入研究。

《童年》《在人间》和《我的大学》自传性三部曲，是名副其实的"成长小说"。通过主人公阿辽沙童年—青年时期的奋斗经历，艺术地记录了 19 世纪七八十年代俄罗斯广阔的社会生活画面，真切地表现了年轻人不畏艰难困苦寻求真理的坚韧精神。

高尔基不仅是小说家、剧作家，还是政论作家。在他的时评政论中，最引人注目、也是最引发争议的当属那批被他自己定名为《不合时宜的思想》的随笔。在那个动荡的岁月里(1917 年 4 月—1918 年 6 月)，仅这个专栏的标题就足以令人肃然起敬。众所周知，明知是"不合时宜的思想"，还偏要公之于众，特别是在群众近乎狂热的革命高潮时期，这需要多么巨大的勇气。在上述时间内，在《薪生活》杂志的专栏上，高尔基发表了 58 篇政论性随笔。1918 年结集出版时，作者为书名加了副标题，即《不合时宜的思想——关于革命与文化的思考》，这就使文集的主题更加突出了。1988 年，尘封 70 年的文集重见天日，使人们得以更全面、更深刻地认识那段历史、认识高尔基。"我们争取言论自由，是为了能够说出和写出真情。因为说出真实情况是一切艺术中最困难的一门艺术……"开宗明义，作家很清楚他将面对的难题。但他还是一篇篇写下去，直至刊物被封，他还要亲自找列宁去"申诉"。这位年满半百的革命作家对"说真话"权利的执着，多么可爱，多么天真!只可惜，现实并不领情，这组文章在很大程度上改变了作家和"革命"的关系。他所揭露抨击的现象，是过激的暴行，是对知识分子的摧残，是对道德文化的破坏，并由此发出了要切实尊重个体生命的强烈呼吁，发出了"我们应该从那些不理智的事件中吸取理智的教训"的真诚呼唤。也许，作为个人的视觉，人们可以挑剔出不无偏激或不够准确之处，但总体而言，它却无疑是"知识分子良知"的体现，是作家一以贯之的人道主义思想的集中表现，是"海燕"在"革命风浪"中一次特殊的翱翔。

切莫以为高尔基是单纯的批判者，他更是热情的建设者。无论在革命胜利之初，还是1928年回国后，他都热心投入苏维埃的文化建设，编丛书，办杂志，设法改善科学家、文学家的地位，关心青年作家的成长，与世界各国进步知识分子沟通交往，等等。他尽自己所能，做了很多有益的事情。20世纪30年代苏联作协的筹备和建立，"社会主义现实主义"口号的提出，他起了重要作用。在革命初期的十几年里，高尔基作为德高望重的大作家，为推动社会发展不遗余力，做出了可贵的贡献。但国内外、党内外错综复杂的矛盾，却不是一个有点迂腐的文人能清醒对付的。从意大利回来后的高尔基，身不由己地被越来越政治化了。

《克里姆·萨姆金的一生》是他最后一部重要作品。小说大约是从1925年开始写作，1927年至1931年陆续发表前三卷，第四卷直至作家去世也未能完成。小说的副题是"四十年"，意在展现1919年国内战争前40年俄罗斯的历史风貌。遗憾的是，作品只写到1917年列宁回国，人们最终也没能看到高尔基关于革命后现实的描写。作家倾注十余年心血创作的《克里姆·萨姆金的一生》，被称作反映了革命的必然的"长篇史诗"。从19世纪70年代到1917年4月，俄罗斯大地上发生的一切重大事件，尽收其中。然而，耐人寻味的是，"史诗"的主人公却不是打天下的英雄式人物，而是性格矛盾、内心复杂、既不左也不右的知识分子。通过他"中性"的眼光、身不由己的行动，小说以独特的视角表现翻天覆地的变化、残酷无情的斗争。在历史潮流面前，他是个冷眼旁观者。他无法左右历史、历史却总在左右他，直至把他碾得粉碎。高尔基对人与历史、历史中的人的思考，始终没有停步。

晚年的高尔基，享受了领袖特批的特权生活，过着超豪华的日子。这位一生追求自由的巨人，却如笼中鸟般陷入了深深的孤独和困惑。

一语成谶，谁让他给自己起了"高尔基"这个不祥的姓氏呢。

第四节　卡夫卡

弗兰茨·卡夫卡(1883—1924)，文学史上一怪杰。这是一位在很大程度上"为自己写作"的作家，但却被后人尊为现代主义的鼻祖。

他出生在奥匈帝国治下的布拉格，从小受德语教育。他辞世于奥地利的维也纳。因此人们通常难以界定他的国籍，有说他是捷克作家，有说他是奥地利作家，而准确的说法是"用德语写作的作家"。

他是"业余"作家，作品不多，还留下遗言，要销毁他的所有手稿，但在他身后的大半个世纪里，却掀起一轮轮的"卡夫卡热"。

他是位制造多解之谜的作家，许多作品经过近一个世纪的研读，仍很难得出众口一词的共识。

他孤独地行走在崎岖的小路上，后面追随者的队伍却越来越壮大。

总之，这是个不同寻常的作家，而他的创作更是不同寻常。

他父亲是百货商，粗暴专横，其威慑力令羸弱的儿子更加羸弱。封闭而内向的性格，成为他日后作品风格的内在因素。1901年他入布拉格大学，结识终身好友马克斯·布罗德。1906年毕业后，他先后进入法律事务所、法院、保险公司等处供职，直至1922年因病离职。他曾三次订婚，又三次解除了婚约。1924年辞世时，他才41岁。

他从大学时期开始写作，但并不主动拿去发表，多数是经友人布罗德之手才得以发表的。他生前发表的短篇小说共44篇，其中较重要的有《判决》(1916)、《变形记》(1916)、《在流放地》(1919)、《乡村医生》(1919)、《饥饿艺术家》(1924)等；未发表的有34篇，含部分未完成稿，其中优秀的名篇有《地洞》《万里长城建造时》等；未完成的长篇小说有三部，分别是《美国》(约创作于 1912 年和 1914 年)、《审判》(约创作于 1914 年和 1918)和《城堡》(创作于 1922 年 1926 出版)。

《变形记》是作家最负盛名的短篇，它开启了 20 世纪西方文学"异化"的主题。推销员格里高尔一觉醒来变大甲虫的故事，是一则现代寓言。没有任何过程，也没有任何解释。这就意味着，这一变异是绝对的，在现代社会里是可能发生在所有人身上的。如果说，"人变虫"多少有点闹剧色彩的话；那么，真正的悲剧却在于人失去了体面的外表而未失去人的意识。格里高尔的痛苦是他无法找回自己的尊严，他无法让别人相信他和他们一样是有尊严的，他无法再和亲人作平等的交流沟通——而个体的变异，又给整个家庭制造了困境，不仅是经济的拮据，更让全家在房客面前丢尽脸面。他为此引来了家人的冷漠、轻蔑、敌视，而他对亲人表示的亲昵感更遭到残酷的"报应"。他被父亲用苹果砸伤、关进肮脏的小屋默默地死去。更可悲的是，格里高尔之死，使这家人如释重负，欢快地开始了新的生活。作者残忍地添加这一"光明的尾巴"，可以说是揭示了"被真理弄得眼花缭乱的存在"。人的异化. 导致了人与人关系的异化。丑陋的甲虫的出现，使整个家庭陷入了十分尴尬、极不协调的境地。通过对作品的阅读，人们不是要选择同情谁、否定谁. 而是会同样陷入一种难以名状的困惑，慨叹人生的无常和无奈。

《变形记》之所以被称为卡夫卡的代表作之一，是因为它体现了作家创作的一个重要特征。卡夫卡是"弱者的天才"，也是"弱者的代言人"。他的作品具有精神上的"自传性"，是他"梦幻般内心生活的表现"。格里高尔和他的其他许多作品中的主人公一样，都是小人物，是被社会压扁了的小人物，是精神上的弱者。"巴尔扎克的手杖柄上写着：我在摧毁一切障碍；我的手杖柄上则写着：一切障碍都在摧毁我。"他把他的心理阴影投射到这些非英雄化的小人物形象上，他们只能默默地忍受整个世界的压迫，即使有反抗的愿望，也没有反抗的力量。作家深刻地传达了人在面对不可知、不可解的现实时所产生的荒诞感、恐惧感、焦虑感。可以说，卡夫卡风格的许多特点都是由此衍生出来的。

一是主观真实的图像。人们在他笔下看到的不是对现实生活的忠实再现，而是被作家主观感受扭曲的、夸大的图像，包括在梦魇中、潜意识中出现的图景。它传播的是某种不能言传的东西、解释的是某种难以解释的事情。如《判决》，病入膏肓的父亲对年富力强的儿子命令，你去投河吧！儿子便毫不犹豫地执行了"判决"。这是作家对严父之严的"记忆"，更是对无所适从的人生的难言体验。

二是荒诞性。他相信生活本身就是荒诞的、非逻辑的。卡夫卡擅长把整体的荒诞与细节的真实巧妙结合，通过细节的具体性和真实性，导向逻辑终点的抽象性和荒谬性。《判决》中儿子写信、与父亲交谈等描写，都真实可信；但临近结尾，笔锋陡然一转，便发生了父要子死子不敢不死的悲剧。荒谬绝伦，难辨真假。

三是佯谬。在卡夫卡，这不是一种技巧，而是一种哲学、一种对生活的理解。他的人物或是明知不可为而为之，或是事与愿违、适得其反地做着无用功，或是自我作践、把事情越弄越糟一似是而非，似非而是，动机与效果相左，以喜剧始以悲剧终。

四是冷漠客观的叙事。零度写作，即作者在作品中不露声色，不动情感，不加评论，完全以局外人的身份讲述与己无关的故事，意在更突出真实性、更令人信服。《变形记》无论就变异的跨度还是甲虫的命运，都足以让人"大惊小怪"。但叙述者却以十分平静的语气为我们描述发生的一切，使人似乎不得不相信"确有其事"。

五是多义性与模糊性。这是指作品的效果。卡夫卡的创作往往是一种"自我宣泄"，是作家"内心体验"的外化，他又常常喜欢使用象征等手法，因此，这些作品就存在多种阐释的可能。就像《判决》这样情节简单的作品，难道真的就只表现了"父子冲突"这一单纯的主题吗？人们可以从伦理的、社会的、政治的、哲理的多角度去思考。这种多义性、歧义性、模糊性，正体现了现代阅读的丰富性，读者不再满足于作家送给他的唯一读解。

这些特点，在两部长篇小说《审判》和《城堡》中，得到了更充分的体现、更精彩的发扬。这两部小说如同硬币的两面，构成了卡夫卡完整的艺术图像。世界是一个不解之谜，人生是一场不醒的噩梦。《审判》主人公 K 在 30 岁生日那天，一觉醒来，被两个陌生人宣布"你被捕了"，但没有理由，他的自南也未受限制。

起初他十分愤怒，继而想置之不理，后又忍不住要探个究竟，进而在探究中竟不知不觉地感到自己仿佛真的有罪，开始为案件奔波，当他感到好像没事儿了，在31岁前夜，又来了两个陌生人，带他到郊外，用刀子把他"像狗一样"杀死了。两部小说中的两个K，人生经历都令人啼笑皆非、莫名悲哀。

《城堡》是一部令人难堪的作品，因为谁都觉得它精彩奥妙，谁也都说不清、猜不透它的奥妙之处。"城堡"是个缥缈的意象，介于存在与非存在之间。K是执着的，但有志者事不成，他耗尽毕生精力，想尽一切办法，仍然一事无成。目标是虚幻的，道路是没有的，挣扎前行的寻路者，处处碰上软钉子，总在仿佛要成功时又落了空。人不断寄予希望，又不断受到戏弄。人终于陷入了无力自拔的尴尬境地。"城堡"，成了人们可望而不可即的彼岸。这部作品，也成了20世纪非理性主义文学的标本。

《审判》中的K是被动的：被捕、被审、被杀；《城堡》中的K是主动的：主动来到村中、主动要进城堡、主动找各种关系、主动要居住证。无论主动还是被动，目的都是模糊的、不确定的：《审判》中为什么要抓捕K?《城堡》中K为什么要进城堡?无目的的目的，无意义的意义。

《审判》中的K是银行襄理，似乎还有一个明确的身份，但这个身份与他后面的经历毫无关系；《城堡》中的K则完全是个身份不明者。土地测量员?有人请他来吗?两个助手又是谁派来的?怎么还是"老"助手?他测量过土地吗，怎么会受到表扬?伯爵、克拉姆都是只知其名却谁也没见过的人物——身份价值的缺失，是现代人共同的悲哀。世界于人是陌生的，人与人之间是陌生的，人对自己都是陌生的。人被抛进了一个荒诞陌生的世界，因而产生出对时间和空间的恐惧感。

在《审判》中，由教士对K讲了一个故事中的故事：法的门前。一个乡下人来到法的门前要见法，门卫告诉他，现在不行，以后可能行。门卫让他坐在小板凳上等，这一等就等了一辈子，等得和门卫"皮领上的跳蚤都搞熟了"，倾其所有地行了贿，仍然没有得到许可。乡下人奄奄一息时问门卫，为什么没见别人来求见法。门卫告诉他，这道门是专门为他而开的，现在要把它关上了。一道专门为乡下人而设的门，又迟迟不放他进去；明明没打算放他进去，又始终不断绝他的希望；来者不拒地收受了乡下人的一切贿赂，声称是为了不使对方感到无所作为；门卫是个极负责任、极有耐心的人，当乡下人临终前还想提问时，他只是温和地责备他"你没有满足的时候"。这个插曲，是对"无罪"审判的荒诞性的点睛之笔：通向法的门是有的．但永远别想进去；有罪与无罪，从来就没有明确的界线；谁也不要奢望．能在迷乱的现实中找到最终的答案；谁也不要奢望，能在非正义的世界里找到真正的正义。

第五节　乔伊斯

詹姆斯·奥古斯丁·乔伊斯(1882—1941)，一位难以解读的爱尔兰作家，他的作品当属"小众文学"。

他醉心于创新，作品不多，却一部与一部不同、一部比一部奇异、一部比一部难读。现今被奉为"经典"、尊为"史诗"的《尤利西斯》，当年却曾以"废纸篓"之类的比喻受尽奚落，更以"淫书"之罪一禁再禁、对簿公堂。

乔伊斯于 1882 年 2 月 2 日出生在爱尔兰首都都柏林。大概没有一个作家像他那样重视自己出生的日子。他大半生在国外度过，但却对家乡都柏林了如指掌、记忆清晰，人们惊诧于他描绘这座城市的准确程度。

乔伊斯 1998 年人都柏林大学学习现代语言，1902 年毕业时不仅熟练地掌握了英语、爱尔兰语、拉丁语，还学会了法语、德语、意大利语，甚至为阅读易卜生而学了点挪威语。毕业后他转学医，曾到巴黎短暂求学，1903 年 4 月即因母亲病危而返回都柏林。在家乡度过的这一年半，对乔伊斯一生具有决定性意义。母亲在 8 月里去世，乔伊斯十分痛苦，迁怒于父亲对母亲的虐待，遂与家庭疏远了关系，并正式开始文学写作，陆续发表几篇短篇小说。1904 年 6 月，他与爱妻相识相恋，私订终身；10 月，二人决定离开爱尔兰，到欧洲大陆去闯荡。他们首先来到奥地利海港里雅斯特，好不容易找到一份教英语的差事，生活拮据。后来，他们先后在苏黎世和巴黎落户。教书匠的日子，穷困而乏味。他还是执着于写作，但无名之辈想跻身文坛，从来都不是件容易的事。若想靠稿酬过上好日子，那更是奢望；如果他继续在都柏林当一个歌手，兴许经济状况要好得多。

乔伊斯的短篇小说集《都柏林人》，据说是周游了 22 个出版社才得以在 1914 年出版的，共收入 15 个短篇。其早期创作以现实主义笔法。描写了都柏林形形色色的市民形象，表现了这个城市"麻痹""冷漠"的精神状态。1916 年首先在美国出版的《一个青年艺术家的画像》，是一部自传色彩很浓的现代心理小说。作品细致地描写了主人公斯蒂芬的精神成长过程。经过感悟、迷茫、叛逆、忏悔、反思，等等，他逐步走上属于自己的道路，决心与家庭、宗教和祖国决裂，流亡到国外去实现艺术家的梦想。这部小说，与后来的《尤利西斯》有着明显的"血缘"关系。斯蒂芬是两部作品的同名主人公，而且精神气质相通；小说主要通过深入揭示人物的内心活动来塑造形象，许多手法十分接近。1939 年在伦敦和纽约同时出版的《芬尼根守灵夜》，作家在 1922 年完成《尤利西斯》后即开始酝酿构思，耗费了作家十几年的精力，写的是一个噩梦、一个"黑夜的故事"。

乔伊斯对人生的重要日子特别重视。他最负盛名的作品《尤利西斯》，特意选在 40 岁生日那天出版——1922 年 2 月 2 日；而小说情节发生的时间，1904 年 6 月 16 日，则是他和妻子诺拉第一次约会的日子。后人为表达敬意，将 6 月 22 日命名为"布卢姆日"。

《尤利西斯》首先可看作一部现实主义小说：都柏林准确的实景；普通得不能再普通的市井小人物——广告推销商、历史教师、小有名气的歌手、任何一座城市里处处都会碰到的寻常百姓；平凡得不能再平凡的生活——起床、吃饭、工作、散步、聊天、喝酒、打架、睡觉、做爱，人们天天都在打发的无聊日子。没有尖锐的冲突，没有跌宕的情节，没有人造的高潮，没有浪漫的诗意。为真实再现这一天的都柏林，作家曾搜集研究了这一天都柏林所有的报纸。他声称，自己写这部作品就是要"力求合乎事实"。

但是，作家对于"真实"的理解已不尽相同，内在真实成为追求目标。作为现代主义意识流的开山之作，小说在创作理念和风格上，与传统的现实主义小说大相径庭。景物，事件，过去的和现在的，已发生的、正在发生的和可能发生的，都是，或者准确地说，大多是通过人物的意识屏幕映射出来的。碎片中的完整，跳跃式的连续，模糊里的真实，主观中的客观。色彩丰富，变幻莫测，给读者制造了巨大的思考和想象空间。

作家给作品起了个宏大的书名《尤利西斯》(即《奥德赛》)，那可是一部讲述英雄历险的荷马史诗。二者时空相隔甚远，内容风马牛不相及，作家在这古今对应中要表达的意向耐人寻味。荷马史诗写奥德修斯在特洛伊战争结束后，海上漂泊10年，历经艰难险阻终于回到家园的英雄事迹。故事从儿子忒勒马科斯外出寻父写起，以奥德修斯与妻子珀涅罗珀团圆作结。在与天斗、与海斗、与人斗的经历中，一家三口都表现了非凡的英雄主义精神，令人敬仰膜拜。而在《尤利西斯》里，斯蒂芬母亲去世，孤独的他产生了寻父的愿望；布卢姆妻子不忠、儿子夭折，一直想能找到一个精神上的儿子；而与忠贞不渝的珀涅罗珀相对应的，却是布卢姆有过很多情人的妻子摩莉，她今天还要和情人约会。乔伊斯独出心裁的对应构想，以古代翻江倒海的奇迹对照现代都市表面繁荣下的平庸，以神话中高大的英雄对照现实中琐屑的现代人，自然会引起今不如昔、英雄时代去矣的慨叹。但是，如果就此以为作家是在简单地以古否今，恐怕也是一种误读。

三个主人公的身份已决定了他们"非英雄"的特点，但这并不妨碍他们成为现代"好人"。在作家笔下，他们是让人可以平视、可以触摸到的凡人，是有明显缺点、但又不失可爱的常人。布卢姆是为社会所不屑的犹太人，事业上碌碌无为，家庭生活不幸，他因此而苦闷、孤独；但他正直善良，做了很多并不起眼的善事(探视产妇、给死者遗属捐款、助盲人过马路，特别是救助被打的斯蒂芬等)；对妻子虽耿耿于怀，但又忍辱负重，呵护有加，心存爱意。他寻找精神之子、维系家庭的努力，正体现了现代人在苦难的社会里对完美精神家园的向往，年轻的学者斯蒂芬，有理性，有激情，但因缺乏归属感而同样苦闷孤独；他的寻父情结，表明他自信力的不足，也表明他对成熟的追求。他相信，通过文学，人类精神能得到永恒的肯定：完整的人格、完美的人性，也许也会在这年轻人身上得到"永恒的肯定"！摩莉是个"另类"，作家的写法更是"另类"。在全书中她都没有正面出场，只出现在他人的意识中。最后一章却是她的专章，长达40页，只有8个句子，没有标点，是她的纯意识流：她似睡非睡、似醒非醒地回忆着她的生活，以"性"为中心的生活。她以同一个"他"字。指代所有她接触过的男人，流转顺畅。这个女性，淫而不荡，既不可爱也不可恨(布卢姆对她是既爱又恨、爱多于恨)，作家对她的概括是："我是那总是肯定的肉体！"地有浪漫情怀，热爱自然和艺术，基于此，她竟把刚听说还不曾见过的年轻诗人斯蒂芬纳入她"猎取"的对象；但做了一番比较后，她又意识到她心底最留恋的还是那个最爱她的布卢姆——乔伊斯把这一章称作全书的"点睛之笔"。而心理学家荣格则感叹，恐怕只有"魔鬼他奶奶"才能对女性心理了解得如此深入。

三个普通人的普通的一天，似乎什么事情都没有发生。这就是现代人的现代生活，他们就是构成现代社会的"现代英雄"。肯定也好，否定也好，这就是当代的"现实"，这就是当代的"史诗"。

1982年，乔伊斯百年诞辰纪念时，都柏林电台全天播放《尤利西斯》，人们穿上1904年的服装，扮演书中的人物游行。当年乔伊斯把都柏林人请进书中，如今都柏林人把书中的人物送回城市，作家和都柏林已融为一体。

第六节 海明威

欧内斯特·米勒·海明威(1899—1961)，记者和作家，为20世纪美国最著名的小说家之一，被称为"迷惘的一代"的代表作家，1954年度的诺贝尔文学奖获得者。

海明威1899年7月21日生于伊利诺伊州芝加哥附近的奥克帕克村，父亲是一位性格强悍，酷爱冒险的外科医生，母亲则是一位宗教观念强烈，颇有艺术修养的贤淑女子。在这样的家庭中长大，海明威从小就受到来自父母两方面不同性格的熏陶，父母虽时有争执但都很关心他。父亲狩猎、钓鱼的业余爱好以及母亲的音乐修养都在不同程度上对这位未来的大作家产生了影响。他有过快乐的童年，亦有着奔放的青春。读中学时，处处好强、事事拔尖的个性就已显露出来。他在学业和体育上皆很优秀，他会拳击、足球，英语表达方面则表现出过人的天赋。早在初中时，他曾为两个文学报社撰写文章，这是他首次的写作经验。升上高中后，成为学报的编辑，18岁高中毕业之后，进入《堪城星报》当记者，正式开始了他的写作生涯。在一战中，海明威参加了志愿救护队，担任红十字会汽车司机，为救战友受重伤。战争的烽烟在这个倔强好胜的青年身上留下了可怕的印记，以及遮掩不住的空虚和惆怅。他厌恶战争，精神忧郁，前途渺茫。

海明威公开发表的第一部作品是《三篇故事和十首诗》(1923)，而短篇故事系列《在我们的时代里》(1925)出版，标志着他作为作家正式登上美国文坛。

1926年发表的第一部长篇小说《太阳照常升起》，获得了巨大成功，引起了文坛好评。这是一部半自传体的小说。主人公杰克·巴恩斯作为一个美国青年，第一次世界大战负伤后旅居法国，在一家报馆当记者。战争使他失去了生活的理想和目标，他被一种毁灭感所吞食。虽然他爱着女友勃莱特，但由于重伤使他失去了性能力，因而无法同自己心爱的人结合。他意志消沉，极力要在酒精的麻醉中忘却精神的痛苦。勃莱特也是一个来自英国的不幸的流亡者。在第一次世界大战中，她当过护士，战争又夺去了她爱人的性命。战后，她流落巴黎，在放纵的生活中鬼混，想以此来弥合心灵上的创伤。然而，巴恩斯不忍在这样的生活中白白地耗费生命，他要到大自然的怀抱中去寻找解脱。勃莱特也不愿这样堕落到底，她同巴恩斯一道参加了巴斯克人的节日狂欢。斗牛士的勇敢和面对痛苦的无动于衷、蔑视死亡的"硬汉子"精神，使巴恩斯欣喜若狂。然而，狂欢之后，巴恩斯却比以往更加惆怅。勃莱特也一时冲动而爱上了年轻的斗牛士，但冷静下来后还是同他分手了。后来，她又想到了巴恩斯。可两位彼此相爱的人却注定不能结合在一起。他们更加孤独、苦闷。小说以一种浓郁的伤感情调而结束。

《太阳照常升起》的发表，使"迷惘的一代"的影响波及欧美。几年后，在这一流派文学大丰收的1929年，海明威写出了代表他"迷茫"思想的又一力作《永别了，武器》，从而把"迷茫的一代"文学推向了高峰。海明威也成了公认的

"迷惘的一代"的领袖人物。

《永别了，武器》是一部以第一次世界大战为题材的作品，主人公亨利·腓特力原本是个充满爱国热情的美国青年，战争爆发后，他自愿来到意大利参加美国志愿军。在一次战斗中，敌人的炮弹击中了他的车队，他本人也身负重伤。在米兰的医院里，他结识了英国护士凯瑟琳，两人产生了爱情。可是，亨利伤愈后必须返回部队。在一次溃败中，他被意方的军警误认是奸细而遭逮捕。他历尽艰辛，逃回米兰，找到了凯瑟琳，寻求过一种远离战争的、平静而又愉快的生活。可没过几天，他的身份暴露了。为了摆脱追捕，他们逃到了中立国瑞士，总算在温馨的气氛中熬过了一个冬天。春天来了，可凯瑟琳却由于难产而去世，把亨利一人孤零零地抛弃在世上。经历了战争的种种苦难，目睹了人类的大屠杀，士兵们厌恶战争，诅咒战争，为了逃避上前线，他们有的自残，有的装病，盼望战争早日结束。

1933年秋天，海明威随一队狩猎的旅行队到肯尼亚和坦桑尼亚打猎，猎物大多为象、狮子、老虎等陆栖的大型动物。1935年出版的《非洲的青山》就记载了他那次到非洲的旅行，《乞力马扎罗的雪》是海明威最成功的一个短篇。海明威成功地使用了意识流的手法，使现实和梦魇互为转化。小说集中描写的是主人公哈利在临死前最后一天的生活。他由于大腿上生了坏疽症，厌倦地躺在帆布床上，烦躁地借酒浇愁，消磨时光。他以为自己快要死了。这时，作者便通过梦幻和回想，突破了时间和空间的界限，写出了哈利的一生。哈利并不在乎死亡，因为他感到了对生的厌倦。他只是懊悔自己一事无成，一种无法忍受的精神上的疼痛向他袭来。最后，虽然死神夺走了他的肉体，但他的精神以及他对美好理想的追求却胜利了。因为他的精神已飞向了崇高洁白的乞力马扎罗雪山的顶峰。作品采用了大量象征的手法来暗示死亡。如讨厌的大鸟、鬣狗、死豹、骑自行车的警察、在阳光下白得眩目的积雪的乞力马扎罗的山巅等。

1936年，西班牙爆发了内战，这实际上是第二次世界大战欧洲前线的序幕，作为一名记者，他来到被围困的西班牙首都马德里，报道有关西班牙内战的战况，并勇敢地参加了战斗。由于战争的性质不同以及所受的教育的差异，使他改变了对生活的看法，精神世界丰富了：1940 年他轰动世界的长篇小说《丧钟为谁而鸣》就是以西班牙内战为题材的。

也就是在这期间，海明威的身体健康问题接踵而至，对他造成了很大困扰：他染上了炭疽病，眼球被割伤，额头留下一道很深的伤口，患上流行性感冒、牙痛、痔疮、肾病，肌肉控伤，手指被意外割伤(其伤口深至骨头)，在车祸时把手骨折断等等，还曾在骑马穿过怀俄明州的森林深处时失手，伤及脸部和脚。

第二次世界大战中，海明威以记者身份活跃在欧、亚战场。1941 年海明威曾来中国采访，并写过 6 篇有关中国抗日战争的报道。珍珠港事件后，他甚至曾驾驶着自己的摩托艇在海上巡逻以监视敌人潜艇的活动。他还曾率领一支游击队参加了解放巴黎的战斗。

战争结束后，海明威定居古巴。1952 年，《老人与海》出版，海明威对这中篇小说的成功极为满意，他据此获得 1953 年度普利策奖及 1954 年度诺贝尔文学奖两项殊荣。

此后，他再临噩运。在一次狩猎中，他先后遭遇两次飞机失事，因而受重伤；一些美国报纸误发了海明威的讣告，以为他当时已伤重不治。此外，在一个月以后，他更在一次森林大火意外中受重伤，双腿、前躯干、双唇、双手前臂严重烧伤。这些痛楚一直维持了很久，令他甚至无法前往领取诺贝尔奖。此外，酗酒问题也始终困扰着海明威，他的健康状况每况愈下，意志消沉。

1959 年，古巴爆发了社会主义革命. 外国人拥有的资产全被没收，因而迫使很多美国人返回美国。海明威则选择再多停留一段时间，人们普遍认为海明威与菲德尔·卡斯特罗保持良好的关系，并曾声明自己支持该次革命。

海明威后来在爱达荷州克川市接受了高血压及肝脏问题的治疗——并因为患忧郁症和偏执而接受电痉挛疗法，但是后来认为可能就因为海明威接受了电痉挛疗法而加快了他的自杀行为发生，因为据称在他接受此治疗后严重失去记忆。

1961 年 7 月 2 日在爱达荷州克川市海明威的家，他用从地下室贮藏库找来的双管猎枪自杀了。海明威死后被葬于爱达荷州克川市最北部的公墓。

海明威作为一名具有强烈正义感的作家，一位坚强的反战主义者，他以客观真实的描写，通过自己的一部部作品，谴责战争，反对战争。以作品主人公在战争中的苦难以及人生悲剧，抨击战争对人的摧残，通过人物的命运悲剧，描写了一代人面对战争、死亡的威胁，失去理想、找不到出路，所感到的孤独、苦闷、彷徨和失望。人物的悲剧，既是战争的悲剧，更是时代的悲剧，社会的悲剧。

《老人与海》是一部为海明威赢得诺贝尔文学奖的中篇小说。这篇小说的背景是 20 世纪中叶的古巴，一位已是风烛残年却依旧为生活拼搏的老渔夫桑提亚哥，一连八十四天都没有钓到一条鱼，但他仍不肯认输，而是充满着奋斗的精神。终于在第八十五天钓到一条身长十八尺，体重一千五百磅的大马林鱼。大鱼拖着船往海里走，老人依然死拉着不放，即使没有水，没有食物，没有武器，没有助手，他也丝毫不灰心。经过两天两夜之后，他终于杀死大鱼，把它拴在船边。但许多鲨鱼立刻前来抢夺他的战利品。他一一地杀死它们，到最后只剩下一支折断的舵柄作为武器。最终，大鱼仍难逃被吃光的命运，当老人筋疲力尽地拖回一副鱼骨头，回家瘫倒在床上的时候，实际上他已经失败了。但在梦中，他依然梦见了狮子，寻回那往日美好的岁月。

1936 年，海明威在为一家杂志撰写的一篇通讯中讲述了这样一个故事。有一次，一个老人独自在加巴尼斯港口外的海面上打鱼，他钓到一条巨大的马林鱼，那条鱼拖着沉重的钓丝把小船拖到很远的海上。两天以后，当渔民们找到了老人时，马林鱼的头和上半身绑在船边上，剩下的鱼肉还不到一半。因为鲨鱼游到船边袭击那条鱼，老人一个人在湾流中的小船上对付鲨鱼，用桨打、戳、刺，累得他筋疲力尽，鲨鱼却把能吃到的地方都吃掉了。渔民们找到他的时候，老人正在船上哭，损失了鱼。他快气疯了，鲨鱼还在船的周围打转。

这件真实的故事就是《老人与海》的雏形。小说通篇描写的都是主人公的海上捕鱼活动，这一活动的时间仅仅为三天三夜。为了突出地表现人同大自然的艰苦搏斗，作者没有对当时的社会生活作直接的描写，而是有意地把主人公的活动环境置于几乎与世隔绝的苍茫的大海上。

《老人与海》是一部寓意很深的作品．桑提亚哥的形象、他的力量的来源、他的失败的象征意义以及作品的结尾，就像海明威的一生一样，给读者留下了许多难解之谜。显然，故事依然表现了"英雄与环境"这个传统主题。在这场英雄与环境的斗争中，桑提亚哥是一位失败的英雄。可贵的是，做胜利的英雄易，做失败的英雄难。正是对待失败的风度上，桑提亚哥赢得了胜利。他认为，"痛苦在一个男子汉不算一回事"，"一个人并不是生来就给打败的，你尽可以把他消灭掉，可就是打不败他"。这就是他的生活信条，他的"硬汉子"精神。

桑提亚哥并未单纯地把捕鱼作为谋生的手段，而是把它当作人生角斗的场所。在这一角斗场中，海是他的对立面，是环境的象征。虽然他爱大海，但同时他也清楚地知道，在大海中既"有我们的朋友，也有我们的敌人"；这"仁慈而美丽"的海，有时也"竟会变得那样残忍"＝因此，他把人同鱼的格斗假设成人生的战场。然而，老人也并非是永远地精神焕发，斗志高昂，而是时时感到孤独和疲惫，所以，他想到了那个常常跟随他的孩子马诺林，他急切地想睡觉，并希望能梦见狮子。但无论如何，他最终还是没能摆脱失败的厄运。在桑提亚哥的身上，凝注着作者这样的思想。虽然失败了，但不能服输，失败了，还要从头做起。在小说的结尾，桑提亚哥梦见狮子，这既是他力量的象征，又预示了下一场搏斗的开始。可这毕竟是作者头脑中虚构的产物，是一种孤立的个人奋斗。因为无论他怎样在精神中寻求安慰，最终仍逃不掉命运的作弄。从这个意义上讲，《老人与海》一方面歌颂了人类的伟大力量，一方面又对人生表现出无可奈何的绝望心情。但海明威同时希望人们不要在失败中丢掉尊严。这就是桑提亚哥这个不屈服于失败命运的"硬汉子"的性格。这是海明威这头受伤的狮子晚年思想的最后闪光。马诺林这个角色虽然在小说中着笔甚少，却是不可或缺的人物，他既是老人的追随者，又是老人的安慰者。从对完成老人形象所起的作用上看，他起着十分重要的作用。由于他离开了老人的小船，才使老人独自一人出海；老人出海，又是马诺林去送行，老人归来后，又是马诺林去照顾他，给他送饭，同他讨论以后的打算。是他帮助桑地亚哥获得了真正的谦卑的品质，完成了由个人英雄主义向团结互助精神的回归。其次，通过象征的手段，马诺林还帮助传达出了《老人与海》的两个次主题，即关于青年和老年的寓言，关于个人主义和团结互助的寓言。再次，在小说悲剧氛围的营造中，马诺林这一角色起着积极的作用。它帮助制造了悲剧所需要的孤独感，激起读者对桑地亚哥的同情怜悯；它又以主观客观两种形式与桑地亚哥构成对比，加深了我们对老人的同情和怜悯。最后，在确定《老人与海》的基调时，马诺林也起了关键作用。在老人安全归来这一客观事实基础上，它作为人间友爱和年轻一代的象征，将小说的方向对准未来．对准积极的乐观主义。

在写作技巧方面，海明威的叙述简洁、明快、有力，修辞干净，韵调自然，但是其主题却含蓄隐晦，往往只用警句式的语言就能表现小说中人物的言谈行动。没有着意的渲染和概括．但却能尖锐地刻画出人物的内心世界，充分体现了自然主义的白描手法。这些后来被作者自己概括为"冰山原则"——他在《午后之死》中这样概括："冰山运动之雄伟壮观，是因为它只有八分之一在水面上。"又说："如果一位散文家对于他想写的东西心里有数，那么他就可能省略他所知道东西，读者呢，只要作家写得真实，会强烈地感觉到他所省略的地方，好像作者写出来了似的。"显然，海明威这里强调的是省略，主张思想深沉而又隐而不晦，情感丰沛却又含而不露，水下的八分之七内涵由读者自己去体会玩味。

其次，这部小说采取了纵式的结构方式，轮辐式的布局，缓急相间的节奏感。小说要表现的人与自然搏斗的大主题，于是在众多渔夫中选择一位老人作为他小说中的主人公，选择了一位孩子做老人的伙伴，选一系列情节的发展按自然的时空顺序安排在两天时间内进行，这样有许多的内容是让读者自己去完成的达到"一石多鸟"的艺术效果，寓意深厚。另一方面小说以老人从海上归来为引子，让周围的人物一个个出场，交代了他们与老人之间的关系，这种轮辐式结构还能产生线索清晰明了、中心集中突出、故事简洁明快的效果。同时，这篇小说叙述故事时娓娓道来．开始速度比较缓慢．随着老人航海的进程．速度也逐渐加快，当老人与马林鱼、鲨鱼正面交锋时．速度之快达到了极点。

再次，象征手法的运用。《老人与海》中，海是被当作女性来描写的，外表温柔．却有着无穷、强大的力量，她有着闻所未闻的大马林鱼，有着凶残贪婪的大鲨鱼，她是如此深不可测。而主人公桑提亚哥是一位"真正的硬汉"，是"生命英雄"的象征，在面对种种困难的时候，勇于向人类生命的极限挑战。大马林鱼在这部小说中有着至关重要的作用，它年轻气盛，但是老人坚强的意志力终于战胜了它。在老人内心,大马林鱼是理想事物的象征,是美好的理想和追求的目标。它象征着人类在漫长的征途中不知经历多少苦难,却仍旧满怀着对未来的希望,正是凭借这种信念和理想,创造了无数的奇迹。鲨鱼代表着一切破坏性的力量,是阻止人们实现理想和目标的各种破坏力的集合,是各种邪恶势力的象征。狮子的意象在《老人与海》中具有独特地位,与其他意象相比,狮子有自己独特的自信和威严,发自内心,不怒自威,令人敬畏,这一意象丰富了老人的精神世界。正像老人一次次出海为证明自己,迎接生命挑战一样,狮子这一意象也是为老人的再次出海做心理上、精神上的准备。

第九章　近现代东方文学

近现代东方文学，主要包括亚非及大洋洲文学，一般指 19 世纪初到 20 世纪末的文学。从 19 世纪到 20 纪初，是东方文学的近代史时期，这时期亚非地区的许多国家都处于殖民地、半殖民地状态，因此，该时期的文学主要就是殖民地和半殖民地的文学。而东方现代文学史，则开始于 20 世纪的 20 年代，是近代文学的继续和发展的时期。这时期的世界历史正是帝国主义、殖民主义走向衰落和灭亡，社会主义走向胜利的时期。在东方，日本于 20 世纪初已发展成为一个凶恶的帝国，而其他几乎所有的国家和地区，依然处于殖民地或半殖民地的状态，同时各地区也纷纷开始爆发轰轰烈烈的反帝反殖民、争取民族解放和独立的革命运动。因此，现代东方文学史的特点，也是反映殖民主义体系走向总体崩溃、东方各民族地区民主革命走向伟大胜利、民族独立取得巨大成功的文学。

第一节　朝气蓬勃的新型文学

近代东方历史的发展各国各地区虽然不平衡，但仍具有许多共同的特点，其中最重要一点，就是受西方殖民主义侵略而逐步沦为殖民地、半殖民地的历史。换句话说，近代世界的基本政治格局，是西方对东方的奴役。

19 世纪初期，亚非各国仍然处在封建制度的残酷统治之下，落后的封建社会关系阻碍了各国经济的发展。而西方殖民主义者荷兰、西班牙、英国、法国等从 16、17 世纪就已经来到东方，18 世纪开始侵略，19 世纪以后逐渐取代了东方大多数国家的封建统治者的地位，掌握了它们的政治、经济和军事命脉。19 世纪中叶之后，除了日本等个别国家，亚非各国皆沦为殖民地、半殖民地。殖民者的入侵和占领。给亚非人民带来了巨大的灾难，大批无辜居民惨遭屠杀，大批宝贵的文物被破坏毁灭，生产凋敝，经济落后，社会停滞不前。因此，近代亚非各国的主要矛盾，是殖民地、半殖民地人民和殖民主义、帝国主义、封建主义统治者的矛盾。

东方各族人民的主要任务，是反殖民统治、反帝国主义压迫和反对封建残余，争取民族独立和解放，获得民主和自由。近代亚非这种社会基本矛盾的复杂性，决定了亚非人民斗争的睦折漫长和艰苦卓绝。可以说，亚非人民的解放斗争，构成了东方近代史中伟大而光明的一回，也是该地区这段历史的主流。

面临丧权辱国的民族危机，亚非人民奋起反抗，掀起了多次波澜壮阔的反殖、反帝的民族解放斗争。在近现代历史中，这种反帝反殖的斗争总体上说经历了两次大的高潮期。一是从 19 世纪 20 年代到 60 年代，它由爪哇人民反对荷兰入侵者的起义，伊朗巴布教徒的起义、印度反对英国占领者的义兵起义和中国的太平天国运动等构成。这期间的斗争虽然大多由于各种内外原因而最终失败，但它对民族意识的唤醒作用，对殖民主义者的沉重打击作用，以及对封建统治的社会基础的动摇作用则是巨大的。此后，西方殖民主义势力进一步深入亚非各国，同时，这些国家的近代民族资本主义也得到进一步发展。这样，也就促进了亚非各国的民族资产阶级和无产阶级的形成以及民族经济的发展，为新的反殖、反帝和反封建的斗争打下了社会基础。亚非人民第二次民族解放运动的高潮期，是从 20 世纪的初期开始的。它是由 1902 年的菲律宾独立战争拉开序幕，包括 1905 至 1911 年的伊朗革命运动、1905 至 1908 年的印度民族大起义、1908 至 1909 年的土耳其革命，以及 1910 年的朝鲜反日的义军起义和 1911 至 1912 年的中国辛亥革命。这次斗争高潮因其规模巨大，群众基础深厚，取得了重大斗争成果，而震撼了世界，被看作是亚非人民走向民族独立、争取民主和自由的成功起点。

而 19 世纪的大洋洲，依然是在英国的殖民统治之下。欧洲人是从 17 世纪的时候开始发现并逐渐占领澳洲的。1786 年，英国政府决定占领澳洲，到 1817 年将这块陆地定名为澳大利亚。从此，英国人对澳洲的殖民统治正式开始了，虽然这里的土著人为保卫家园也进行了殊死的斗争，但都因遭到了英国人的镇压而失败了。新西兰也是在 17 世纪被欧洲人发现的，到 1838 年，英国政府通过强占和赎买的方式逐渐地吞并了这片土地。当地的毛利人也进行了为时十年的武装反抗，但最终还是失去了他们最好的土地。

反殖、反帝、反封建斗争的日益激烈，思想上的民主启蒙运动也就日益发展。随着人民爱国力量的增长，近代启蒙运动在东方蓬勃发展起来。提倡科学文明，反对封建迷信；宣传民主进步，批判保守落后；提倡现代教育，反对愚昧无知，以及主张妇女解放和人人平等自由等等全新的理念，成为近代东方各国社会思想的大潮，也给落后的东方世界走向近代文明做出了重大的贡献。

近现代的东方文学就是在这样激烈的斗争中，复杂的矛盾中以及新旧交替的历史转换时期逐渐形成。之后随着它的不断发展、壮大，并一步步走向辉煌，在世界文学发展历史的长河中，成为一个重要的组成部分。同时，就东方文学自己的发展而言，它的意义在于结束了封闭、停滞不前的封建时代的文学，开启了文学发展的新阶段，形成了新型的民族文学，完成了从旧文学到新文学的转变。

近现代东方文学的基本特征主要表现为以下几方面。

第一，传统的继承性与时代的转折性。与东方近现代历史进程相联系，东方近现代文学史在发展的二百年中，既与东方古代文学紧密相连，又与东方当代文学密不可分。由于东方各民族国家历史阶段各不相同，很多国家至 20 世纪五六十年代才获得了独立，民族解放运动一直在发展，文学也在进一步繁荣。因此，东方近现代文学是一段独立时期的文学，也是既继承传统又具备时代转折性特征的文学，带有较强的过渡色彩。

由于受西方各种思潮的影响，一些国家社团林立，流派众多，变幻不定。尤其是在近现代的日本，一些带有东方特点的现实主义、浪漫主义、自然主义、唯美主义及现代主义等文艺思潮在短暂的时间内很快流行起来又很快消失，有的作家身兼几个派别，有的流派甚至还未得到充分发展就倏忽而止。文学创作表现出了既具民族传统性又具时代转折性的特点。

东方近现代文学虽然受西方文化的影响较大，但它深深根植于本民族的文化传统之中，它在东方文学的发展史上具有不可替代的承前启后、继往开来的作用。

第二，主题的一致性与表现的多样性。东方国家的近现代历史，与其苦难深重的近代历史紧密相连，它们既处在本国封建专制的统治下，又备受殖民主义的蹂躏，外国列强的侵略。因此，在近代东方文学中，反封建主题得到了空前的发展，后来许多作家又把反封建的主题与反帝反殖的内容结合在一起。许多作品直接揭露帝国主义和殖民主义的罪恶本质，正面描写各民族的深重灾难，表达殖民地人民要求改变民族命运的强烈愿望。文学成为唤醒民众觉悟、激励民众为获得民族独立而斗争的有力武器。到了现代东方文学阶段，反帝、反殖、反封建的大旗更加高扬，积极反映人民大众的疾苦，努力探索民族的出路。反映东方各国人民同殖民主义、帝国主义和封建势力之间的矛盾，描写人民的苦难和不幸，揭露资本主义社会条件下的虚伪和丑恶，表现人民群众的觉醒和斗争，成为这一时期东方文学跨越国度和民族的共同主题。

无产阶级文学是作为一支独立的力量出现在近现代东方文学的舞台上的，它展现了独特的世界观和美学观，宣扬了崭新的人类生活理想。在许多的国家，无产阶级文学都建立了一定组织机构，如日本的"纳普"、朝鲜的"卡普"、缅甸的"红龙书社"等等。在思想内容方面，无产阶级文学以彻底的反帝反殖反封建为主题，以劳苦大众的悲惨生活为主要描写对象，明确指出阶级压迫是一切苦难根源，号召人民奋起抗争，砸碎镣铐，推翻反动的封建殖民统治，翻身做主人。特别是进入 20世纪以后，那些无产阶级政治力量日渐强大的国家，无产阶级文学生动描述了为推翻反动统治，争取民族自由、解放而进行的艰苦卓绝的斗争。而在无产阶级取得胜利的社会主义国家，无产阶级文学还反映了社会主义革命与建设的新内容。

近现代的东方文学在创作方法和文学样式方面，呈现的却是多样性的特征。既继承了本民族的文学传统，呈现自己民族的特色，又受到了欧洲文学多方面的影响。在近代文学时期，欧洲近现代文学史上一些主要文学思潮，如浪漫主义、现实主义、自然主义等，在东方的一些主要国家几乎同时交替出现。欧洲近代文学的一些主要形式，如自由体新诗、小说、戏剧等在近代被介绍到东方国家后，不断成熟、发展，繁荣了东方现代文学的创作。此时的东方文学无论内容还是形式上都进行了重大的革新，它突破了中古文学的某些陈规旧律，创造了一些新的文学式样(如日本的政治小说、私小说，朝鲜的新小说，印度的政治抒情诗)，在内容上开始从脱离实际的古老而陈旧的题材转向描写平民的现实生活，反映重大的民族斗争。到了现代文学阶段，则将本民族的内容，与西方现代主义的手法相结合，开始反映对整个人类共同的命运思考。

第三，创作的自觉性与发展的不平衡性。文学创作的自觉性表现在虽然近现代的东方多是在西方殖民者的统治之下，近现代的东方文学也更多地受到了西方文化的影响，但是东方文学的作家和他们的创作却是表现了相当的自尊和自强。特别是到了 20 世纪，在一些主要的国家中，涌现出了大量的有组织的文学社团，开展了有组织的文学运动。30 年代，印度成立了进步作家协会，缅甸兴起了"实验文学运动"，在日本、朝鲜、中国，无产阶级文学运动也蓬勃开展。另外，阿拉伯地区的"埃及现代派"、印度的"昌盛派"、朝鲜的"新倾向派"等也取得了较大的成绩。

作家数量骤增，作品数量多，影响大，成果大，成为这一时期东方文学的又一特征。特别是职业作家的出现具有十分特殊的意义，一方面表明作家与文学在现实生活中具有日益重要的地位，另一方面也表明作家们已具有独立的政治和经济地位，有了独立的人格及精神世界，成为传递民族和时代声音的主动者，对东方民族的思想启蒙及社会革新运动起到了积极的舆论先导作用。

但是，东方近现代文学的发展也是很不均衡的，有的国家文学取得了较高成就，有的地区文学发展的步子则仍旧缓慢。仅就获得诺贝尔文学奖而言，总体上说，东方作家的数量远远少于西方，而且在东方也很不平衡，目前只是少数几个主要国家有得主。

第二节　纪伯伦

纪伯伦·哈利勒·纪伯伦(1883—1931)是黎巴嫩著名的诗人、散文家、画家、阿拉伯近现代文学最重要的奠基者之一，20世纪初阿拉伯海外文学最杰出的代表作家。

纪伯伦1883年1月6日出生在土耳其奥斯曼帝国统治下的黎巴嫩北部山乡贝什里一个贫困的牧民家庭，父母都是天主教马龙派教徒。母亲虔诚、善良、坚忍，纪伯伦"爱母亲到了崇拜的程度"。亲情的呵护和故乡优美的大自然是纪伯伦在日后的创作中反复吟咏"爱与美"主题的最初的生活源泉。

1901年，纪伯伦毕业返回波士顿，归途中接到妹妹病逝的噩耗。次年，哥哥与母亲病逝。痛苦中他正式走上了创作道路。他最早正式发表的作品，便是他这个时期用阿拉伯文写下的50余首散文诗，它们发表于1903年至1908年的《侨民报》上，风格忧伤纤丽，用富于抒情性、哲理性的语言倾诉诗人的人生体验，"爱与美"是其主旋律。这些"情思交融、韵味清远"的诗歌，预示着诗人一生的创作方向。1913年，这批散文诗集结成《泪与笑》出版，这是诗人第一部散文诗集。

纪伯伦早期的作品主要是用阿拉伯文写的小说。短篇小说集《草原新娘》(1906)和《叛逆的灵魂》(1908)共收有7篇小说，揭露封建与教会统治的黑暗和歌颂叛逆是它们的主题。《叛逆的灵魂》最终惹恼了土耳其当局，小说被收缴后在贝鲁特中心广场当众销毁，纪伯伦被开除教籍、国籍。

1908年，纪伯伦在友人的资助下赴巴黎学艺，期间曾从师雕塑大师罗丹。在巴黎期间，纪伯伦大量阅读欧洲文学作品、游历欧洲各地，深受欧洲浓郁的文化艺术氛围的浸润，为他日后创作的东西融合奠定了坚实的基础。19世纪英国浪漫主义诗人兼画家布莱克的作品对他影响甚大，尼采的作品则引导他从哲理的角度思考人生与文学、推动他的创作沿着叛逆的方向发展。

1909年，纪伯伦开始从事反对奥斯曼帝国统治的政治活动。

1910年纪伯伦返回美国，次年他移居纽约阿拉伯侨民艺术家聚居的格林尼治村，专心创作，发表了《折断的翅膀》，这部有自传色彩的中篇小说是他小说的代表作。小说叙述："我"爱上了贝鲁特富商法里斯美丽的独女萨勒玛，但主教觊觎法里斯的家产，要萨勒玛嫁给自己冷酷暴虐、淫荡邪恶的侄子。法里斯屈从主教的权势，同意了这门婚事。婚后萨勒玛生活在痛苦中，"我"希望和她出逃，她却像折断了翅膀的鸟儿无法起飞。最终她绝望而死。小说矛头直指宗教力量与封建传统，将悲剧处理为阿拉伯妇女乃至东方民族的悲剧："那个弱女子不正是受凌辱民族的象征吗?……不正像那个受尽统治者和祭司们折磨的民族吗?"其"批判东方传统和现实的勇气、胆识和卓见，在同时代阿拉伯作家中均是罕见的"。艺术上，小说情节简单，人物性格单纯浪漫，以大量富于诗意和哲理色彩的倾诉表现主人公的心理，代表了纪伯伦小说的特色。小说发表后在阿拉伯世界引起轰动。此后，纪伯伦转向了散文诗的创作。

1912 年后，纪伯伦参加各种社会活动，用演讲、著文等方式反对奥斯曼帝国的统治，号召人民为自由解放而斗争。第一次世界大战期间，纪伯伦争取祖国解放的斗志高涨，曾以担任叙利亚难民救济委员会会长来帮助苦难的同胞。随后，纪伯伦的创作进入了繁荣时期。1920 年，阿拉伯侨民文学团体"笔会"成立，纪伯伦当选为主席。"笔会"促成了在阿拉伯文学史上影响深远的"旅美派"文学，有力推进了阿拉伯文学的发展、走向世界，纪伯伦作为"笔会"的组织、领导者和旗手功不可没。

纪伯伦这个时期的作品主要是用阿拉伯文和英文写的散文诗。阿拉伯文作品包括长诗《行列圣歌》(1919)、散文诗集《暴风集》(1920)、《珍趣集》(1923)，它们都以批判现实为主。其中《暴风集》是纪伯伦最具现实性和批判力度的散文诗集，收有 31 篇作品，它们有尼采"超人"，哲学的印记，塑造对抗社会的"疯狂之神"的形象，而揭露东方社会的"痼疾"、呼唤变革东方社会的"暴风雨"是集子最引人注目的内容。

《先知》是纪伯伦创作的顶峰。

《沙与沫》与《先知》齐名，收有 200 余则哲思小语，它们涉及人性、人生、爱情、友情、文艺，内容丰富，语言凝练隽永，"立意高远，境界超逸"，令"读者在含英咀华之际，常有醍醐灌顶之感"。

1929 年之后，纪伯伦的健康状况迅速恶化。1931 年 4 月 10 日，他逝世于纽约格林尼治村圣芳心医院，享年 48 岁。根据他的遗愿，他的遗体被运回祖国，安葬在故乡贝什里的修道院里。

纪伯伦的一生是复杂矛盾的。他的思想中包含着泛神论、宿命论、达尔文进化论、尼采哲学等成分，而以人道主义、民主主义、启蒙主义为主。他的人生追求有世俗的一面，但他献身艺术，终成大家。他的创作融合东西，前期的阿拉伯文作品立足于民族、社会批判，塑造"叛逆者"的形象，有强烈的东方色彩。后期的英文作品则"更多地着眼于普遍的人性及人性的升华，其立足点是全人类、全世界"。塑造"先知"的形象。艺术上他以"纪伯伦风格"即使用具有浓郁的浪漫抒情和哲理色彩的文笔、丰富的想象与比喻、象征手法而著称。他的小说"对阿拉伯现代小说的发展起到极大的推动作用"。他第一个将散文诗引进阿拉伯文学并使之达到了一个高峰，由此他为阿拉伯新文学奠定了重要的基石，有力推动了阿拉伯的文艺复兴运动，推动了阿拉伯文学走向世界。

散文诗集《先知》是纪伯伦创作的顶峰、世界文学宝库中的珍品。这是一部用人生哲理来启迪读者的作品。随着思想的成熟、生活境况的好转，随着第一次世界大战导致的欧洲精神错乱的逐渐结束，纪伯伦"已从对人们和其生活的叛逆一变而成对这种生活奥秘的理解。揭示其中美的成分，让美的清泉汩汩流出"。

《先知》巧用框架结构将 26 篇散文诗串成一个有机整体。东方先知亚墨斯达法在阿法利斯城里滞留了 12 年后要乘船回故乡去了。临行时，城里的人们赶来送行，预言者爱尔美差代众人恳求他"对我们言说真理"，"告诉我们你所知道的关于生和死中间的一切"。于是，亚墨斯达法一一回答了她的提问，论及了爱、婚姻、孩子、施与、工作、居室、买卖、罪与罚、自由、法律、理性与热情、友谊、善恶、美、宗教、死等 26 个涉及了个人与社会生活的方方面面的问题。

正如学者所言，"《先知》从构思、布局直至某些内容都与尼采的谶语式的格言著作《查拉图什特拉如是说》或《苏鲁支语录》有很多相似的地方"，查拉图什特拉和亚墨斯达法同属"超人"，同是作者的代言人，但是，与查拉图什特拉不同，亚墨斯达法把自己置于和人民平等的地位，他热爱人民，与人民休戚与共。纪伯伦认为人身上"神性""人性"和"不成人性"的因素并存，每个人都有对"大我"的冀求，因此，他热爱人类，希望用"真理"启迪人的心智，提升人性，帮助人走向"大我"，这是"先知"的创作目的。

在《论爱》中纪伯伦告诉读者，"爱"是人性的、人的生命的组成部分，是一种与世俗功利无关的精神现象，它能去掉人性中的杂质，纯洁、升华人性，因此，走向"爱"是要付出痛苦的代价的。在《论工作》《论友谊》《论买卖》等篇章中诗人告诉读者，生活中"爱"不可或缺："爱"使工作充实而欢乐，使人收获友情，使买卖公平；在《论施与》中诗人指出应将"爱"付诸行动，化为不求回报、无关功利的施与，这时人便显出了神性。《论婚姻》《论孩子》则告诉读者，"爱"的行动还包括让所爱的人——配偶和孩子独立，体现了作者先进的现代伦理观。

诗人也重视美，《论美》告诉人们，美是超功利的精神愉悦，是永恒的存在。而诗人关于美的论述最为有力的一笔，是将美与人生联系起来，指出当生命处于"圣洁"即无功利的施与、奉献状态时，就是大美，是理想中的生命状态。

纪伯伦对爱的讴歌，受基督教和西方近代"博爱"思想的影响，而将"爱"与"美"统一到人性的"圣洁"，则有东方色彩，伊斯兰教就提倡施与。美善统一、情感与道德统一是东方的传统。

纪伯伦传达的"真理"还包括让人们摆脱现实与传统的羁绊，走向自然、自由。诗人在《论自由》中谈到，人都渴望自由。但事实上人们自己束缚了自己，造成不自由，因此，人只有抛弃自己制造的各种束缚，才能获得自由。《论居室》告诉读者，城市文明束缚人。它只有反客为主的物质，它戕害、毁灭人，人不应该被城市"网罗""驯养"，走向自然便能获得自由解放。《论法律》告诉读者，摆脱荒唐的法律，遵循自然之律，便获得了自由。这些论述，是卢梭"返回自然"呼声的回响。

纪伯伦传达的"真理"，还包括辩证而达观的人生观。纪伯伦的人生追求有浓重的理想主义色彩，同时他对人性、人生的灰暗面有着清醒的认识。但他没有用西方二元对立的哲学去描述人性与人生，而总是以东方式的"调和的眼光来看待人生的种种矛盾，如生与死、理性与热情、自由与枷锁等等"，宣传乐观积极的人生观与世界观。诗人在《论善恶》中指出，人性中善恶并存，"不善"是自然人性，但每个人心中都有"善"，都有对"大我"的冀求。《论理性与热情》

则揭示人身上的灵肉冲突，诗人希望调停二者，指出人身上理性与感情缺一不可，二者合一时人便具有了神性。诗人对人性之恶的看法有基督教"原罪"观的影子，但诗人对人性善的信念、对人性的辩证看法与期望是东方式的。

诗人还用《论死》告诉读者，生死是一体的，这是东方式的生命观。积极的是，诗人强调"生"的追求决定"死"的内涵，圣洁的"生"通向永恒。究其实，这仍是在讴歌爱美统一的人生。

综上所述，《先知》中的"真理"融合了东西方文化的精华，它决定了《先知》思想内涵的独特性、深邃性。

在诗人的计划中，《先知》是三部曲中的第一部，第二部《先知园》继《先知》中的故事写亚墨斯达法回到故乡后的人生思考与对来访者提问的回答。《先知》主要谈人与人的关系，谈"爱"的"施与"，《先知园》则谈人与自然的关系，谈"爱"的"接受"。第三部曲《先知之死》因诗人逝世而未能创作，是文学史上的憾事。

《先知》问世后轰动了美国与阿拉伯，继而传遍了全世界，纪伯伦因此跻身于世界最杰出的散文诗人之列。这部作品深深扎根于人类生活的土壤里的作品将永远屹立于世界文学之林。

第三节　泰戈尔

罗宾德拉纳特·泰戈尔(1861—1941)是印度迄今为止最伟大的文学家、亚洲第一位诺贝尔文学奖获得者、世界级文豪。

泰戈尔 1861 年 5 月 7 日出生在加尔各答市一个地主兼商人的名门望族家庭里。这个家族"属于印度社会的精英"，积极参加宗教与社会改革、文艺复兴、民族解放运动，人才辈出，府邸是市里知识界、文艺界的活动中心。泰戈尔在学校读书时间不长，他的知识基本是兄长、家庭教师教授和他自学习得的。在成长过程中"家庭是影响泰戈尔的最为重要的因素"，使他从小喜爱文艺，也关心社会问题。

泰戈尔 8 岁开始写诗，14 岁开始发表作品。1878 年他去伦敦留学，没有按父亲的意旨学习法律，却浸润于英国文学和欧洲音乐中。

1880 年泰戈尔回国，正式走上创作道路。八九十年代是他创作史上的早期，他这个时期的诗歌有青春的、宗教的气息，多表现个人的体验、探索。随着他1884 年担任"梵社"秘书、1890 年底去农庄管理家族田产后更多地关注、了解了现实，他创作出了表现社会主题的故事诗和短篇小说，它们代表了他早期创作的最高成就。

《故事诗》(1900)中的作品取材于历史和民间传说，借古喻今，用动人的情节、优美而富于抒情色彩的语言表达反浸略反封建、歌颂人的崇高品质的主题，名篇有《被俘的英雄》《两亩地》等。

短篇小说"完全可以和世界短篇小说大师莫泊桑、契诃夫的作品媲美"，它们取材于现实，构思巧妙，结构单纯，富于抒情色彩，内容和主题与《故事诗》一致，其中批判封建婚姻和种姓制度、塑造受苦受难的年轻女子形象的作品最出色，名篇有《摩诃摩耶》《河边的台阶》等。

20 世纪最初的 20 年是泰戈尔创作史上最重要的时期，他最著名的长篇小说和诗集都完成于这个时期。

1901 年泰戈尔在圣尼克坦创办学校进行教育改革。

1905 年英国当局将孟加拉从印度分裂出去，激发了印度民族解放运动第一次高潮。泰戈尔来到加尔各答投身运动，但他反对暴力抗英、主张通过建设国家、改革社会走向独立的主张得不到群众支持。运动后期他和国大党领袖意见分歧公开化，于是他回到了圣尼克坦，在半隐居中从事教育和创作。

这几年，泰戈尔还忍受着来自家庭的痛苦，1902 至 1907 年间他连续失去了妻子、二女儿、父亲和小儿子。

民族解放运动高潮前后对国家命运的思考和痛失亲人后对人生的思考之下，"深沉的感情使他的创作越发具有了崇高纯洁的艺术气质"，他完成了自己最优秀的中长篇小说和抒情哲理诗集的创作。

泰戈尔这个时期的中长篇小说有《小沙子》(1903)、《沉船》(1906)、《戈拉》(1910)、《家庭与世界》(1916)和《四个人》(1916)等，它们通过知识分子的生活与追求和女性的婚姻遭遇反映重大的社会问题，其中《戈拉》和《沉船》最为出色。

《戈拉》是"一位小说大师的巅峰之作"、印度现实主义小说的代表作之一。小说主人公戈拉有强烈的反帝爱国思想，起初用全盘接受包括种姓制度等糟粕的印度教传统的方式来维护民族的自尊、抵抗殖民统治，但在生活的教育下最终放弃了宗教偏见，走上了为全印度人民谋福利的道路。小说尖锐揭露了宗教偏见的危害，阐释了作者对印度民族解放运动道路的看法，有重大的现实意义。艺术上，小说独具特色，抒情色彩浓，人物形象对比鲜明，富于论辩性的对话是塑造人物形象、表达思想的主要手段。

《沉船》叙述一个构思巧妙的故事：大学生罗梅西热恋汉娜丽妮，却痛苦地屈从父命去迎娶素不相识的撒玛娜。归途中遇暴风雨两人所乘之船沉没，脱险后罗梅西与穿新娘装的卡玛娜误认为是夫妻而生活在一起。发现误会后罗梅西陷于痛苦中，他想与汉娜丽妮成婚，却不忍说明真相将卡玛娜推向绝境。卡玛娜发现了真相后果断出走寻夫，留下罗梅西在痛苦中度日。小说通过这个富于传奇色彩的故事有力抨击了包办婚姻。小说人物形象有理想色彩，心理描写与环境描写结合，艺术魅力大，很受读者喜爱。

泰戈尔这个时期的抒情哲理诗集包括《吉檀迦利》(1912)、《新月集》(1913)、《园丁集》(1913)、《飞鸟集》(1916)等，它们表现作者对人生的探索，有宗教神秘主义色彩和很高的艺术成就。

《吉檀迦利》是泰戈尔创作的顶峰。1912 年他携这部诗集访英，诗集获得大诗人叶芝等文艺界名人的高度赞赏。同年 11 月诗集在伦敦出版，1913 年诗人因此获得诺贝尔文学奖。

《新月集》是一部儿童诗集，歌颂童真和母爱，表现诗人对理想的追求、对污浊现实的鄙弃，艺术上通俗优美，清新隽永，引人入胜。

《园丁集》是歌颂人生和爱情的诗集，表现出诗人积极的人生追求和寻求出路而不得的苦闷。集中诗歌描绘爱情心理与场景细腻动人。

《飞鸟集》是格言短诗集。诗人把自己比作漂泊的飞鸟，把诗歌内容比作飞鸟寻找理想栖息地时长途飞行留下的足迹。集中诗歌富于哲理性，表现出诗人追求理想的进取精神。

19世纪20年代以后是泰戈尔创作史上的晚期。

1919年以后，殖民当局加强了对印度的高压统治，矛盾激化，二三十年代印度民族解放运动掀起了新高潮。国际上，法西斯轴心国逐渐形成，酝酿、发动第二次世界大战。这使泰戈尔结束了半隐居的生活，重新投身社会斗争，思想向革命民主主义的方向发展。

因此，泰戈尔晚期的创作思想更加积极明朗，充满爱国反帝的激情和对人民的肯定。这个阶段他的主要创作成就是剧本和政治抒情诗。泰戈尔这个时期的剧本在艺术上别具一格，用象征艺术、浪漫主义的想象和诗意的、富于音乐美的语言表达反帝主题和爱国激情，名作有《摩克多塔拉》(1922)、《红夹竹桃》(1926)等。

泰戈尔这个时期的政治抒情诗现实色彩浓，格调明朗，有昂扬的反殖反帝激情、国际主义精神和对人民的礼赞，诗集有《非洲集》《边沿集》《生辰集》等。

1941年8月7日，泰戈尔在加尔各答逝世。

泰戈尔不但是文学家，而且是积极探索民族解放之路和人类理想生活之路的思想家=在60余年的创作生涯中，他留下了50多部诗集、12部中长篇小说、100余篇短篇小说、20多部剧本，还有大批语言、文学、哲学、政治、历史、宗教、音乐等方面的论文，以及2000多幅术作品和近3000首歌曲，创作量之大、形式之丰富世所罕见。他结束了印度文学局限于历史题材、宗教神秘主义作品的历史，使印度文学走上了与现实生活紧密结合、体现进步的时代精神的路；他的创作，以继承民族文化、文学传统为主，吸收西方文化、文学营养为辅，东西融合而富于民族色彩，将印度文学提高到一个新高度，推动印度文学走向世界，产生了深远的影响。

英文本《吉檀迦利》收有 103 首散文诗,均无题,它们是泰戈尔 1912 年从自己的孟加拉文《吉檀迦利》《祭品集》《歌之花环集》等 9 部诗集中选译出来的,诗人"在翻译过程中采取了删减、增加、合并、整合等方法,对孟加拉原诗进行了重新地再创作"。

诗人信仰、歌颂的神是"梵",诗人称之为"你""他""我的主""我的神""我的朋友""圣者"等等。"梵"在《吠陀》《奥义书》等印度典籍中是世界的本源,诗人使之成为体现自己对生活、人民和祖国的爱、体现自己的人格和社会理想的人格神。

这神有宗教神秘色彩,却不是高高在上,而是存在于尘世所有的生命中的"泛神"。如第 45 首诗歌描述:在"每一个时间、每一个年代,每日每夜",在"四月芬芳的晴天里",在"七月阴暗的雨夜中","他正在走来,走来,一直不停地走来"。

这神有鲜明的倾向性、博大的爱心,不去惠顾权贵,只与底层劳动者同在。如第 10 首诗歌描述,"这是你的脚凳,你在最贫最贱最失所的人群中歇足","你穿着最破敝的衣服,在最贫最贱最失所的人群中行走","你和那最没有朋友的最贫最贱最失所的人们做伴";第 11 首诗歌描述,"他是在锄着枯地的农夫那里,在敲石的造路工人那里。太阳下、阴雨里,他和他们同在,衣袍上蒙着尘土"。这神能引导人们完善自身。如诗人在第 4 首诗中说,神来到自己心中,自己便要从"思想中摒除虚伪"、从"心中驱走一切的丑恶"。第 14 首诗说,神"把我从极端的危险中拯救出来"。诗人在第 36 首诗中祈求神赐予自己力量,使自己的"爱在服务中得到果实","永不抛弃穷人也永不向淫威屈膝","心灵超越于日常琐事之上"。

这神能和谐人际关系,如第 63 首诗说"你把生人变成兄弟";神还能引导人们建立一个理想的大同世界,如第 35 首诗歌描述:在这个"自由的天国"中"心灵是受你的指引","心是无畏的,头也抬得高昂","智识是自由的","世界还没有被狭小的家国的墙隔成片段","话是从真理的深处说出","不懈的努力向着'完美'伸臂","理智的清泉没有沉没在积习的荒漠之中",诗人祈祷:"我的父呵，让我的国家觉醒起来罢。"

诗人认为，通向"梵我合一"的途径是泛爱——爱神，也爱生活、人民、自然，融入其中，这样就做到了与"泛神"的"合一"。诗人否定传统宗教追求神的方式，如第 11 首诗歌:"把礼赞和数珠撇在一边罢!你在门窗紧闭幽暗孤寂的殿角里，向谁礼拜呢?睁开眼你看，上帝不在你的面前!""超脱吗?从哪里找超脱呢?我们的主已经高高兴兴地把创造的锁链带起:他和我们大家永远联系在一起。"

综上所述，集子中"诗人的宗教"并非印度教的以神为本、出世解脱、传统教规，而是以人为本，执着于现实人生和社会，追求完善人格、改造世界。这种追求浸润着泛神泛爱、虔诚执着、和谐同一的印度、东方精神，也高扬自由、平等、博爱、民主的西方启蒙思想。

艺术上，《吉檀迦利》东西合璧，独具特色和魅力，代表了泰戈尔诗歌的风格。

首先，抒情性与哲理性的有机结合。《吉檀迦利》充溢着印度、东方式的直觉体验、生命情感，诗人抒发对神的虔诚、对人民、祖国、自然的爱，表现追求的心理过程与体验，主观感情贯穿诗集始终，动人心魄;同时，抒情中融进了诗人要阐发的哲理，启人心智。如第 29 首诗揭示"作茧自缚"的悲剧:"被我用我的名字囚禁起来的那个人，在监牢中哭泣. 我每天不停地筑着围墙，当这道围墙高起接天的时候，我的真我便被高墙的黑影遮断不见了。"[①]这样的诗歌，"情""理"交融、相得益彰。

其次，神秘深邃、质朴优美的艺术风格。《吉檀迦利》继承了印度文学宗教神秘主义的传统:无形无影又无所不在的"梵"是神秘的，主人公追求"梵我合一"过程中的心理感受也是神秘的，如第 45 首诗:"四月芬芳的晴天里，他从林径中走来. 走来，一直不停地走来;七月阴暗的雨夜中，他坐着隆隆的云辇，前来，前来，一直不停地前来。"时空的转换、晴明与阴暗的背景、神隐秘的步伐和主人公的直觉都造成了神秘感。诗人使神有多种身份、使用第二人称"你"造

---

① 泰戈尔.一个艺术家的宗教——泰戈尔讲演集[M].上海:三联书店，1989，第 46 页.

成主人公与神之间的对话也增加了诗歌的神秘色彩。同时，诗人吸收了西方象征主义文学的营养，使神与主人公的追求都负载了丰富深刻的象征意义，造成了诗歌深邃的诗集中的形象朴素而美丽。

再次，自由、富于变化而优美的韵律。《吉檀迦利》使用源于西方的散文诗的形式，泰戈尔用它获得了远大于格律诗的表达自由。篇幅与句子的长短不受限制，押韵与否不受限制。同时，泰戈尔运用诗歌追求音韵美的手法，使散文诗具有了灵活多变而优美的韵律。

《吉檀迦利》问世已经一个多世纪了，今天它依旧被各国读者喜爱。在这个分隔与仇恨难以消除、充满功利与浮躁的世界上，它对和谐同一的追求、它高度的艺术成就使它历久弥新、香沉益清，它将永存世界文学史册。

第四节　川端康成

川端康成一生写了 430 多篇长篇小说、中篇小说、短篇小说和手掌小说(即小小说)，此外还写了许多散文、随笔、讲演、评论、诗歌、书信和日记等。

从思想倾向来说。他的小说是相当复杂的，并且经历了一个颇为曲折的发展过程。

他战前和战时的小说可以归纳为两类：第一类小说描写他的孤儿生活和孤独感情，描写他的失恋过程和痛苦感受。《精通葬礼的人》(1923)、《十六岁的日记》(1925)和《致父母的信》(1932)等是这类作品的代表。这类作品接近于日本人所喜欢的"私小说"。由于所写的是他本人的经历和体验，所以描写细腻，感情真挚，具有激动人心的艺术效果。但也由于仅仅写他本人的经历和体验，并且自始至终充满低沉、哀伤的情调，所以思想高度和社会意义受到一定局限。第二类小说描写处于社会下层的人物，尤其是下层妇女(如舞女、艺妓、女艺人、女侍者等)的悲惨境遇，表现他们对爱情和艺术的追求。《伊豆的舞女》(1926)、《温泉旅馆》(1929)和《雪国》(1935—1947)等是这类作品的代表。这类作品不但比较真实地描绘出被侮辱者与被损害者的生活，比较充分地表现出他们的欢乐、悲哀和痛苦，而且洋溢着作者对他们的热爱、同情和怜悯。

他战后的小说产生了一定的变化。一方面他仍然沿着《伊豆的舞女》和《雪国》等的道路前进，完成了《雪国》，并且继续写作表现人们正常生活和感情的小说，同时反映社会存在的某些问题，表达对于普通人民的同情态度，其中包括《舞姬》(1951)、《名人》(1954)和《古都》(1962)等颇为成功的小说在内。但是，他另一方面却又在描写爱情时走向极端，写出一批以表现官能刺激、色情享受和变态性爱为主要题材的小说，如《千只鹤》(1952)、《睡美人》(1962)和《一只胳膊》(1964)等。尽管这些作品要表现的可能是他内心的痛苦和郁闷(如对美的理想难以实现，对爱的追求不能得到满足，面对年老和死亡感到不安和恐惧等)，但是选用这类题材毕竟会使作品的格调降低，也使他在艺术上陷入困境。

总之，从思想倾向来说，川端康成的小说是复杂的，甚至是矛盾的；但是除了战后一部分具有明显颓废色彩的作品以外，其余大部分作品应当说思想感情基本上是健康的，读者可以从中获得一定益处。不过，尽管川端康成生活在一个剧烈动荡和重大转折的时代，可是由于他不大关心社会和政治问题，所以他的小说一般并不表现重大的社会主题，并不描写尖锐的社会题材，也不深入开掘题材的社会意义，这就在一定程度上影响了他的小说的思想价值。

就艺术表现而言，他的小说也是相当复杂的，并且也经历了一个颇为曲折的发展过程。当他在20世纪20年代中期参与创办《文艺时代》、发起新感觉派运动时，曾经一度单纯模仿表现主义和达达主义等西方现代主义手法，极力强调主观感觉，热心追求新颖形式，《感情装饰》(1926)便是这种倾向的产物，因而被认为是新感觉派的代表作品。但与此同时，他又发表了《十六岁的日记》和《伊豆的舞女》等较少具有新感觉派特色的小说，语言朴素，风格自然。30年代初期，他又被乔伊斯等人的新心理主义和意识流小说所吸引，写出两篇纯属模仿式的小说《针与玻璃与雾》(1930)和《水晶幻想》(1931)，后者未完而辍笔，可见他已感到此路不通，决心另辟新径。那么，所谓新径又是什么呢?一言以蔽之，是将日本文学传统与新心理主义以及意识流小说结合起来。或者再广而言之，是将日本文学传统与包括表现主义、达达主义、新心理主义以及意识流小说在内的西方现代主义手法结合起来。经过长期探索，他在这条路上果然取得了进展。从《禽兽》(1933)到《雪国》标志着他在一步一步前进。用他自己的话说就是："我受过西方现代文学的洗礼，也曾试图加以模仿；但我在根底上是东方人，从 15 年前起就不曾迷失过自己的方向。"(《文学自传》)正因为如此，他的小说形成了自己的风格，即人物描写细腻入微，结构安排自由灵活，文章情调既美且悲，在艺术上颇有值得借鉴之处。

中篇小说《雪国》被认为是川端康成的代表作。这篇小说从 1935 年到 1947 年断断续续在几个刊物上发表，1948 年出版单行本。从作者 1934 年年底动笔算起，到最后出版单行本为止，前后一共用了 15 年的时间。

这篇小说描写的重点显然不在男主人公岛村身上，而在女主人公驹子身上。驹子出生在雪国农村，由于生活所迫，被人卖到东京当过陪酒侍女，后来被一个男人赎了出来，打算将来做个舞蹈师傅生活下去。可是一年半后，那个男人又死了。驹子无奈，后来终于当了一名艺妓。小说主要从日常生活表现和对待爱情态度这两个方面描写驹子的性格。

在日常生活表现方面，着重写她记日记、读小说和练三弦等几个细节。驹子的日记从到东京当侍女之前不久记起，一直坚持下来。对于这些日记，她自己看得很重，不肯轻易拿给别人看，甚至表示将来要把它毁掉再死。从这些描写来看，尽管她的日记在内容上未必有什么闪光的思想和高深的意义，只是她的生活记录，而她的生活又是不大光彩的，所以自己看着也会害羞。但是，她记日记的态度是认真的，并且表现出坚持到底的毅力。驹子从十五六岁时起就喜欢看小说，而且把看过的书都记下来。当然，她所读的小说格调不高，并非真正高雅的文学作品。她所记的内容也不深刻，无非是些题目、作者、人物名字以及人物关系之类。但是，这却可以说明，她有求知的欲望和顽强的毅力。驹子弹三弦的技巧比当地一般艺妓高出一筹，这是她平日刻苦练习的结果。她不但用普通琴书练习，而且还钻研比较高深的乐谱。驹子苦练三弦自然也是职业的需要，但是贯穿其中的顽强毅力也是不能忽略的。总之，从日常生活表现来看，作为一个艺妓，驹子应该算是生活态度比较认真的，意志比较顽强的，不同于那些随波逐流、破罐破摔的人。因此，她是值得适当加以肯定的。

在对待爱情态度方面，即与岛村交往方面，驹子又是如何表现的呢?这要从她与岛村的第一次交往谈起。当时驹子虽然也到宴会上陪陪客人，但还不是正式的艺妓。她之所以一下子爱上了岛村，并且主动委身于岛村，是有原因的。简而言之，就是她觉得岛村虽然是一个游客，但却跟毫无教养、毫无感情、毫无良心的一般游客对自己的态度有所不同。比如，岛村开头没有把驹子当成艺妓看待，希望跟她清清白白地交朋友；而且在岛村来说，这种态度并非全是假的。这使驹子感到，岛村对自己的态度要比一般游客真诚一些，至少有几分是真诚的。又如，岛村关于歌舞的一番议论，也使驹子感兴趣，也成了吸引驹子的力量。岛村的这些知识和教养，使驹子产生敬佩之情。这就是说，驹子之所以爱岛村，是因为她发现岛村确实有些可取之处，在她所能结交的男人之中，这样的人就要算是少有的了。她想在岛村身上求得像是爱情的爱情，哪怕只有一点儿也好，哪怕只能维持一段时间也好。当然，在我们看来，驹子对岛村的爱情无论如何也不能说是合乎常态的。首先，她把岛村这样一个极不可靠的人当成恋爱对象就是异乎寻常的。不过就作者的审美观而言，这一点恰恰表明了驹子只顾自己爱对方，不求对方爱自己的态度，即所谓"无偿的爱"，而这种"无偿的爱"，正是女性美的最高表现。其次，她一下子就委身于岛村，这种恋爱方式也是异乎寻常的。但是，这种方式是由于她所处的特殊环境造成的。她的可怜境遇、她的可怜身份扭曲了她，使她不能像一个普通姑娘那样去爱真正合乎自己理想的人，也不能以正当方式去爱。她的爱情既有纯真的一面，又有畸形的一面。

总起来说，《雪国》以同情的笔调，表现了驹子这个生活在社会底层的艺妓的悲惨命运，表现了她的进取精神和对纯真爱情的追求，因此具有一定的思想价值。

《雪国》在创作方法和艺术表现方面，比较充分地体现了川端康成文学创作的特色。

《雪国》在创作方法上的特点是东西结合，自成一格。所谓东西结合，即将日本的古典文学传统与西方的现代主义文学方法结合起来。其具体表现之一是，既有一定数量具体的、客观的描绘，又在不少地方通过岛村的自由联想状物写人。在总体上基本按照事物发展的自然顺序来写，在某些局部又通过岛村的自由联想展开故事情节，适当冲破事物发展的时间界限和空间界限，形成内容上的一定跳跃。这篇小说巧妙运用自由联想方法的例子很多，其中最为人称道的是它的一头一尾。开头一段描写岛村坐在开往雪国的火车上，凭窗眺望窗外景色。这时由于暮色降临大地，车外一片苍茫，车内亮起电灯，所以车窗玻璃变成一面似透明非透明的镜子。在这个镜面上，车外四野的苍茫暮色和车内叶子的美丽面影奇妙地重合在一起，前者成为背景，后者浮现在它的上面，构成一幅美妙无比的图画，引起岛村的遐想。这样的描写使得叶子的美貌罩上一层朦胧的、神秘的色彩，为作品增添了无限的诗意。结尾一段描写一场火灾，叶子被烧坏了身体。这本来是一个可悲的结局。但在岛村的眼里，在作者的笔下，火灾却是充满诗情画意的，地上洁白的雪景，天空灿烂的银河，衬托着火花的飞舞，构成一幅美丽的画面。这样的描写恐怕是与岛村以及作者本人的虚无观念分不开的。

《雪国》在人物描写上的特点是重视感觉，刻画细腻。川端康成重视表现人物的主观感觉，表现人物的纤细感情和瞬间感受。在《雪国》里，驹子的心理矛盾和感情变化被表现得无微不至。如有一次岛村夸驹子是好女人，驹子不解其意，怀疑岛村耻笑自己。于是，"她满面通红瞪眼看着岛村"，"一阵激烈的愤怒使驹子的肩膀都在发抖，脸色唰地一下变得苍白，眼泪簌簌地落下来"；当她哭得疲倦了，"就拿着银簪子扑哧扑哧地戳着席子"。小说随后写道："怎么也想不出这个女人会把岛村偶然说出的一句话误解到那种地步，这反而使人觉得她心中有难以压制的悲哀。"这段描写使读者具体地感受到驹子的内心痛苦和好强性情。她被迫沦为艺妓，心里藏着无限悲哀；她最怕别人蔑视自己，最怕别人耻笑自己。所以，她对岛村偶然说出的一句话，产生了那么大的误解，并且做出了那么强烈的反应。

《雪国》在结构安排上的特点是自由灵活，活而不乱。川端康成有些中篇和长篇小说往往近似于若干短篇的连缀，其中的第一个短篇已经写出一个可以独立存在的世界，其后的短篇乃是对于第一个短篇的不断补充和丰富。所以作为整体来看，仿佛缺乏统一的构思和立体的框架，各个短篇之间的联系显得有些松散，不过仔细读来，仍然能够发现一定的内在联系。《雪国》也是如此。这篇不算很长的小说分为十多个短篇，断断续续在几个刊物上发表，前后长达十几年之久。作者起初没有写成中篇的既定计划，当然也就没有作为中篇的固定构思。第一个短篇成为写第二个短篇的动机，而第二个短篇又带出了新的短篇，这样连缀起来，最后变成了现在我们见到的样子。

　　《雪国》在文章风格上的特点是既美且悲，抒情味浓。川端康成是热心探求美的作家。他的作品常常以绚丽多彩的大自然作为背景，以自然界的季节变化作为衬托，使自然的景色和人物的感情结合起来，达到水乳交融的地步。他的作品又常常以美貌的青年女性为中心，以她们对爱情和艺术的不懈追求为主题。这些都与他对美的探求有关。《雪国》充分地体现了这一点。在这篇小说里，驹子的现实美和叶子的空幻美正是在雪国的背景上展示出来的。川端康成又是擅长表现悲的作家。他的作品往往充满失意、孤独、感伤等悲哀感情，结局往往具有悲剧色彩。《雪国》也是这样。在这篇小说里，岛村的感伤情绪和驹子的内心痛苦充溢全篇，而在结尾处叶子身体被烧坏，更使小说增添了许多悲凉气氛。川端康成之所以如此处理，是因为他认为美与悲是相辅相成、密不可分的，所以他总是把美与悲联系在一起加以表现，构成一种既美且悲的独特格调，抒情味浓，感染力强。内心痛苦和好强性情。她被迫沦为艺妓，心里藏着无限悲哀。她最怕别人蔑视自己，最怕别人耻笑自己。所以，她对岛村偶然说出的一句话，产生了那么大的误解，并且做出了那么强烈的反应。

　　《雪国》在结构安排上的特点是自由灵活，活而不乱。川端康成有些中篇和长篇小说往往近似于若干短篇的连缀，其中的第一个短篇已经写出一个可以独立存在的世界，其后的短篇乃是对于第一个短篇的不断补充和丰富。所以作为整体来看，仿佛缺乏统一的构思和立体的框架，各个短篇之间的联系显得有些松散，不过仔细读来，仍然能够发现一定的内在联系。《雪国》也是如此。这篇不算很长的小说分为十多个短篇，断断续续在几个刊物上发表，前后长达十几年之久。

217

作者起初没有写成中篇的既定计划，当然也就没有作为中篇的固定构思。第一个短篇成为写第二个短篇的动机，而第二个短篇又带出了新的短篇，这样连缀起来，最后变成了现在我们见到的样子。

《雪国》在文章风格上的特点是既美且悲，抒情味浓。川端康成是热心探求美的作家。他的作品常常以绚丽多彩的大自然作为背景，以自然界的季节变化作为衬托，使自然的景色和人物的感情结合起来，达到水乳交融的地步。他的作品又常常以美貌的青年女性为中心，以她们对爱情和艺术的不懈追求为主题。这些都与他对美的探求有关。《雪国》充分地体现了这一点。在这篇小说里，驹子的现实美和叶子的空幻美正是在雪国的背景上展示出来的。川端康成又是擅长表现悲的作家。他的作品往往充满失意、孤独、感伤等悲哀感情，结局往往具有悲剧色彩。《雪国》也是这样。在这篇小说里，岛村的感伤情绪和驹子的内心痛苦充溢全篇，而在结尾处叶子身体被烧坏，更使小说增添了许多悲凉气氛。川端康成之所以如此处理，是因为他认为美与悲是相辅相成、密不可分的，所以他总是把美与悲联系在一起加以表现，构成一种既美且悲的独特格调，抒情味浓，感染力强。

第五节　村上春树

村上春树(1949—至今)日本当代著名小说家。1987 年问世的《挪威的森林》则轰动全球，引起"村上现象"，进而成为世界当代著名作家。

村上春树 1949 年 1 月 12 日生于京都伏见区，其父母均为国语教师，他是家中的长子。受家庭熏陶，村上春树小的时候就非常喜欢读书，从 6 岁到 18 岁，他先后在西宫市、芦屋市和兵库县神户读完小学至高中课程。19 岁到东京，入早稻田大学第一文学部戏剧专业就读，1975 年毕业于该专业。村上亦擅长美国文学的翻译，其毕业论文题目便是《美国电影中的旅行思想》。读大学期间，村上春树遇见了高桥阳子。1971 年，22 岁的村上休学与阳子注册结婚。最初，村上夫妇白天到唱片行做事，晚上在咖啡馆打工。三年后他们在东京涩谷开办了爵士乐酒吧，店名取自在三鹰寄居时养的一只猫的名字，后移店至千驮谷。这是被村上春树认为其走过的人生中最静谧、幸福的一段时光，他一边经营，一边读书，一边观察，生意也越来越顺利。

1979 年，长篇小说《且听风吟》发表并获群像新人文学奖、芥川奖候补，取得巨大成功，从此荣登日本文坛。1980 年长篇小说《1973 年的弹子球》发表并获得芥川奖候补。1981 年，村上决心从事专业文学创作，酒吧转让给他人，夫妇移居千叶县船桥市。同年，发表《纽约煤矿的悲剧》《袋鼠佳日》，直至 1983 年村上发表了一系列著名的短篇。同年开始作为编委参与《早稻田文学》的编辑工作。

1986 年移居神奈川县大矶町，该年 10 月至 1987 年，先后赴希腊、意大利，发表波尔短篇译作《文坛游泳术》。村上是著名的长跑运动爱好者，二十多年每天坚持长跑，风雨无阻。1987 年 10 月，他首次参加了雅典马拉松赛。

1988 年 8 月，村上春树用 21 天沿国境线绕土耳其周游，途经黑海、苏联、伊朗、伊拉克国境、地中海、爱琴海，最后折回罗马。

1991 年 1 月，赴美国新泽西州普林斯顿大学任客座研究员。在该校研究生院讲现代日本文学，内容为"第二三新人"作品读解。1993 年 7 月，赴马萨诸塞州剑桥城的塔夫茨大学任职。

1995 年 3 月，美国大学春假期间临时回国，在神奈川县大矶家里得知地铁毒气事件。6 月，退掉剑桥城寓所，驱车横穿美国大陆至加利福尼亚，之后在夏威夷考爱岛逗留一个半月回国。

2006 年年初，村上春树凭借着《海边的卡夫卡》入选美国"2005 年十大最佳书"后又获得了有"诺贝尔文学奖前奏"之称的"弗朗茨·卡夫卡"奖。村上已出版的其他作品还有：与村上龙的对谈集《慢慢走，别跑》，长篇小说《寻羊冒险记》，短篇集《去中国的小船》《遇到百分之百的女孩》《萤》，随笔集《村上朝日堂》，长篇小说《世界尽头与冷酷仙境》，短篇集《旋转木马鏖战记》，插图童话《羊男的圣诞节》，与川本三郎合作的评论集《电影冒险记》，短篇集

《再袭面包店》，随笔集《村上朝日堂的卷土重来》，插图随笔集《朗格汉岛的午后》。之后又出版了：随笔集《日出国的工厂》，长篇小说《挪威的森林》和《舞!舞!舞!》，短篇集《电视人》，八卷本《村上春树作品集，1979—1989》，旅行记《远方的鼓声》《雨天炎天》，长篇小说《国境以南太阳以西》，随笔集《终究悲哀的外国语》，长篇小说《奇鸟行状录》(第一、二、三部)，文学评论集《为了年轻读者的短篇小说导读》，长篇小说《斯普特尼克恋人》《天黑以后》，短篇集《东京奇谭集》《神的孩子全跳舞》。2009 年，长篇小说《1Q84》出版，获得"耶路撒冷文学奖"。2011 年，该作品荣获西班牙卡塔龙尼亚国际奖。

2011 年，访谈录《和小泽征尔谈音乐》出版，并荣获第 11 届小林秀雄奖。

2013 年 4 月推出的长篇小说《没有色彩的多崎作和他的巡礼之年》，该书在发售第 7 天发行量达到 100 万册。此书在网上小说排行榜排名第 95 位，被读者称为：村上春树突破之作，迄今最不一样的村上小说!

2014 年 4 月 18 日，村上春树新作《没有女人的男人们》开始发售。据出版商介绍，新作接受预定，发行量已达 30 万册。

村上是从 30 岁正式开始写作的，凭《且听风吟》荣登日本文坛。关于村上如何走上写作的道路，他曾这样坦言道："说起来十分不可思议，三十岁之前我没有想过自己会写小说。……一天，我动了写小说的念头。何以动这样的念头已经不清楚了，总之想写点儿什么。……那时我没有写伟大小说的打算，也没有写让人感动的东西的愿望。我只是想在那里建造一个能使自己心怀释然的住起来舒服的房间——为了救助自己。同时想到，但愿也能成为使别人心怀释然的住起来舒服的场所。"村上的确通过写作成功地达到了排解苦闷、自我疗养的目的。《且听风吟》就是根据其开酒吧的经历写成的，同时其中也包含着作者在参与学生运动中的体验。二战结束后日本的学生运动经历了两次高潮，第一次是从 1959 年开始的"安保斗争"，第二次是 60 年代中期到 70 年代初的"全共斗"运动(1968 年 1 月 29 日东京大学医学部学生为了反对登记医师制度代替现行的实习制度，进入无限期罢课)。村上春树读大学期间，正值"全共斗"风起云涌的年代，作为身处旋涡中心的东京的一名大学生，村上身体力行参与了其中。遗憾的是最终"全共斗"在"机动队"的介入下顷刻分崩瓦解，不了了之，为此村上体味到了前所未有的挫折感，这种失落的情绪在其早期作品中不难读出。《且听风吟》中主人公"我"和"鼠"都曾在运动中与"机动队"有过激烈的肢体冲突，"我"的门牙被敲掉，"鼠"甚至就此退学回家。不过，小说主线的发生时间却并不是"全共斗"如火如荼开展的60年代末70年代初，而是设定在70年代后半期，同时"全共斗"在小说中也只不过作为一个遥远的背景隐约或不经意地出现，并没有刻意凸显。针对这种对过往激进岁月轻描淡写的疏离笔触，有些将"全共斗"体验作为村上文学原点的评论家，阐释为由于内心所受伤害之深导致了作家的缄默。这部小说同时也被称为村上春树"青春三部曲"的第一部，通过记述作者20岁时的故事，作品描写了杰氏酒吧的店长杰以及回家过暑假的"我"与"鼠"三人之间的友情；同时写了"我"与一个醉倒在杰氏酒吧的少女之间的短短十八天的恋情。在这部作品中，作者通过感怀岁月流逝、憧憬田园风景以及倾听音乐世界三方面来抒发内心难以释怀的故乡情结。在艺术风格上，村上的这部小说追求以简洁而从容的语言讲述一个简单而感伤的故事，看似平淡，却很真实，尤其是字里行间所流露出的淡淡的乡愁无不触及。语言上的简洁明快，爽净直白，节奏短促，切换快捷，正如作者自己在作品的第一节中所说的，"没有任何添枝加叶之处"，简直像"一览表"。

《且听风吟》还有一个特点，就是距离感。而这距离感主要表现在对语言和对人两个方面。语言方面，村上的叙述始终追求保持同语言之间的距离，即那种客观冷静的叙述方式；其次，距离感还表现在主人公(村上)和他人的关系方面。村上深知现代人每人心里都有自己的秘密或隐痛，很难诉诸语言，因此他很少介入对人物的主观评论。总之，距离感或疏离感，连同虚无感、孤独感、幽默感，构成了村上这部作品的基本情调。之后，它又几乎成为其所有作品的基本旋律。

2009年出版的长篇小说《1Q84》，是村上的又一部重要作品，被誉为集大成之作，也是他迄今发表的所有长篇小说中篇幅最长的一部。人物角色众多，时间跨度也很大，涵盖了主人公从出生到死亡的全过程，写作手法包含写实和超现实，结合推理小说、历史小说、爱情小说于一身，是一部可以从多方面解读的综合小说。关于这部作品的创作起因，村上在小说出版后不久接受《读卖新闻》采访时说了两点，一是英国作家奥威尔六十年前出版的《一九八四》(日文中，Q 与 9 同音)，二是 1995 年 3 月造成 3800 人死伤的奥姆真理教东京地铁沙林毒气事件。但在小说中所有的内容转化为如下情节：身为健身教练的女主人公青豆同时也是一名暗杀者，就是将受到极度暴力欺辱的妇女们的丈夫们送至死亡世界。而男主人公天吾则是考大学补习班的数学教师，同时也是一位不知名的作家。青豆与天吾原本是小学同学，那时有过朦胧的恋情，但青豆小学转学后两人从未再见过面。男女主人皆于某一时间点进入 1Q84 年，并从此开始以不同的角度来探索这个世界。1Q84 年与 1984 年主要差异在于天空有一大一小的两个月亮，并出现一些于 1984 年并未发生的历史事件。这些独立于 1Q84 年的事件将青豆与天吾引导至一个宗教团体——"先驱"，先驱前身则为一主张社会主义的政治团体。而在这团体的背后又有不属于这个世界的"小小人"。"小小人"具有制作空气蛹的能力，并可借由空气蛹来到这个世界。小说中，青豆借由一次次的暗杀事件而对 1Q84 年有了自己的认知与觉悟，而天吾则是将深绘里的作品《空气蛹》重新书写编排时有了"小小人"与两个月亮的概念，两人因缘际会地渐渐拉近彼此的距离，并曾透过空气蛹而有过短暂的时空重逢。后来，青豆为了躲避"先驱"的追杀在女主人的帮助下躲藏起来，而天吾则由于父亲的死徘徊于医院和家之间，期间青豆得知自己怀了天吾的孩子(借由深绘里，二人并没见面)苦苦寻找着天吾想再次重逢却险些被"先驱"所派追踪者牛河发现，小说的结尾，男女主人公最终相会并共同返回了现实世界。

总的说来，可以认为《1Q84》是作者在世界语境下对当今日本社会问题的一个总结性认识，以及通过诸多日本社会问题对于世界现状以至人类走向的担忧和思考。

小说发表后，日本媒体总体上对《1Q84》持肯定态度，称赞这部作品是"集迄今代表作要素之大成的长篇"，是"追究奥威尔《一九八四》式思想管制的恐怖和本源恶的现实批判小说"。小说主题在于对善恶定义及其界线的重新审视和表述，"从中可以看出(作者)对于围绕善恶的一义性价值观彻底抵抗的姿态"，探讨"善恶界线崩毁后世界的幸福的绝对性"。

村上本人对《1Q84》感到"十分满意",认为在某种意义上可能正在接近他所追求的陀思妥耶夫斯基《卡拉马佐夫兄弟》那样的"综合小说"。

关于这部小说的主题,村上的视角是伦理。用他自己的话说,对事件的关涉与介入,意味着从犯罪被害者与加害者的双维视界出发,叩问现代的状况成为可能;同时,反观"我们自己的世代,1960年代后半叶以降,走过了怎样的道路,也不无留下那个时代精神史的意图"。在作品中,不仅男女主人公都经历过不幸的童年,小说中的登场人物也大多沦为暴力的牺牲品,身心俱裂,创剧痛深。DV、虐童、宗教狂热,暴力以种种名义,贯穿物理空间与人的存在之间的空白地带,有如空气之"蛹",无孔不入,畅行无阻。这便是主人公存在于斯、挣扎不已的当下——被称为1Q84的残酷青春。与奥威尔《一九八四》中无形、但却无处不在的外在支配者"老大哥"(Big Brother)不同的是,君临于1Q84王国的"小小人"可拟人、拟物化存在,"无论是山羊、鲸鱼,还是一粒豌豆,只要构成通道",它便会现身。而其一旦附体于某种形态,便会带上利己的密码。进而无穷复制. 最终支配我们和世界。说白了,1Q84时代的"小小人"是某种遗传基因。

有学者认为,这部作品标志着村上春树文学创作策略有一个更加明确和自觉的转变,即由文体至上转变为物语至上。然而,村上并没有将所有的重点都放在对物语的建构上,而是仍然将一些惯用的写作技巧融入其中,并且大胆尝试了许多新的写作技巧。而这其中的多模态隐喻更是引人注目、耐人寻味。从听觉隐喻到视觉隐喻更是村上的一系列大胆尝试。也正表明了在涉及大胆奔放的性爱以及家庭暴力、校园虐待、不伦、离家出走、背叛、同性恋、失踪等各种繁复复杂的离奇情节时,村上在细部文学技巧的运用上变得更加的细腻和成熟。

村上春树的每一部作品都能引起世界文坛的广泛关注,能在众多读者尤其是年青一代读者中引起强烈共鸣,因为在人生意义普遍缺失的现代社会,其作品完美地宣泄了现代人孤独、虚无、焦虑的情绪,从城市生活这个独特视角,执着地进行心灵的探索。同时他作品中总是流露着淡淡的哀伤并充满着迷茫与孤独,这种特质极易对读者产生灵魂的震撼。

参 考 文 献

阿尼克斯特．2003．英国文学史纲[M]．北京：人民文学出版社．

范传新．钱奇佳．2004．外国文学史[M]．合肥：安徽大学出版社．

冯至．2006．德国文学史[M]．北京：人民文学出版社．

董衡巽．2007．美国文学简史[M]．北京：人民文学出版社．

廖星桥．1988．外国现代化文学导论[M]．北京：北京出版社．

柳鸣九．2005．法国文学史[M]．北京：人民文学出版社．

柳鸣九．1981．萨特研究[M]．北京：中国社会科学出版社．

雷体沛．2003．西方文学初步[M]．广州：广东人民出版社．

李尚信．傅景川．2003．外国文学史[M]．长春：吉林大学出版社．

李赋宁．1999．欧洲文学[M]．北京：商务印书馆．

龚翰雄．1997．欧洲小说史[M]．成都：四川大学出版社．

古敏．云峰．2005．圣经文学二十讲[M]．重庆：重庆出版社．

怀文主．1999．外国文学名著赏析词典[M]．杭州：浙江文艺出版社．

黄怀军．詹志和．2015．外国文学史[M]．长沙：湖南师范大学出版社．

金元浦．孟昭毅．2000．外国文学史[M]．上海：华东师范大学出版社．

蒋承勇．2002．世界文学史纲[M]．上海：复旦大学出版社．

徐葆耕．2003．西方文学十五讲[M]．北京：北京大学出版社．

陈建华．2013．外国文学史新编[M]．北京：高等教育出版社．

曾艳兵．2014．世纪外国文学史[M]．北京：中国人民大学出版社．

曾繁仁．2002．20世纪欧美文学热点问题[M]．北京：高等教育出版社．

朱维之．1999．外国文学简编[M]．北京：中国人民大学出版社．

朱光潜．1979．西方美学史[M]．北京：人民文学出版社．

赵林．2004．西方文化概论[M]．北京：高等教育出版社．

张世君．2007．外国文学史[M]．武汉：华中科技大学出版社．

张政文．2009．中西文学与文化论稿—比较文学与文化卷[M]．哈尔滨：黑龙江人民出版社．

张英伦．1994．外国名作家传[M]．北京：中国社会科学出版社．

郑克鲁．1999．外国文学史[M]．北京：高等教育出版社．

石琴娥．2005．北欧文学史[M]．南京：译林出版社．

杨慧林．黄晋凯．2001．欧洲中世纪文学史[M]．南京：译林出版社．

杨周翰．1979．欧洲文学史[M]．北京：人民文学出版社．

王立新．2014．外国文学史[M]．天津：南开大学出版社．

王维昌．1999．莎士比亚研究[M]．合肥：安徽大学出版社．

吴晓东．2003．从卡夫卡到昆德拉——20 世纪的小说和小说家[M]．北京：三联书店．

吴元迈．2001．外国文学史话[M]．长春：吉林人民出版社．

伍蠡甫．1979．西方文论选[M]．上海：上海译文出版社．

【法】米歇尔·维诺克．2006．法国知识分子的世纪[M]．南京：江苏教育出版社．

【丹麦】勃兰兑斯著；李宗杰等译．1980．十九世纪文学主流[M]．北京：人民文学出版社．

【德】罗伯特．C．拉姆著；王宪生等译．2005．西方人文史[M]．天津：百花文艺出版社．

【俄】布罗茨基著；蒋路等译．2009．俄国文学史[M]．北京：作家出版社．

【英】威德森著；钱竞等译．2006．现代西方文学观念简史[M]．北京：北京大学出版社出版．